KB113440

천 번의 환생 끝에 5

요람 장편 소설

초판 1쇄 찍은 날 § 2017년 11월 9일
초판 1쇄 펴낸 날 § 2017년 11월 16일

지은이 § 요람
펴낸이 § 서경석

총괄팀장 § 최하나
편집책임 § 김슬기

펴낸곳 § 도서출판 청어람
등록번호 § 제387-1999-000006호
등록일자 § 1999. 5. 31
어람번호 § 제1-2793호

주소 § 경기도 부천시 원미구 부일로 483번길 40 서경B/D 3F (우) 14640
전화 § 032-656-4452 팩스 § 032-656-4453
http://www.chungeoram.com
E-mail § chungeorambook@daum.net

ⓒ 요람, 2017

ISBN 979-11-04-91536-9 04810
ISBN 979-11-04-91433-1 (세트)

※ 파본은 구입하신 서점에서 교환하여 드립니다.
※ 저자와 협의하여 인지를 붙이지 않습니다.
※ 이 책은 도서출판 청어람과 저작자의 계약에 의해 출판된 것이므로,
    무단 전재 및 유포·공유를 금합니다.

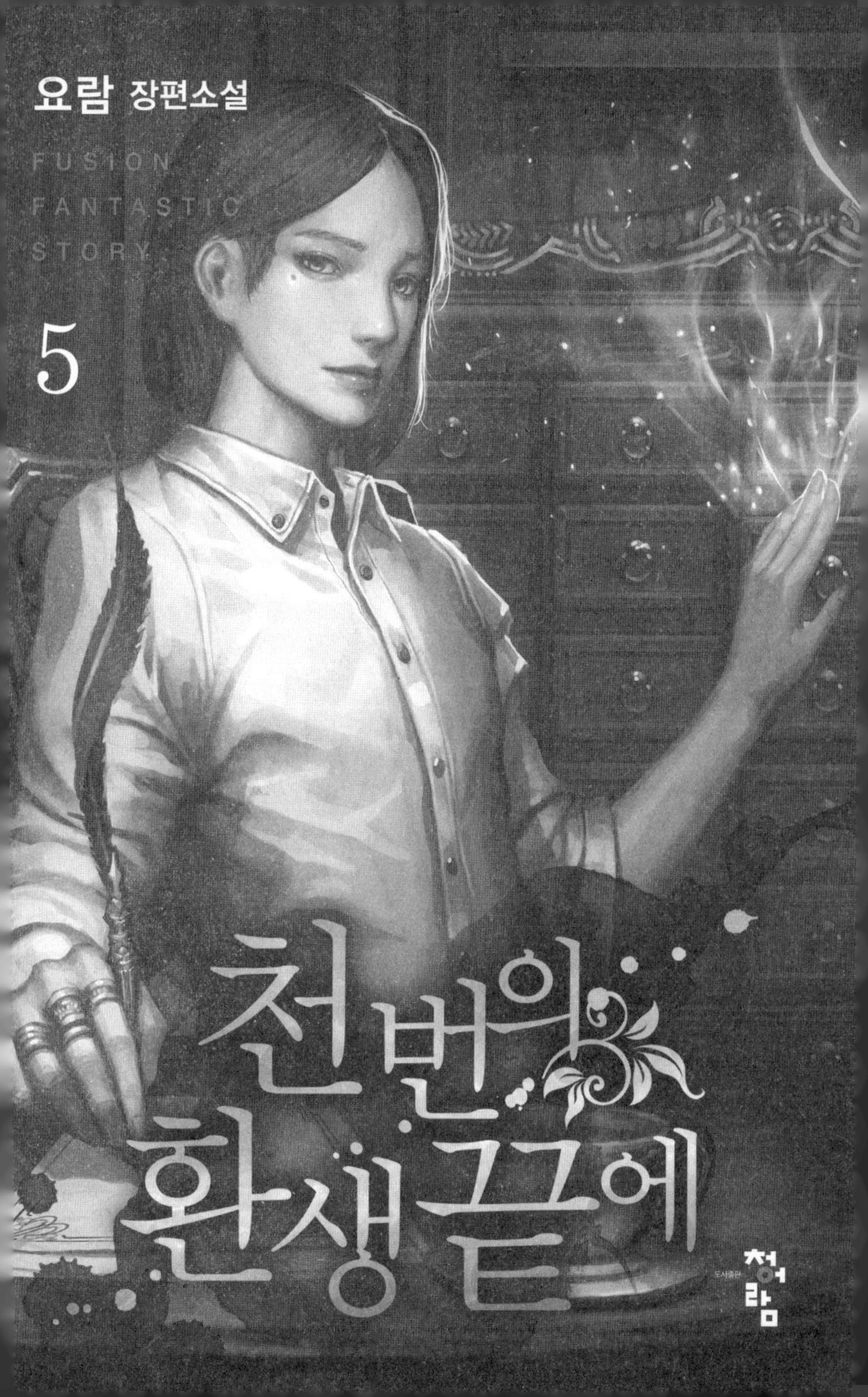
요람 장편소설
FUSION
FANTASTIC
STORY
5
천 번의 환생 끝에
청어람

Contents

Chapter32: 예상치 못한 진실　7

Chapter33: 하이재킹(Hijacking)　45

Chapter34: 살아남은 자의 의무　71

Chapter35: 귀국(歸國)　97

Chapter36: 그를 기다렸던 사람들　147

Chapter37: 그들이 원하는 것　183

Chapter38: 사라진 연인　211

Chapter39: 그가 가진 파급력　255

Chapter32
예상치 못한 진실

은채는 악마가 확실했다.

그것도 두 얼굴을 가진 악마 말이다.

김은채는 진아인가 뭔가 하는 여자가 창백하게 질려 카페를 도망치고 난 다음 어처구니없을 정도로 조숙한 모습으로 강상만과 임미정에게 인사를 하고 자리로 돌아갔다. 물론 이미 본 모습을 다 보이고 난 뒤라 강상만도 임미정도 헛웃음을 지을 뿐이었지만 정작 자신은 아예 신경도 안 쓰는 모습을 보였다.

은재도 그게 웃기고 놀라웠는지 풉, 하고 실소를 흘렸다.

이후 점심 식사를 하고 밖으로 나오자 은재는 집으로 돌아가야 할 것 같다는 말을 조용히 건넸다. 그래서 은재를 집에 데려다주고 다시 집으로 온 지영은 강상만의 부름을 받았다.

서재에서 조용히 신문을 읽던 강상만은 지영이 들어오자 자리에서 일어나 소파에 앉았다.

"참 밝더구나."

"은재요?"

"그래, 마음도 단단해 보이고."

"감사합니다."

은재의 칭찬을 했는데 감사는 지영이 했다. 그게 어이가 없었는지 강상만은 실소를 흘리곤 큼큼, 다시 목을 가다듬었다.

"그, 김은채란 아이 말이다."

"은… 채요?"

"그래, 대성그룹 회장의 손녀딸."

"네, 저희 반 아이 맞아요."

"그것 때문에 물은 게 아니다. 그 아이와 은재랑 친하냐?"

이건 예상치 못한 질문이었다.

지영은 잠시 고민하다가, 그냥 솔직하게 말하기로 했다.

"몇 년 전에는 꽤 친했다고 들었어요. 지금은 뭣 때문이지 틀어져서 거의 앙숙이고요."

"그러냐, 음……."

"왜 그러세요?"

"아니다. 나가서 일 봐라."

지영은 강상만이 말을 돌리자 잠시 고개를 갸웃했다. 검사라는 직업을 가진 강상만은 원래 이런 식으로 대화를 진행하는 사람이 아니었다. 확실하지 않으면 아예 말도 안 꺼내는 게 그였다.

"혹시 은채 걔가 예전에 납치당했던 일 때문에 그러세요?"

그래서 이번엔 지영이 먼저 대화를 이어나가기 위해 떡밥을 슬쩍 뿌렸다. 반응은 대번에 왔다. 고심하던 강상만이 고개를 다시 들고 지영을 바라봤기 때문이다.

"그 얘긴 어디서 들었더냐?"

"매니저 누나한테요. 이쪽에서는 그리 비밀도 아니라고 하던데요?"

"흠… 하긴, 그럴 수도 있겠구나. 정계와 연예계는 떼려야 뗄 수가 없는 사이니까."

"은재는 그 사건 이후 은채와 사이가 틀어졌다고 했어요. 뭔가 일이 있었던 것만은 분명한데 김은채 본인이 이유가 뭔지 설명을 안 해주더라고요."

"설명을 안 했다? 확실한 거냐?"

"네, 그걸로 저와도 몇 번이나 부딪쳤어요."

지영은 그렇게 대답하면서 아버지 강상만이 뭔가를 알고 있다고 생각했다. 그러나 원래 입이 무거우신 검사시라 내부 정보를 입으로 말할 분은 아니었기 때문에 기대하진 않았다. 하지만 이번엔 지영이 틀렸다.

"후우, 이거 참. 너는 태어날 때부터 범상치 않더니, 어찌 사귀는 사람도 참 범상치가 않다."

"그게 무슨 말씀이세요?"

"은재에 대해 얘기는 들었니?"

"은재 얘기야 듣긴 들었죠. 하지만 그게 큰 문제가 있나요?"

"만약 은재 그 아이와 니가 단순히 친구 사이라면 이런 말을 굳이 하지도 않았을 거다. 하지만… 음, 이미 니가 진심으로 대하고 있으니 이 얘기를 알고는 있어야겠다는 생각이 든다."

"진짜 무슨 얘기인데 그러세요? 아버지답지 않게 돌리지 마시고, 그냥 시원하게 말씀해 주세요."

그러나 강상만은 이번에도 쉽게 말을 꺼내지 못했다. 그는 고민하고 있었다. 정말 강상만답지 않게 장고까지 하면서 말이다.

'대체 왜?'

왜 강상만이, 천하의 강상만이 고민을 하는가?

지영은 이제 정말 몸이 달 정도로 궁금해졌다. 원래 안 그러던 분이 그러니, 더더욱 못 참을 것 같았다. 만약 여기서 아니다, 나가봐라. 이러면 솔직히 말해 서운함을 넘어 삐칠 것 같았다.

사람 궁금하게 하고, 입을 싹 닫는 건 지영이 생각하기엔 진짜 아무리 가족이라도 매너가 아니었다.

"몇 년 전에 개봉했던 킹이란 영화 기억하냐? 가족끼리 같이 집에서 보기도 했었는데."

"킹… 아, 그 검사 얘기요?"

"그래. 그때 니가 물었었지. 정말 진짜 검사들도 그 영화처럼 그러냐고."

"아……."

기억났다.

벌써 5, 6년 전 이야기다.

대한민국을 대표하는 두 명의 남자 배우를 주인공으로 이끌어간 영화였다.

한 명은 출세를 위해 무슨 짓이든 하며 달리는 초임 검사, 한 명은 이미 정상에 선 비리 검사. 그 영화에서는 검사가 이미 대중에 이슈가 될 만한 정보나 사건을 확보해 놓고도 당시 시대 분위기, 그리고 정권, 정계, 국회의 눈치를 보거나 짜고 하나씩 터뜨려 스타 검사를 키웠다. 그러다가 초임 검사가 나중에 한번 크게 당하고, 이미 정상에 선 비리 검사에게 복수하는 내용의 영화, 그게 '킹'이란 영화였다.

그 영화는 당시 나라의 분위기에 맞물려 엄청난 이슈를 낳았다.

"아버지, 혹시 진짜 검찰도 그렇다는 얘기세요?"

"그래, 나는 아니지만 일부 검사들은 그렇게 한다. 그리고 그 검사들은 보통 특정 기득권과 손을 잡은 자들이지."

"음… 그렇다면 아버지는 김은채와 은재에 대해서 검찰이 뭔가를 확보해 놓고도, 그냥 묻었다는 소린가요?"

"정확하다."

검사인 아버지가 하는 말이다.

그리고 이런 말을 그냥 심심해서 농담 따먹기 하기 위해 할 사람은 절대로 아니었다. 지영은 알 수 있었다. 강상만이 여기까지 얘기해 놓고도 본론을 꺼내지 않은 이유를. 그는 아직도 고민 중이었다.

'말해주겠다고 결정을 내리면, 확실하게 얘기해 주실 분이고……'

그게 아니라면 절대로 말을 안 할 사람이었다.

그래서 지영은 그냥 묻기로 했다.

"말씀해 주실 건가요?"

"솔직히 아직도 고민 중이다. 이 얘기를 너에게 하는 게 옳은지, 아니면… 아니구나. 이미 여기까지 말해놓고 무슨."

"그러게요. 아버지가 이렇게 질질 끄는 건 또 처음 보네요."

"하하, 그러냐."

강상만은 지영의 말에 피식 웃고는 다시 말을 이었다.

"십 년 전쯤이었다. 후배 하나가 대성그룹 비자금 문제로 그쪽을 제대로 들쑤신 적이 있었다. 특히나 사장, 회장을 포함해 오너 일가는 아예 탈탈 털었지."

"……"

"그러다 나온 정보다. 현 대성건설 김조양 사장에게 사생아가 있다는 사실이."

"……"

'아아……'

사생아란 단어 하나로 지영은 단박에 강상만이 무슨 말을 하려고 했는지 파악했다. 솔직히 이 정도 듣고도 이해하지 못하면 환생자란 타이틀은 후딱 벗어던져야 했다.

"그리고 몇 년 전쯤에, 대성그룹 회장 손녀의 납치 루머가 증

권가로 조용히 나돌았다. 정식으로 고소된 사건이 아닌지라 우리가 나설 일은 없었지만 이번에도 그쪽에 줄을 대려던 검사 하나가 은밀히 뒤를 판 모양이었고, 골 때리는 사실이 밝혀졌다."

"골 때리는 사실이요?"

"그래, 원래 납치 대상은 김은채 양이 아니었단 사실이었다."

"······."

그럼?

왜 김은채가?

"설마 은재가 납치 대상이었단 소리세요?"

"듣기론 그랬다. 착각한 거지."

"아니, 어떻게 착각을 해요? 은재는 선천적으로 다리가 불편했었는데요?"

"장난으로 휠체어를 바꿔 탄다거나 하는 우연이 맞아떨어지면 충분히 착각이 될 수도 있다. 당시 며칠 만에 김은채 양이 풀려난 것도 원래의 납치 대상이 아니란 소리를 뒷받침하는 심증이 됐었다."

"헐······."

잘 쓰인 각본에 위한 막장 드라마가 아니었다.

그냥 막 쓰인 각본에 위한 막장 드라마였다.

"납치범들은 잡히지 않았지. 아니, 검, 경이 나서지 않았어. 대성그룹 자체의 힘으로 해결했을 수도 있고, 아니면 납치범들이 겁먹어서 풀어준 것일 수도 있다. 그래서 진위 여부는 확실

치가 않아. 그러나 카더라 이상은 훨씬 넘는 얘기다. 직접 판
브로커가 아주 알아주는 형사 출신이거든."

"이해가 안 가요. 은재가 사생아라면 걔를 납치할 이유가 없
는데요?"

"정말 없다고 보느냐?"

"그……."

아니, 있었다.

제3자가 아닌, 내부의 누군가에 의해 이루어진 납치라
면…….

가족 중… 누군가라면 말이다.

이러한 사실을 깨닫자 지영은 조소가 나오는 걸 참지 못했
다.

"막장이네요."

"현실은 언제나 막장이지."

"검사가 하실 말씀은 아닌 것 같은데요?"

"순직한 척은, 하하."

지영은 이보다 더한 현실을 봤었다.

폭군 이건이 그랬다.

사생아로 태어나 모진 멸시와 조롱, 심지어 구타까지 당하며
살다가 기적적으로 왕위를 계승했다. 물론, 그 결과 조선 최악
의 폭군이 탄생해 버렸고 결국 역사의 뒤편에도 이름 두 자를
남기지 못했다.

'그래, 현실은 언제나 설마를 넘어서지.'

그리고 그건 가진 게 많으면 많은 집안일수록 훨씬 더 심한 법이었다. 내부의 권력 투쟁. 어쩌면… 아니, 김은채는 그 희생자였다. 그래서 아주 어린 나이에 아주 제대로 망가져 주셨다. 솔직히 법의 테두리가 강력하지 않던 옛날이라면? 아마 희대의 악녀가 탄생하고도 남았을 것이다.

장녹수나, 희빈 장씨(禧嬪 張氏) 뺨따구가 찢어질 때까지 후려갈길, 그런 악녀가 말이다.

"감상이 어떠냐?"

"뭐, 그냥 덤덤해요. 근데 아버지는 이런 얘기를 저한테 해주셔도 되요?"

"당연히 안 되지. 하지만 아들 일이니 망설였지만 말해줘야겠다고 생각했다."

"감사합니다."

"은재, 그 아이를 사랑하는 거냐?"

"네."

이제는 그 대답에 고민할 필요가 없었다.

지금 이 순간에도 은재가 보고 싶은 지영이었으니까.

'기묘한 커플의 탄생이네.'

하나는 전 세계에서 인정받는 영화배우.

한 명은 작은 국토를 지녔으나 경제력은 세계에서도 수위권인 대한민국이란 나라의 거대 그룹 사장의 사생아.

언론이 알게 되면 물고 빨기 딱 좋은 조합의 커플이었다.

하지만 지영은 덤덤했다.

이런 경우가 한두 번이 아니었기 때문이었다.

사랑이란 것, 당연히 처음이 아니었다.

수도 없이 사랑을 해봤고, 그 대상의 신분은 언제나 달랐다. 아주 지체 높은 가문의 딸도 있었고, 당시에는 노예 취급을 받았던 천민과 사랑을 나누기도 했다.

그렇기 때문에 은재가 사생아란 사실은 지영에게 조금의 걸림돌도 될 수가 없었다.

"그렇구나. 이제 나는 너희 둘을 그저 지켜볼 거다. 이 이상의 간섭은 하지 않으마."

"하서도 돼요, 아침 드라마처럼요."

"내 성격에 그게 될 것 같으냐?"

"아니요. 엄마… 도 안 되겠네요. 지연이라면 모를까, 하하."

"그래, 우린 그런 집안이다. 하하. 할 말은 다 했다. 나가봐라."

"네, 쉬세요."

"오냐. 맞다. 이 얘긴 잘 알지?"

"네, 물론입니다. 무덤까지 들고 갈게요."

"그래."

"쉬세요."

그렇게 대화를 끝내고 서재를 나온 지영은 거실 소파에서 지연이와 놀아주고 있는 임미정을 잠시 바라보다가 안으로 들어갔다. 임미정은 알고 있을까? 알고 있을 가능성이 컸다. 아니, 무조건 알고 있을 것이다. 자식에 대한 일을 강상만이 임미정에게 비밀로 할 사람이 아니었기 때문이다. 하지만 그녀도 강 상만처럼 아마 그 일로 간섭을 하진 않을 것이다.

방으로 들어온 지영은 바로 PC를 켰다. 그리곤 인터넷에 접 속해 대성건설 사장을 쳤다. 김조양. 김은채의 아빠이자, 은재 의 아버지일 수도 있는 사람이자, 대성건설의 차기 총수의 이름 이었다.

김조양의 사진을 본 순간 지영은 저도 모르게 '아…' 하고 탄 성을 흘렸다.

프로필에 떠 있는 사진만 봐도 은재와 닮았다고 느껴졌다. 지영은 사진이 떠 있는 기사를 몇 개 더 검색해서 봤다. 확실 히. 아니, 지나치게 은재와 닮았다. 아니, 이 경우는 오히려 은 재가 김조양을 닮았다고 하는 게 맞는 말이긴 할 것이다. 하지 만 순서가 어찌 됐든, 두 사람은 닮았다.

'이 정도면 오히려… 김은채보다 은재가 더 이 사람을 닮았 어.'

김조양은 은재와 닮은 것처럼 외모 자체에서 풍기는 느낌은 서글서글한 쪽에 가까웠다. 날카롭거나, 강직하거나 이런 쪽보 다는 뭔가 유들유들해 보이는 느낌이 났다. 은재가 그랬다. 반 대로 김은채는? 날카로운 이미지였다.

외모 자체는 분명 누가 보더라도 예쁘다 할 외모지만, 쪽 찢 어진 눈과 오뚝 솟은 콧대, 뭘 바르지 않아도 붉은 입술을 보 면 첫 이미지는 거의 날카롭다, 혹은 차가워 보인다로 결정될 외모를 가지고 있었다.

지영은 사진을 보면서 문득 그런 생각이 들었다.

'은재가 이 사진을 못 봤을까?'

자신도 못 알아볼 정도로 어렵게 살았으니 아직 안 봤을 가능성도 있었다. 하지만 만약 보게 된다면? 지영은 유은재가 얼마나 머리가 똑똑한지 잘 안다. 그녀는 김은채의 행동 등과 자신의 상황을 주제로 충분히 깊고, 넓게 사고를 넓혀갈 수 있는 아이였다. 그런 마당에 만약 자신과 똑 닮은 김조양의 사진을 본다면?

'분명 의심한다.'

지영이 보기에 이건 무조건이었다. 그리고 소설가의 재능이 상당한 그녀는 분명 상상할 것이다. 상상을 통해 정답에 접근할지도 몰랐다. 비록 그 답을 정답이라 확인해 줄 사람이 없다 해도 말이다.

유은재는 그런 아이였다.

지잉, 지잉.

타이밍 참 기가 막히게도 은재에게 메시지가 왔다.

폰을 열어 확인해 보니 오늘 고맙다는 내용의 메시지였다. 지영은 답장을 보내주고 다시 모니터로 시선을 줬다. 그러나 이제 뭘 할 게 없어 다시 PC를 끄곤 침대에 누웠다.

"……."

바뀔 건 없었다.

그저 지금처럼 서로가 서로를 생각하는 감정을 공유하면 그만이었다. 하지만 만약 누군가 그 감정 공유를 방해하려 한다면?

'그땐……'

아마, 강지영은 폭군 이건을 열어버릴 것이다.

그래서 지영은 그런 일이 생기지 않기만을 바랐다.

하지만 언제나 그런 자신의 바램은 이루어지지 않았기에…그게 지금은 조금 불안할 뿐이었다.

그렇게 예기치 못하게 진실을 알았지만 아무것도 변하지 않은 채, 다시 평범한 일상이 이어졌다.

그렇게 비밀 아닌 비밀을 알았지만 지영은 변함없이 느긋한 하루하루를 보냈다. 여름방학이 오고, 은정 백화점 CF를 한 편 찍은 것 빼고는 공식 활동은 전혀 하지 않고 다시 평상시처럼 지냈다. 진짜 학생처럼 아무것도 안 했기 때문에 보라매는 속이 탔지만, 지영의 마음이 변하지 않자 이제는 해탈의 경지로 들어섰다.

8월.

푹푹 찌는 여름의 한중간이 되어도 지영의 일과는 여전히 같았다. 아침에 일어나 운동을 하고, 아침을 먹고 소설을 쓰고, 점심을 먹고 보라매로 출근 아닌 출근을 했다. 오늘도 마찬가지였다.

똑같은 일과를 끝내고 보라매에 출근한 지영. 지영은 아무리 봐도 줄지 않는 시나리오를 보면서 한숨을 내쉬었다.

"왜 이래, 아마추어처럼? 이 정도야 이제 기본이잖아?"

매스컴에 슬슬 '피지 못한 꽃송이여'에 대한 얘기가 풀리면서, 지영이 차기작을 찍진 않을까 싶은 마음에 들어오는 시나리오가 점점 늘어나고 있었다. 게다가 국내뿐만이 아닌 전 세계에서 몰려들고 있어 하루에도 몇십 편씩 시나리오가 쌓였다.

"그래도 힘든 건 힘든 거죠. 아직은 찍을 생각 없는데……."

"생각 없다면서 그래도 매일 보긴 하잖아?"

"예의잖아요."

"아하하……."

서소정은 어이가 없어 그냥 웃고 말았다.

그런데 지영은 진짜 그게 예의라고 생각했다. 그래서 정독은 아니더라도 모든 대본을 다 살펴보긴 했다. 흥미를 끌지 못하면 초반에 커트당해 휙 날아가지만 그래도 읽어보려 했다는 것에 의미를 두는 지영이었다. 그리고 몇 달간 지영이 끝까지 본 대본은 총 세 개. 그러나 그 세 편의 대본도 결국 지영이 '피지 못한 꽃송이여'처럼 꼭 찍고 싶단 마음이 일어나게 만들지는 못했다.

탑처럼 쌓인 대본을 한참 보던 지영은 뻑뻑한 눈을 비비며 자리에서 일어났다. 시원한 에어컨을 친구 삼아 사무실 여기저기서 팀원들이 낮잠을 자고 있었다. 다들 월급은 꼬박꼬박 받지만 실제로 하는 일은… 솔직히 거의 없는 편이었다.

꿈의 직장?

지영의 팀원이 딱 그랬다.

그래서 회식 때 가끔 일 좀 하게 해달라고 징징거리는 팀원까지 있을 정도였다. 물론 그럴 때마다 지영은 그냥 웃어 넘겼다.

졸음 때문에 평소에 잘 마시지 않는 커피를 타서 자리로 돌아오니 테이블 위에서 폰이 진동에 맞춰 빙글빙글 춤을 추고 있었다.

"네."

─어디?

"사무실이죠."

─또?

"방학인데 할 게 뭐 있나요? 그냥 집에서 빈둥거리긴 그래서 사무실 나와 쉬는 거죠."

─그래? 쨌든 기다려. 지금 사무실 가는 중.

"네."

전화를 끊은 지영은 시간을 확인했다. 막 오후 네 시가 넘어가고 있었다. 송지원이 올 때까지만 보자는 마음으로 다시 시나리오를 집어든 지영은 몇 편 보다가 그냥 다시 내려놨다. 하도 질리게 읽었더니 글자만 봐도 신물이 올라올 지경이었다. 아무리 지영이라도 재미없는 시나리오를 읽는 건 고역이었다.

30분쯤 기다리자 송지원이 왔다.

운동하고 왔는지 젖은 머리에 선글라스만 하나 덜렁 끼고 들어선 그녀는 지영의 옆에 벌러덩 눕듯이 앉았다.

"운동하고 왔어요?"

"응, 요가. 아… 늘어진다."

"그럼 그냥 집에 가지 그랬어요?"

"지금 집 들어감 또 낮술이라도 할걸?"

"으이구, 그렇게 부러워요?"

"응……."

송지원이 영혼이 가득한 어조로 고개를 끄덕이며 대답하자 지영은 피식 웃고 말았다. 그녀는 요즘에 힘이 없었다. 최근에 가장 가깝게 지내던 레이샤가… 결혼을 한다는 폭탄을 끼얹었기 때문이다.

사실 몇 달간 아무 일도 없던 건 아니었다.

그 특수부대 요원과 사귄다는 기사 이후로, 잠잠하던 레이샤는 8월 초쯤 이번엔 핵폭탄을 전 세계에 뿌렸다. 바로 임신 소식. 초음파 사진과 함께 아이가 들어섰음을 널리널리 공표했고, 9월이 오기 전에 결혼할 예정이라는 소식도 같이 공표했다.

난리도 그런 난리가 없었다.

헐리웃은 물론 그녀의 팬들은 아주 난리가 났다. 하지만 그녀는 단호했다. 벌써 그녀 나이 서른 후반. 안 그래도 노산인데 더 이상 결혼과 출산을 미뤘다간 신이 여성에게 준 축복을 누리지 못한 채 죽을지도 모른다고, 그러길 바라냐고 대놓고 쏴댔었다. 그것 때문에 8월 초부터 일주일간은 정말 장난 아니게 시끄러웠다.

물론 한국도 마찬가지였다.

레이샤는 지영과 친분이 정말 깊은 동료 배우였기 때문에 엮기 좋아하는 한국 기자들이 소설을 써댔기 때문이다. 물론, 그래서 도를 넘은 뉴스 회사 몇 군데를 실제로 고소를 먹이고 나서야 좀 잠잠해졌다.

아직 언론에는 공표를 안 했지만 사실 레이샤의 결혼 날짜는 정해졌다. 그리고 두 사람은 따로 연락을 받아 그 날짜를 알고 있었다.

"하여간 그 여우 같은 것……. 근데 남자도 멋있더라. 짐승미가 철철 넘쳐……."

"뭐, 이번에 전역한다고 하지만 무려 특수부대 출신이잖아요."

"쳇, 부럽다."

"그래서 안 갈 거예요?"

"가야지! 가서……! 가서……. 가서 축하는 해줘야겠지……?"

"당연한 거 아닌가요?"

피식.

절친이 결혼하면 원래 저런 건가? 지영은 잠시 그렇게 생각했지만 송지원의 마음을 알 겨를은 없었다.

"에휴. 그래, 가야지, 그래도. 너도 갈 거지?"

"네, 저도 당연히 가야죠. 다른 사람도 아니고 레이샨데."

레이샤의 결혼식은 앞으로 보름 뒤, 미국 최악의 테러를 기념하자는 의미에서 9월 11일 뉴욕에서 한다고 했다. 따지고 보면 진짜 초고속이다. 사랑을 나눔에 있어서도 불도저 같은 레이샤는 결혼도 불도저처럼 밀어붙이고 있었다. 화끈한 그녀다웠다.

"아… 피곤하겠다. 뉴욕까지 언제 가냐"

"미리 갈까요? 엘에이나 라스베이거스에서 하루나 이틀 정도

쉬었다가 가도 좋을 것 같은데."

"오… 그거 좋다. 그럴까, 그럼? 맞다. 은재도 갈 수 있나?"

"개학이라 힘들걸요."

"아, 맞다. 그래도 요즘은 현장학습? 그런 걸로 어떻게든 된다며?"

"일단 물어는 볼게요. 근데 아마 안 갈 거예요."

"아… 하긴."

은재는 여전히 고아원에서 생활 중이었다.

물론, 시설은 확실히 변했다. 두 사람이 몇 달간 추진하던 재단이 드디어 설립이 되었기 때문이었다.

지영은 영화를 찍으며 번 수입금의 대부분을 재단에 넣었다. 재단은 대외적으로 송지원의 이름으로 되어 있었고, 그녀도 상당 금액을 넣었다. 은정 백화점의 이름으로도 상당한 기부금이 들어온 상태였다.

그렇게 여러 사람의 기부로 만들어진 재단의 이름은 햇빛이었다.

햇빛 나눔 재단의 첫 수혜자는 당연히 은재의 고아원이었다. 시설을 싹 뜯어고쳤고, 아이들 교육, 식단 쪽으로 지원이 이루어졌다. 알아보니 그곳의 원장 수녀님은 정말 청렴결백의 표본 같은 분이었다.

재단의 지원 덕분에 아이들 다섯을 더 데리고 와 따뜻하게 보살필 수 있게 되었다는 말을 은재에게 들었을 때, 지영은 햇빛 재단을 설립한 걸 정말 잘했다고 생각했다.

'하지만 그렇게 생활이 좋아졌어도, 여행은 사치라 생각하는 게 은재지.'

여행 한 번 갔다 올 돈이면, 아이들 옷이며 공책이며 그런 걸 사주는 게 더 낫다고 생각하는 게 은재고, 지영도 그걸 잘 알고 있어 은재가 가지 않을 거라고 생각했다. 그리고 은재 본인도 지영에게 지는 신세의 선은 아주 확실하게 그어놓았다. 은재 개인적으로 지영에게는 절대로 고가의 선물 같은 건 받지 않았다.

"그래도 한번 물어는 봐."

"네, 그럴게요."

지영은 바로 물어보자는 생각에 은재에게 '뭐 해?' 하고 메시지를 보냈다.

"그럼, 일단 먼저 가는 걸로 정하고, 스케줄 짜야겠다."

"넉넉하게 가요. 일정에 쫓기지 말고."

"그래, 그러자. 보자……."

그녀가 폰으로 달력을 켜놓고 일정을 짜기 시작할 때쯤, 은재에게 답장이 왔다. '공부해!' 깔끔한 답장에 지영은 바로 용건을 적어 보내려다가, 그냥 만나서 묻는 게 낫다는 생각에 '저녁에 잠깐 볼까?' 하고 적어 보냈다.

'응!'이라고 답장이 왔고, 이따 보잔 답을 다시 적어 보냈다.

"은재한테는 이따 만나서 물어볼게요."

"그래. 흐음… 환락의 도시는 너한테 너무 강렬할 것 같아. 다른 데 경유하자."

피식.

라스베이거스가? 더한 것도 봤는데? 폭군으로 살던 시절 궁에 있던 모든 궁녀를 벗겨서 춤도 추게 만들었는데? 하지만 그런 걸 모르는 송지원이니, 굳이 정정해 줄 필요는 없었다. 그렇게 시간을 보내다가 여섯 시쯤 보라매를 나서 은재를 만났다.

은재는 역시 거절했다.

지영도 그럴 줄 알고 있어서 크게 미련을 두지 않았다. 그걸로 얘기는 끝. 둘은 그 이후 저녁을 먹고 대화를 좀 더 나누다가 헤어졌다.

아, 물론 볼 뽀뽀를 받고 헤어졌다.

　　　　＊　　　　　　＊　　　　　　＊

9월 6일 지영은 오후 1시에 인천공항에 도착했다. 일정을 밝히지 않아 모자를 푹 눌러 쓴 지영을 알아보는 사람은 없었다. 서소정과 함께 잠시 공항 로비에서 송지원을 잠시 기다렸다. 거대한 대형 스크린에는 엊그제 한 레이샤의 인터뷰가 흘러나오고 있었다.

화면 속 그녀의 얼굴은 정말로 행복해 보였다.

"쳇, 아주 좋아 죽네, 죽어."

슬그머니 다가온 송지원의 말에 지영은 그냥 피식 웃고 말았다. 인터뷰하는 그녀의 모습이 사라지고 대신 개인 SNS가 떴다. 결혼하게 되어 정말 기쁘다는 말과 실명을 언급하며 몇몇 사람은 꼭 오라는 내용의 글을 아나운서가 담담한 목소리로 설명하고 있었다. 물론 지영의 이름과 송지원의 이름도 그 글 안에 있었다.

레이샤의 결혼은 전 세계가 들썩일 정도로 화제의 중심에 서 있었다.

"저거 그만 보고 티켓팅이나 하자."

"네."

지잉.

일어나는데 주머니에서 진동이 와 폰을 열어보니 은재의 메시지가 와 있었다.

[출발했어? ㅠㅠ]

[아니, 아직.]

[몇 시 비행기야?]

[한 시간 더 남았어. 왜?]

[아니야……]

지영은 은재답지 않게 뒷말을 흘려 전화를 걸까 했지만 주변도 소란스럽고 해서 안으로 들어가 전화를 걸기로 했다. 티켓팅을 끝나고 화물 수속, 탑승 수속을 밟은 다음 안으로 들어가 다들 면세점에 갔을 때, 지영은 쉬는 시간을 확인하곤 은재에게 전화를 걸었다.

단조로운 신호 연결음 뒤에 은재가 전화를 받았다.

―응.

"왜 목소리에 힘이 없어?"

—그냥… 남친이 멀리 떠나서 그런가? 흐흐. 맘이 싱숭생숭해.

"뭐야. 하하."

—아무것도 아니니까 잘 다녀와!

"진짜 뭔데. 궁금해서 오히려 더 불편하게 가겠다."

—아냐, 진짜 아무것도 아냐! 그냥 꿈자리가 뒤숭숭해서 그랬어.

"꿈자리?"

—응…….

귀엽게 투정부리듯 대답하지만 지영은 은재의 목소리에 힘이 없음을 알았다. 평소에는 언제나 밝아 더 그렇게 느껴졌다.

"무슨 꿈이었는데?"

—그냥… 그냥 그런 꿈.

"뭐야, 그렇게 말하면 무슨 꿈인지 어떻게 알아?"

—말하기 싫어……. 불길한 꿈이었어.

"내가 나왔어?"

—응…….

"흠……."

대체 무슨 꿈이었기에 은재가 이러는 걸까? 지영은 솔직히 궁금했다. 꿈은 꿈일 뿐이다? 지영은 그렇게 생각하지 않았다.

'아직… 뭔가가 남은 지금 같은 상황에서는 말이지.'

분명, 뉴욕 테러 이후 어떤 일이 벌어질 거란 직감은 받았지만 아직까지 그 직감대로 사고가 터지진 않았다. 그렇지만 은재의 꿈이 어떤 예지몽일 거라는 확신도 없었다.

"괜찮아, 말해봐."

—아냐, 괜한 말했다. 이제 수업 시간! 도착해서 연락해야 돼? 기다릴게!

"에휴, 알았어. 가면서 종종 연락할게. 그럼 괜찮겠지?"

—웅웅! 그래주면 더 좋고! 흐흐.

"알았어. 공부 열심히 하고?"

—넹! 그럼 끊는다!

전화를 끊은 지영은 저 멀리서 서소정이 손을 흔들어 얼른 짐을 챙겨 일어났다. 짐이라고 해봐야 트렁크는 화물 수속을 밟았기 때문에 가방 하나가 전부였다. 송지원이 통 크게 예약한 비즈니스석에서 지영은 가만히 창밖을 봤다.

시간이 되자 기장의 안내 방송이 나왔고, 곧 비행기가 움직이기 시작했다. 지영은 '이제 출발해'라고 짧게 메시지를 넣고 폰을 껐다. 잠시 뒤 몸이 붕 뜨는 느낌과 함께 비행기가 날아올랐고, LA를 향해 비행을 시작했다.

인천공항에서 캘리포니아주 LA국제공항까지는 11시간 하고 30분을 더 비행하고 나서야 도착했다. 입국 심사를 밟고 밖으로 나오자 한국과 비슷한 선선한 새벽의 공기가 지영을 맞이했다.

"흐음, 스멜."

"아무 냄새도 안 나거든요?"

"흐흐, 그냥 그렇다는 거지. 아, 여기도 오랜만에 온다. 예전에는 정말 자주 놀러왔었는데."

"그래요?"

"응, 스물 중반에는 진짜 이 나라 저 나라 여행 다니는 게 유일한 낙이었거든."

캐리어를 끌며 함께 움직이는 송지원의 말에 지영은 그냥 고개를 끄덕였다. 숙소로 잡은 호텔에서 보낸 셔틀 밴을 타고 호텔로 이동해 짐을 풀었다. 장시간 비행으로 지영은 몸 상태가 좀 별로였다.

서소정과 송지원에게 가볍게 러닝을 하고 오겠다고 연락을 넣은 지영은 바로 트레이닝복으로 갈아입고 밖으로 나왔다. LA가 처음은 아니었다. 옛 삶에서도 몇 번 살았었다. 인권 변호사 호세로 살 때 그가 생을 마감했던 곳이 LA이기도 했다. 그러니 낯선 장소는 아니었다. 다만, 그때와는 다르게 많이 변해 있었다.

호텔 근처 공원은 주말도 아닌데 의외로 아이들이 많았다.

30분 쯤 가벼운 러닝으로 땀을 흘리고 자판기에서 물을 뽑아 벤치에 앉았다. 지잉, 지잉, 송지원이 '야, 쇼핑 갈래?' 하고 물어서 '아니요'라고 짧게 답장을 보낸 뒤 공원을 뛰노는 아이들을 바라봤다. 아이들의 얼굴엔 햇살처럼 따뜻한 온기 넘치는 미소가 한 가득이었다.

한국에서는 보기 힘든 풍경이었다.

적어도 저런 광경을 보려면 대공원이나 놀이공원 정도는 가야 저렇게 밝은 아이들의 미소를 볼 수 있었다.

타인의 여유와 즐거움은 지영에게도 비슷한 감정을 선사했다.

물을 다시 한 모금 마시는데 야구공 하나가 데굴데굴 발밑으로 굴러왔다.

"I'm sorry. Throw me a ball!"

열 살쯤 되어 보이는 금발의 푸른 눈을 가진 여자아이가 손을 흔들며 외치자 지영은 그 공을 들어 휙 던져줬다. 공은 아빠와 캐치볼을 하고 있던 아이의 미트에 정확하게 쏙 들어갔다. 아이는 엄지를 척 들면서 '굿!' 이렇게 말하곤 다시 캐치볼을 시작했다. 공원에는 캐치볼을 하는 아이들이 꽤 보였지만 좀 전에 공을 던져달라고 했던 여자아이가 그중 가장 공을 잘 던지는 것 같았다.

자세히 보니 폼도 전문적인 느낌이 났다.

지영은 가만히 그 아이가 공을 던지는 모습을 구경했다. 팡! 팡! 처음에는 캐치볼을 하더니 이제는 아빠가 포수, 아이가 투수가 되어 공을 던졌다. 제법 묵직한 소리가 미트에서 나는 걸 보니 아이는 아무래도 운동을 전문적으로 하는 것 같았다.

파앙!

팡!

스무 개쯤 뿌렸을 때 아빠가 던진 공이 아이를 넘어 다시 지영에게 굴러왔다. 지영은 허리를 숙여 볼을 손에 쥐었는데 이번엔 아이가 'I'm sorry!' 하면서 달려왔다. 지영은 던져줄까 하다가 그냥 볼을 쥔 손을 쭉 뻗었다.

"Thank you……."

"앗!"

공을 받은 아이는 지영을 보고 잠시 고개를 갸웃거리다가 깜짝 놀랐다. 지영은 아이의 투구를 보느라 모자를 눌러쓰지 않았다는 걸 깨달았다.

"무신! 척!"

"엇."

"와우!"

아이는 지영을 확인하곤 놀랐는지 팔짝팔짝 뛰었다. 지영은 잠시 난감한 표정을 지었다. 아이가 뛰자 주변의 시선이 하나둘씩 몰려들었기 때문이다.

"이름이 뭐니?"

"안나! 안나 오코너!"

"예쁜 이름이구나. 반가워, 안나. 나는 무신 척이 아닌 강지영이야."

"노우! 무신! 무신 척!"

"아하하."

초롱초롱한 아이의 눈을 보니 더 이상 정정은 불가능할 것 같았다. 아이의 아빠가 지영에게 다가오다가 안나처럼 눈을 잠시 동그랗게 떴다.

"와우, 반갑습니다."

"반가워요."

지영은 그가 내민 손을 잡았다.

단단한 팔 근육이 유독 인상적인 손. 그리고 자잘한 흉터들이 꽤나 많았다. 며칠 안에 생겼을 흉터도 보였다.

그 흉터들 중에 화상이 유독 많은 걸 보아 영웅의 직업이라는 소방관이 아닌가 싶었다.

"옆에 앉아도 되겠습니까?"

"네, 그러세요."

"고맙습니다. 하하, 안나? 가서 바구니를 들고 오렴."

네!

안나는 도도도 달려 저 멀리 나무로 달려갔다.

"존입니다."

"강지영입니다."

간단하게 통성명을 하고 존은 안나를 가만히 바라봤다.

"안나가 무신을 여러 번이나 돌려봤을 정도로 당신의 팬입니다. 하하."

"그렇군요. 감사할 일이네요."

"하핫."

안나는 잘 뛰었다.

어느새 돌아온 안나가 숨을 헐떡이다가 펜을 지영에게 내밀었다. 그리곤 등을 돌렸다. 딱 봐도 티셔츠에 사인을 해달라는 모습이라 지영은 웃으며 펜으로 안나가 원하는 곳에 사인을 해줬다. 안나는 거기서 그치지 않았다.

스케치북을 비슷한 것을 꺼내 다시 내밀었는데 존이 말렸다.

"안나, 무례하게."

"히잉, 하지만……."

"안나!"

존은 단숨에 안나를 제압했지만 지영은 그냥 스케치북을 받아 들었다.

"괜찮아요, 존. 겨우 사인 한 장인데요."

"미안합니다, 미스터 강. 안나가 아직 어립니다."

"괜찮다니까요."

전보다 더 공들여 사인을 하고 이름을 적으려는데 안나가 '척! 척!'이라고 외쳤다. 안나의 머릿속엔 강지영보단 척위준이 훨씬 더 임팩트가 있었나 보다. 하지만 그래도 지영은 웃으면서 무신, 척위준, 이렇게 한글로 적어주었다.

"척! 척! 이곳엔 어쩐 일이에요?"

"음… 아는 사람이 결혼을 해서 거기 참석하려고 잠시 들렀어."

"아는 사람? 미국 사람?"

"응, 미국 사람이야."

"안나도 그 사람 알아요?"

"알걸? 매우 유명한 사람이거든."

안나는 흐음, 고민을 하더니 두 사람 사이를 엉덩이로 파고 들어 앉았다. 그리곤 헤헤 웃는데 지영은 어쩐지 지연이가 생각나 저도 모르게 안나의 머리를 쓰다듬었다. 그리곤 흠칫 했다가 얼른 손을 뗐다.

존이 기분 나빠할 수도 있어서였다.

그러나 존은 털털하게 웃고는 고개를 끄덕였다.

"더! 더 해줘요! 더!"

"머리 쓰다듬어 주는 게 좋아?"

"웅! 마미가 해주는 것 같아… 히히."

"그래?"

"안나는 몇 살?"

"7years old!"

이런, 발음도 좋고 신장도 좋아서 열 살은 될 줄 알았는데 아직 7살밖에 안 된 아이였다. 한창 순수함이 가득할 나이라 지영은 저도 모르게 입가에 미소가 그려졌다. 밝은 미소를 보니 은재도 떠올랐다. 연락하려다가 지금은 자는 시간이라 아직 못 한 상태였다.

꼬르륵.

작게 배가 꾸르륵거렸다.

배가 아파서가 아닌 공복감 때문이었다.

지영은 안나의 머리에서 손을 떼고 앞에 다리를 굽혀 앉았다.

"안나, 이제 그만 가봐야 할 것 같아."

"벌써?"

"웅, 기다리고 있는 일행이 있거든."

"히잉."

안나는 울상으로 존을 바라봤다.

아빠를 바라보는 이유야 뻔하다. 뭐든 들어주는 슈퍼맨이 아빠이기 때문이다. 그러나 존은 엄한 표정으로 고개를 저었다. 안나가 아니었다면 이렇게 개인 휴식을 방해할 존이 아니었다. 하지만 지영이 이제 가봐야 한다고 말한 이상, 더 이상의 무례는 금물이었다.

그러자 안나가 잠시 입술을 깨물더니 스케치북을 다시 내밀었다.

"마미한테 사인 한 장만 더… 해줘요."

"그래, 알았어. 뭐라고 써줘야 할까?"

"천국에 있을 마미에게 안나가……."

"……"

흠칫.

지영은 펜을 놀리던 손을 멈췄다.

그리곤 저도 모르게 존을 바라봤다.

"엠마는 뉴욕 테러 때문에 먼저 하늘로 갔습니다."

"……"

테러는 사라져야 한다.

좋았던 기분이 다시 우울해졌지만 지영은 애써 웃었다. 안나가 보고 있었기 때문이다. 안나가 말하는 대로 사인을 해주곤 사진도 같이 한 장 찍어주고 다시 호텔로 돌아온 지영은 샤워를 하다가 쓰게 웃었다.

테러로 인해 평생 함께할 인연을 찾은 레이샤의 결혼식을 가는 와중에, 테러로 인해 평생 함께했어야 할 가족을 잃은 사람을 만났다.

기분이 쓸 수밖에 없었다.

극과 극의 결과.

지영은 찬물을 끼얹어 감정을 털어냈다.

저녁쯤에 돌아온 송지원과 서소정, 그리고 팀원들과 함께 저녁을 먹은 지영은 좀 늦은 시간에 은재에게 전화를 걸었다. 이런저런 통화를 하다가 끊고, 지영은 침대에 누웠다.

*   *   *

"네? 오버부킹?"

"응. 아, 큰일 났다. 어쩌지? 하필이면 중복 좌석을 끊은 사람이 이미 먼저 탑승을 해버렸대."

"아……."

진짜 망할이다.

지영은 송지원을 바라봤다.

그녀의 눈엔 황당함이 가득했다가, 이내 짜증으로 번지기 시작했다. 카운터에 가서 따지기 시작했지만 오히려 항공사 직원들은 적반하장으로 나왔다. 말이 통하지 않자 다시 돌아온 송지원이 모자를 휙 벗어 벤치에 던져 버렸다.

"하, 씨발… 짜증 나게 하네."

크게 욕을 할 수 있는 입장이 아닌지라 부글부글 끓는 속을 겨우겨우 억누르며 나온 말이었다. 지영도 황당하고, 어이가 없었다. 분명 예약은 제대로 했었다. 그런데도 오버부킹이 난거면 무조건 항공사 책임이다.

그런데 그들은 그냥 뻔뻔하게 나오고 있었다.

'이놈에 인종 차별······.'

아주 오래전 오버부킹 때문에 폭력까지 당하고 기내에서 개처럼 질질 끌려 나온 동남아시아의 의사 얘기가 떠올랐다. 지영은 지금이 딱 그런 상황이라고 생각했다. 하지만 그렇다고 여기서 난리를 피워봐야 도움이 될 게 하나도 없었다.

지영은 일단 서소정에게 물었다.

"다음 비행기는요?"

"그 뒤로 두 개 다 예약이 풀이래······."

"경유해서 가는 것도요?"

"응······."

"뭔 뉴욕에 이리 미친 듯이 몰려간대요?"

어처구니가 없었다.

아무리 그래도 그렇지, 이렇게 단 한 편도 없다는 게 말이 안 된다고 생각했다.

대답은 송지원에게서 나왔다.

"추모제 하잖아."

"아······."

나인원원.

한국에는 911 테러로 더 유명한 날이었다.

그래서 미국 각지에서 추모제에 참석하러 이동하는 사람들이 이날에는 엄청 몰려들었다. 송지원과 서소정도 그걸 감안해서 일찍 예약을 했는데, 재수 없게도 딱 오버부킹에 걸려 버렸다.

이렇게 되면 진짜 답이 없었다.

"미치겠네요."

"그러게. 미치겠다, 진짜."

송지원은 일단 벤치에 앉아 화를 억누르고 있었다. 폰을 뒤적거리는 걸 보니 도움을 줄 사람을 찾는 것 같은데 한국이면 모를까, 이곳에서의 인맥은 좀 한정되어 있었다. 그리고 그건 지영도 마찬가지였다.

아는 사람이라고는 미블 관계자 몇 과 척 에반스와 알버트가 전부인데 그들도 이미 미리 뉴욕에 도착해 있다고 레이샤에게 연락을 받았다.

"이럴 줄 알았으면 그냥 한국에서 바로 뉴욕으로 갈걸 그랬어요."

"그러게… 괜히 여기서 이틀이나 더 있어서… 아, 망했다. 레이샤한테 뭐라고 하지?"

"그러게요……. 엄청 화낼 텐데."

이제 10시간 뒤면 레이샤의 식이 시작된다.

그런데 지금 10시간 안에 뉴욕까지 갈 방도가 전혀 없었다. 이대로라면 그냥 불참석하게 될 것이고, 레이샤의 분노를… 받아야 할 게 뻔했다.

이러지도, 저러지도 못하는 상황에 구세주가 강림했다.

"Excuse me."

중년의 정복 차림의 사내가 서소정에게 다가왔다. 그는 예약한 항공사의 매니저이며, 오버부킹에 대해 정말 미안하다는 사과를 하고는 용건을 꺼냈다. 용건은 요약하자면 이랬다.

예약 취소로 총 여섯 자리가 나긴 났다.

하지만 두 사람은 지금 출발해야 하고, 네 사람은 두 시간 뒤에 출발할 수 있다.

이 조건이 괜찮다면 두 사람이 먼저 출발하고, 넷은 두 시간 뒤에 출발하는 게 어떠냐.

그리고 나머지 일행의 자리는 힘들 것 같다.

이런 내용이었다.

일행은 긴급 회의에 들어갔다.

송지원의 코디와 매니저도 당연히 따라왔다.

그래서 전체 자리는 좀 더 있어야 했지만 어쩔 수 없는 상황이니 여섯 명만 추려 일단 뉴욕으로 가고, 경호원 셋을 포함한 나머지는 다시 한국으로 돌아가는 걸로. 그렇게 결정이 났다.

"그럼 나랑 지영이랑 먼저… 가면 안 되겠다. 소정아, 니가 지영이랑 먼저 가."

"그럴까?"

"그래야지, 어쩌겠어. 그 위험한 상황에 지영이한테 전화까지 했던 앤데, 나보다는 지영이가 먼저 가야지."

"알겠어, 그럼."

결국 지영과 서소정이 먼저 가기로 했다.

코디의 캐리어에서 식에 입을 옷을 꺼내 지영의 캐리어에 넣고는 서둘러 지영은 탑승 수속을 마쳤다. 좌석이 비즈니스에서 이코노미로 떨어진 것도 불만이지만 상황이 상황인지라 그냥 참을 수밖에 없었다.

"진짜 기가 차네. 미안해, 지영아. 내가 확실하게 했어야 되는데."

"오버부킹이 어디 누나 잘못인가요? 괜찮아요."

"그래도… 내가 다음부터 이 새끼들 이용하나 봐라!"

그 착한 서소정이 화를 낼만큼 상황이 어이없었지만 어쩌겠나, 지금 당장은 참는 수밖에 없었다. 기장의 안내 멘트와 함께 비행기가 움직였다. 빠르게 달리다가 구웅! 기체가 한번 흔들리더니 비행기가 날아올랐다.

쭉, 쭉 하늘 높이 날아올라 기체가 안정권에 들어서자 지영은 안대를 하고 귀에 이어폰을 꼈다.

아니, 끼려 했다.

타앙……! 탕! 탕탕!

비즈니스 좌석 칸에서 기내의 정적을 깨는 총성만 들려오지 않았다면 말이다.

Chapter33
하이재킹(Hijacking)

움찔, 지영은 온몸이 순간적으로 굳는 걸 느꼈다. 그리곤 급히 앞을 바라봤다. 탑승객 사이에도 조금씩 소란이 일기 시작했다. 그리고 그 소란을 찢으며 다시 타앙! 탕탕! 세 발의 총성이 더 들려왔다.

그 총성에 이코노미 석을 휘감고 있던 불안감은 한층 더 증폭됐다.

'하여간……'

이놈에 인생은, 운명은 참 씨발스럽다.

"꺄아아!"

통로 건너편에서 비명이 들려왔다. 처음엔 여성의 찢어지는 비명이, 그다음은 공포에 질린 남자의 비명이… 들려왔다. 지영은 굳이 안 봐도 건너편의 아수라장이 상상됐다.

타앙!

탕!

또다시 총성이 울렸다.

미국은 911을 잊지 않았다. 그래서 이럴 때를 대비해 기내에는 항상 경찰이 상주했다. 하지만 그리 많은 병력은 배치되지 않았다. 이미 작정한 테러리스트들이니 그들은 가장 처음 들렸던 총성의 표적이 되었을 가능성이 가장 컸다. 그러니 기대도 안 하는 게 좋았다.

"지, 지영아……."

창백하게 질린 서소정이 지영을 돌아봤다. 나이가 많아도 그녀는 여성이다. 그리고 이런 경험을 해본 적은 당연히 없었다. 하얗게 질린 그녀를 보며 지영은 입술을 깨물었다. 비상사태였다. 아주 제대로 미친 상황이 벌어졌다. 그러니 지금은 지영이 서소정을 챙길 때였다.

후웅!

탕탕! 다시 총성이 울렸다. 그리고 기체가 한번 크게 흔들렸다가 다시 자리를 잡았다. 지영은 서둘러 벨트를 풀며 말했다.

"자리 바꿔요."

"아아……."

"누나! 빨리 자리 바꿔요!"

"아으……."

서소정은 아예 패닉에 빠져 있었다. 그래서 지영은 억지로 그녀의 벨트를 풀어 자리를 옮기게 했다. 복도 쪽으로 나온 지영은 서소정이 볼 수 없게 입술을 질끈 깨물었다. 냉정해야 했다. 이건 대형 사고였고, 잘못된 처신 한 번은 본인은 물론 서소정, 그리고 기내에 모든 승객을 지옥으로 인도하게 될 것이다.

'아직, 아직 나서선 안 돼…….'

일단 상황이 어떻게 돌아가는지 파악이 안 됐다. 하지만 하이재킹을 노리고 테러리스트가 탄 것만은 분명했다. 그게 아니라면 이 총성은 말이 안 된다. 승객들은 난리가 났다. 각자 폰을 꺼내 가족이나 지인에게 전화를 하고, 911이나 경찰에 전화를 거는 사람들도 있었다. 하지만 지영은 그런 행동이 지금 당장 도움이 안 된다는 걸 잘 알고 있었다. 벌벌 떠는 사람, 우는 사람 등 장내에는 혼란이 서서히 강림하고 있었다.

미국은 테러에 민감하다.

군이나 정부에서 바로 반응을 하겠지만 비행기 테러는… 답이 없었다. 지영은 이를 악물었다. 그 당시 태어나진 않았지만 인류 역사상 최악의 사고라는 911은 잘 알고 있었다.

'또 빌딩을 향해 돌진하면……?'

아마도 이번 생은 그걸로 끝이 나고 말 것이다.

지영은 목적이 뭔지에 따라 움직일지 말지 결정을 해야겠다고 판단을 내렸다. 돌진이면 어차피 죽는다. 그러니 목숨을 걸고 싸우는 수밖에 없었다. 안 그러면 앉은 상태서 생이 끝장나니 말이다.

'이럴 때를 대비해 몸을 만들었지만… 진짜 이런 상황이 오는 건 원하지 않았다고…….'

지영은 단순히 영화 때문에 몸을 만든 게 아니었다. 실제로 몸을 단련한 이유는 이런 비현실적인 상황에 맞서 싸우려고 만든 몸이었다. 하지만 그렇게 몸을 만들면서도 지영은 이런 상황이 오지 않길 바랐다.

그러나 역시 신이라는 개자식은 그 소원을 들어주지 않았다.

'결국 내 직감과 은재의 꿈이… 현실이 됐네.'

지영은 역시나 이번에도 직감이 빗나가지 않았음에 짜증을 느꼈다. 은재도 꿈자리가 뒤숭숭하다고 했다. 안 좋은 꿈이었고, 은재는 지영이 가지 않았으면 하는 기색을 내비쳤었다. 하지만 안 갈 수가 없었고, 결국에는 왔건만… 이런 일이 벌어졌다.

"꺄아아악!"

통로의 천이 휙 재껴지고 복면을 뒤집어쓴 테러리스트가 공포에 질린 스튜어디스의 머리채를 잡고 나왔다. 가장 앞에서 제인이라는 명찰을 달고 승객에게 인사를 하던 스튜어디스였다. 테러리스트는 모두가 보는 앞에서… 스튜어디스의 목을 갈랐다.

서걱.

군용대검이 목을 쭉 가르면서 경동맥을 긋고 지나가자 피가 훅 튀어 올랐다.

"꺄아아……!"

"……."

서소정이 그걸 보곤 찢어지는 비명을 질렀다. 지영은 이를 악물었다. 저건 과시용이었다. 자신들이 진심이라는 과시 말이다. 그리고 힘, 공포로 군중을 제어하려는 의도도 숨어 있었다.

'빌어먹을……. 도대체 무기를 어떻게 반입한 거지?'

이게 가장 큰 의문이었지만, 작정했다면 어떤 식으로든 들여올 수 있었을 것이다. 특히 이렇게 바쁜 시즌엔 보안에 구멍이 송송 뚫리게 마련이니 말이다. 지영은 무기 반입에 대한 의문은 버렸다. 지금 당장 그게 중요한 게 아니었기 때문이다.

'이번엔 진짜……'

제대로 걸렸다.

진짜 너무 제대로 걸렸다.

눈빛을 보니 사람을 죽여도 수없이 죽여본 자의 눈빛이었다. 안 그러면 도축을 하듯 사람을 죽여놓고 저렇게 무감정한 눈빛을 유지할 수는 없었다. 이자들은 테러리스트지만, 동시에 스페셜리스트였다. 지영은 고개를 숙였다. 쳐다보는 건 너무나 위험하기 때문이었다.

현재 이코노미 좌석으로 건너온 테러리스트는 총 다섯. 하지만 기장실이나 그 외에 더 있을 테니 저게 전부일 리는 없었다.

'이 상황을 타개하……'

지영은 그 생각을 이어가지 못했다.

툭, 툭툭.

치이이익.

복도로 떨어진 몇 개의 네모난 통. 그 통은 떨어지기 무섭게 치이익 소리를 내며 가스를 뿜어내기 시작했다. 지영은 놀라 고개를 번쩍 들었다. 테러리스트들은 어느새… 방독면을 쓰고 있었다.

지영은 그걸 확인하곤 얼굴을 일그러뜨렸다.

무취의 가스.

냄새는 맡아지지…….

않았다.

고개가 실 끊어진 인형처럼 앞으로 꺾였다. 저벅저벅 걸어온 테러리스트의 피 묻은 군화가 흐릿한 시야에 들어오는 걸 끝으로, 암전(暗轉)이 찾아왔다.

*   *   *

경악.

세계가 대변하는 단어였다.

뉴욕 테러가 일어나고 채 반년이 지나지도 않은 상태에서 하이재킹이란 최악의 테러가 일어났다. 미국 군, 정부는 곧바로 움직였지만 태평양으로 빠져나간 유니버셜사 A380은 레이더망에서 사라져 버렸다.

군은 통신 전문가는 물론 이번 테러는 스페셜리스트의 소행이라고 발표했다.

하지만 그딴 발표 따위 아무런 위로도 되질 못했다. 각국에 거의 실시간으로 전달된 속보에 의해 나락으로 떨어지는 사람들이 너무나 많았다. 본래는 장거리 기종인 A380은 추모제 때문에 운항했다. 그리고 이 시기에 너무 바빠서 시간을 절약하기 위해 급유도 빵빵하게 해놓은 상태라는 기사도 떴다.

즉, 어디까지 날아갈지 아무도 모른다는 소리였다.

레이더가 못 잡는다고?

이렇게 발전한 군사 과학 시대에서?

발견해도 문제였다.

하이재킹당한 비행기에 침투하는 것도 문제고, 목적이 뭔지 모르는 이상 자폭 테러라도 터지는 순간 안에 타고 있던 승객 전부가 시체도 못 찾게 될 거라는 사실은 조금만 생각해도 충분히 알 수 있는 일이었다.

말 같지도 않은 일이, 현실에 벌어지면?

그냥 단체로 혼돈의 도가니탕에 풍덩 빠져 버린다.

미국이 그랬다.

역대 최악의 반응이라는 모욕과 함께 욕이란 욕을 아주 배가 터지게 얻어먹었다. 통신 두절 당한 상태라 승객의 생사도 알 수 없는 상태였다.

전 세계가 놀란 이유는 하나가 더 있었다.

탑승자 명단… 그 안에 유명 배우, 강지영이 있었기 때문이다.

레이샤 요한슨의 결혼식에 참석하러 가던 그는 그렇게 비행기와 함께 연락이 두절됐다.

한국은 난리가 났다.

강지영.

한국이 낳은… 천재 배우란 타이틀을 가진 배우의 이름이다.

그런 그가 하이재킹에 휘말려 생사조차 알 수 없는 지경이 됐다. 21세기에 진짜 말도 안 되는 일이 벌어졌기 때문에 다들 너무 경황이 없었다. 한국 정부가 나서고 있긴 하지만 미국도 놓친 비행기다. 그래서 한국 정부는 미국에게 하소연만 할 뿐, 이렇다 할 방책을 내놓지 못하고 있었다.

그나마 다행이라면 제대로 된 정권이라 필사적으로 노력하는 모습이 보인다는 점이다. 하지만, 보이기만 할 뿐이다. 아직 가시적인 성과는 하나도 나오지 않았다.

그리고 그러는 동안에도 의문은 쌓여만 갔다.

아니, 도대체 왜?

대체 어떻게 놓칠 수가 있는 거지?

모든 군사 전문가들이 그렇게 입을 모아 말했다.

설마 미국은 911을 잊은 것인가? 또 안전 불감증에 걸린 것인가? 고작 몇 개월 전에 뉴욕에서 천명이 넘게 죽은 테러를 당하고도?

음모론이 머리를 아주 자연스럽게 치켜들었다. 솔직히 안 드는 게 이상했다. 바짝 긴장하고 있을 미국이 비행기의 행적을 놓쳤다는 걸 믿는 사람은 솔직히 거의 없었다. 그러니 음모론이 도는 것이다.

아니, 이 경우는 거의 기정사실로 놓고 도는 루머였다.

911 A380기 납치 사건은 그렇게 21세기를 대표하는 미스터리로 자리 잡아갔다.

테러는, 잘 알다시피 주변을 초토화시킨다.

그리고 그건 비단 테러에 휘말린 당사자 말고, 그 당사자들의 주변으로도 크나 큰 악영향을 끼친다. 지영의 납치, 실종 여파는 당연히 주변을 토네이도처럼 휩쓸었다.

레이샤의 결혼은 취소됐다. 아니, 무기한 연기됐다. 행복해야 할 날에 그녀가 초대한 사람이 사라졌다. 그녀는 무기력증에 걸렸다. 공식적인 모든 스케줄 또한, 무기한 연기됐다.

송지원은 공항에서 속보로 하이재킹 소식을 보다 탑승자 명단을 확인하곤 혼이 빠져나간 사람처럼 털썩 주저앉고, 모든 대외적 스케줄을 취소했다. 두문불출. 그 어떤 언론 매체와도 인터뷰를 나누지 않았고, 집에 틀어박혀 그녀는 나오지 않았다.

임미정 또한 마찬가지였다. 소송 준비 중에 접한 소식은 그녀를 단숨에 실신시켰다. 깨어난 그녀는 울부짖었다. 아들을 잃은 슬픔을 절절한 통곡으로 쏟아냈지만, 그녀의 기력만 쇄할 뿐… 아들은 돌아오지 않았다.

강상만은 버텼다.

집안의 가장인 그는 언론에 가장 크게 시달렸지만 꾹 닫은 입으로 어떤 인터뷰도 응하지 않았다. 오히려 철혈의 검사라는 별명답게 사건을 지휘하고, 처리했다. 매정한 부모라는 타이틀이 꼬리표로 따라붙었지만 그건 그가 가정을 지키는 방법이었다. 그러나 매일 서재에서 지영의 사진을 입술을 꾹 깨문 채로 매만졌다.

그리고 유은재…….

기자들이 강지영을 집중적으로 들쑤시다가 밝혀진, 연인.

그녀는 침묵했다.

얼음처럼 굳은 표정으로 모두를 대했다. 그런 그녀를 옆에서 챙기기 시작한 것은 웃기게도… 김은채였다. 김은채는 유은재를 고아원에서 데리고 나와 기자들이 알지 못하는 곳으로 일단 데리고 갔다. 유은재는 그걸 허락했다. 강지영의 연인이라는 타이틀로 언론에 노출된 그녀에게 쏟아지는 관심은 상상을 초월했다. 그래서 그녀는 당분간 잠적했다. 그걸 도와준 김은채는 여전히 학교에 나왔지만 대성그룹 회장의 손녀인 그녀를 건드리는 간덩이 부은 기자는 별로 없었다.

유은재는 울지 않았다.

그와 찍은 사진을 매일 바라보지만, 입술을 꾹 깨문 채 버티고, 또 버텼다. 그러다 종내 표정을 잃은 인형처럼 변해 버렸다. 나이는 어리나 너무나 성숙한 유은재. 그녀에게 강지영의 부재는 웃음을 빼앗아 가기에 충분했다.

그렇게 시간이 흘렀다.

한 달.

두 달.

세 달…….

일 년.

이 년.

삼 년…….

9월 11일에 이루어진 하이재킹 테러 사건이 점차 세월 속에 파묻히기 충분한 시간이었고, 실종 처리 됐던 이들을 세인들이 이제는 죽었다고 인식하기에도 충분한 시간이었다. 하지만 정권이 바뀐 뒤, 미국은 더욱 더 악착같이 그날의 테러를 쫓기 시작했다. 미국에 적을 둔 모든 요원들이 세계 각지를 떠돌며 사건을 파헤쳤다.

로마, 파리, 마드리드, 런던, 베를린.

카이로, 나이로비, 케이프타운.

다마스쿠스, 바그다드, 예루살렘.

모스크바, 사할린, 블라디보스토크.

마닐라, 하노이, 뉴델리, 자카르타.

베이징, 난징, 청두, 광저우, 도쿄.

서울, 인천, 부산.

그리고 심지어… 평양까지.

미국은 아예 작정하고 모든 요원들을 전 세계 각지로 싹 보냈다. 그렇게 세계로 나간 요원들이 받은 임무 중 하나, 티끌만한 단서라도 911과 연관되어 있다면 목숨을 걸어서라도 본국으로 보내라.

미국은 완전히 뭉개진 자존심을 회복하려, 정보전에 총력을 기울였다.

그 단호한 의지 때문에 일반적인 대중이 모르는 어둠 속에서 피를 흘리고 죽어가는 요원들이 부지기수로 늘어났다. 물론, 세계인의 99.9%가 모르는 일이었다.

사 년.

정보가 조금씩 모이기 시작했다.

그 시작은 골 때리게도 미국의 연방수사국 FBI(Federal Bureau of Investigation)가 가장 먼저 잡았다. 타국이 아닌 자국 내 테러단체에서 입수한 정보. 문서 파기가 되어 있지 않은 채 봉인되었던 한 장의 서류에서 그날의 진실을 조금이나마 엿볼 수 있었다. 하지만 이 또한 99, 9%의 세계인들이 모르는 이야기.

오 년.

실종자 강지영.

실종자 서소정.

911, A380기에 탔던 두 사람의 실종 신고 이후 법적 사망일이 점점 다가오고 있었다.

많은 게 변했다.

특정 소수만 말이다.

오 년 전 911, 그날을 기점으로 지영 주변의 주변은 완전히 초토화됐다. 멀쩡하게 일상을 영유하던 삶은, 더 이상 그들에게 찾아오지 않았다. 지금 화보 촬영 때문에 아름다운 피사체가 되어 있는 송지원도 그중 한 명이었다.

"자자, 지원 씨, 웃으세요. 스마일, 치……"

애들 돌 사진 찍는 것도 아니고 안 쓰던 방법까지 써가며 작가가 카메라를 들이대지만, 피사체인 송지원의 얼굴에 자리 잡은 미소는 그리 밝지 못했다. 그래서 결국 사진 작가는 한숨과 함께 카메라를 내려놓았다.

"지원 씨, 좀 쉬었다 할까요?"

"미안해요."

"아뇨, 뭘. 하하, 자자! 삼십 분 휴식!"

작가가 고개를 절레절레 젓고는 스태프들에게 이것저것 지시를 내렸다.

"……"

송지원은 그 모습을 보다가 입술을 질끈 깨물고 세트장을 내려왔다. 이제는 마흔 중반을 바라보는 매니저 김윤경이 한숨과 함께 물을 건네 왔다. 송지원은 그걸 받아 얼굴을 끼얹으려다가, 멈칫했다.

마음대로 표정이 나오지 않아 들끓는 불같은 마음을 좀 가라앉히고 싶은데, 그랬다간 메이크업을 처음부터 죄다 다시 해야 하는 대참사가 벌어질 것이다.

"대기실 가서 좀 쉴까?"

"응, 언니."

터덜터덜 걸어 대기실로 들어온 송지원은 전신 거울을 통해 자신이 지금 입고 있는 옷을 빤히 바라봤다. 원피스, 클러치, 반지, 목걸이, 구두까지 합치면 도합 이천은 거뜬히 넘을 고가의 옷이다. 지원은 문득 이 옷을 입고 있는 자신이 참 한심했다.

하지만 이내 다시 고개를 절레절레 저었다.

'이겨내기로 했잖아……'

그녀는 많이 고생했다.

정말 농담이 아니라, 매우 많이… 마음고생을 했다. 그날, 공항에서 졸도했고, 눈 떴을 땐 미친년처럼 사방을 헤매고 다녔다. 지영을 찾아서 말이다. 송지원에게 강지영은 그런 존재였다.

이성 간 사랑을 나누는 사이가 아니라, 진짜 가족이었다.

비록 피는 이어지지 않았지만 정말 친동생처럼 챙기고, 아꼈다. 틱틱대면서 놀긴 했지만 그것도 전부 친분의 과시, 그리고 표현이었다. 그런 강지영은 그 날 21세기의 미스터리로 남을 하이재킹으로 거짓말같이 그녀의 곁에서 사라져 버렸다.

신기루처럼 그렇게 사라졌다.

그리고 이제 실종 신고 이후, 법적 사망일이 다가오고 있었다.

'아냐, 아직… 죽지 않았어. 걔가 어떤 앤데……'

송지원, 그녀는 아직 희망의 끈을 놓지 않고 있었다. 아니, 놓을 수가 없었다. 강지영이 가진 그 특별함이 분명 살아 돌아올 거란 희망 고문을 매일매일 그녀에게 가했다.

1년, 아니, 근 2년을 폐인처럼 살았다. 다시 공식 석상에 선

건 2년이 훌쩍 지나고 나서였다. 한 사람의 부재가 그녀를 그렇게 움직이게 만들었었다. 덕분에 보라매의 주가가 아주 땅을 뚫고 들어갔지만 그건 그녀에게 큰 문제가 아니었다.

3년째, 영화도 한 편 찍었다.

송지원이 찍은 영화답지 않게 고작 100만을 겨우 넘기는 스코어에서 막을 내렸다. 모든 게 망가져가는 걸 느낀 그녀는 필사적으로 다시 폼을 끌어 올렸다. 활발한 활동, 지독한 자기 관리에 연습까지.

결국 두 번째 영화는 가뿐히 천 만을 넘겼다.

그러나 전혀, 그녀는 전혀 기쁘지 않았다. 오히려 추락했던 천사의 재비상이라는 제목에 이를 갈았다. 텅 빈 상실감이 그녀를 덮었다. 그래서 그녀는 언제부터인지 잘 모르지만, 스스로에게 계속 물었다.

왜?

가시지 않지?

어째서?

괜찮아지지 않는 거야?

보통.

가족의 죽음이라도 어느 정도 시간이 지나면 빈자리가 주는 슬픔은 희석되게 마련이다. 하지만 이상하게 지영은 그녀의 가슴속에서 나가지 않았다. 송지원은 그게 너무 이상하고, 신기하고, 괴로웠다.

연인도 아닌 친동생 같은 의동생의 부재가 이 정도였나?

"지원아."

"……"

"애, 송지원!"

"응?"

"괜찮겠냐고. 컨디션 안 좋으면 촬영 미룰까?"

"아니, 아니야. 오늘 그냥 끝낼게."

"후우, 괜히 무리하지 말고. 너 그러다 저번처럼 또 쓰러져서 며칠씩 해롱해롱하면 나 이번엔 진짜 목 잘린다!"

피식.

김윤경의 목을 과연 누가 칠 수 있을까? 보라매 사장이 직접 쳐낸다고 나서도 힘들 것이다. 왜? 김윤경의 목을 치면 송지원도 자연히 보라매에서 나갈 게 분명했기 때문이다. 그러니 그녀의 말대로 될 가능성은 전혀 없었다.

하지만 저 말이 나온 이유는 그녀의 기분을 풀어주려는 김윤경의 작은 배려였다. 지원은 그런 배려를 받들어, 고개를 털어 잡생각을 정리했다.

앞으로 한 달.

법적 사망일.

지원은 촬영이 끝나면 브로커에게 마지막으로 연락해 보기로 마음먹었다.

"웃차! 언니, 가자."

"오… 좀 돌아왔는데?"

"응, 말끔해졌어. 후딱 끝내고 가자."

"그래, 근데 가기 전에… 메이크업 수정 좀. 너 울었어, 이것
아!"

"헐……? 진짜?"

"거울이나 봐!"

그녀는 깜짝 놀라 일어나 거울을 봤더니 정말로 볼에 시꺼
먼 줄 하나가 가 있었다. 헐, 저도 모르게 지영을 생각하며 운
게 분명했다. 피식. 하지만 그녀는 그냥 실소만 흘렸다. 뭐, 사
실 한두 번 겪는 게 아니었기 때문이다.

자고 일어나면 베개가 축축해지는 것도 사실 일상다반사였다.

김윤경이 얼른 메이크업 팀을 불러 화장을 고쳤고, 그녀는
힘찬 걸음으로 밖으로 나갔다. 그런 그녀의 등을 말없이 빤히
보던 김윤경은 한숨과 함께 고개를 절레절레 저었다. 본인이야
나아지고 있다 생각하겠지만, 그녀가 보기에 지금 송지원은 심
각한 조울증에 시달리고 있었다. 하루에도 몇 번이나 웃고, 울
고, 우울해지고, 이 기복이 급작스럽게 일어났다. 다만 그녀는
그걸 자각하지 못하고 있었다. 정신과 치료는 당연히 받고 있
었지만 차도가 보이지 않는 상태였다.

밖으로 나가 다시 세트장에 서 있는 송지원을 보던 그녀는
이번 화보 촬영이 끝나면 한동안은 죽어도 일을 잡지 않으리라
다짐했다.

"자! 촬영 시작합니다!"

머리를 반듯하게 빗어 넘긴 작가가 다시 카메라를 들고 그녀
앞에 서서 외치기 무섭게 송지원의 얼굴에 화사한 미소가 만

개한 벚꽃처럼 피어올랐다. 그런데 왜일까, 김윤경은 그 미소가 색이 빠진 잿빛 미소로밖에 보이지 않았다.

＊　　　＊　　　＊

시리아, 다마스쿠스(Damascus).

아랍어로는 디마시크(Dimashq). 십여 년 전까지는 찬란했던 문화를 이룩했던 한 나라의 수도였지만, 지금은 그냥 폐허였다. 마치 묵시록에 나올 법한 폐허에는 그래도 아직까진 사람이 살고 있는지 드문드문 그림자들이 보였다.

그렇게 공습으로 박살 난 다마스쿠스의 거리를 한 사람이 걷고 있었다.

머리에는 검은 터번을, 얼굴도 검은 천으로 가리고 망토처럼 긴 천으로 몸을 두른 사람이었다. 그 사람은 이슬람 복장과는 묘하게 달라 외지인으로 오해받아, 아직 다마스쿠스에 살고 있는 시민들의 따가운 의심의 눈총을 받았지만 전혀 신경 쓰는 기색이 아니었다.

저벅, 저벅저벅.

일정한 보폭. 살짝 숙인 고개 사이로 보이는 눈빛은 탁한 기운이 가득했다. 180이 훌쩍 넘는 장신의 '사내'는 어느 순간 걸음을 틀어 한 골목으로 들어갔다. 골목에서 다시 한참을 걸은 사내는 간판이 떨어져 삐거덕거리는 건물로 들어가자 그 안에서 턱을 괴고 졸고 있던 중년 사내가 인기척에 일어나 사내를 바라봤다.

"뭘 사러 오셨소?"

"정보."

"정보? 그럼 잘못 찾아왔군. 여긴 그런 건 안 파오. 뭔가 필
요하다면 이 안에 있는 것 중에 고르쇼."

사내는 그 말에 가게 안을 슬쩍 살폈다. 찌그러진 캔부터 시
작해 별에 별 잡화가 가득 선반을 매우고 있었다. 세기말에 나
올 법한 도시의 잡화점치고는 제법 많은 걸 갖추고 있었다. 하
지만 사내가 천안에 매고 있는 가방에는 다 있는 물건들이었다.

"이 안에 필요한 건 없어."

"그럼 나가슈."

"나는 정보가 필요해."

"이봐, 당신! 외지인 같은데 큰일 당하기 전에 냉큼 꺼지지 못
해?"

"큭, 큭큭큭."

잡화점 주인의 말에 사내는 낮게 웃었다. 그리고 여태껏 슬쩍
숙이고 있던 고개를 천천히 들었다. 아까도 말했듯이 탁한 눈빛
이었다. 하지만 특이한 건 선천적 오드아이인지, 아니면 후천적
부상 때문인지 몰라도 한쪽 눈동자가 불그스름하단 점이었다.

"제하드."

"…음?"

"아니지, 아마드라고 부르는 게 맞겠지."

"……."

아마드라 불리자 잡화점 주인의 눈빛이 대번에 바뀌었다. 그 전에는 그냥 성질 좀 있는 중년의 사내였다면, 지금은 마치 얼음으로 샤워라도 한 것처럼 냉정한 눈빛을 갖춘 요원이 됐다.

"그 손, 움직이지 마."

하지만 사내는 이미 천 안에서 삐쭉 내민 권총으로 아마드를 겨누고 있었다.

"뒤로 물러나. 살고 싶어서 은퇴했으니 설마 여기서 죽고 싶진 않겠지."

"원하는 게 뭐냐……."

"뭘 들었어? 정보, 나는 정보를 원해."

칙칙하게 나온 그 말에 아마드의 입매가 슬쩍 비틀렸다. 그리곤 천천히 손을 들어 올렸다. 그 모습에 사내의 입가에 아주 작게 만족스러운 미소가 걸렸다.

"좋은 선택이야, 아마드. 솔직히 한 군데 뚫어놓고 시작해야 하나 싶었는데, 이러면 우린 제법 대화가 잘 통할 것 같아."

"…무슨 정보를 원하지?"

"문부터 닫아. 자동문이지? 아까 슬쩍 봤어."

"…버튼은 테이블 아래에 있다."

"눌러, 아, 행여나 헛짓을 해보고 싶다면 해도 돼. 나를 속일 자신이 있다면."

"나는 내 목숨을 소중하게 생각한다네."

"좋은 선택이야."

아마드는 천천히 손 하나를 내려 테이블 아래로 넣었다. 그리고 어떤 버튼을 눌렀는지 지이잉, 소리를 내면서 입구의 셔터가 내려왔다. 딸깍, 셔터가 내려오자 자동으로 천장의 전구가 켜졌다.

그러는 동안 두 사람은 눈을 마주치고 꼼짝도 하지 않고 있었다.

"나가도 되겠나?"

"물론이야."

사내는 한 걸음 물러났다. 그러면서도 총구는 조금의 흔들림도 없었다. 아마드는 알고 있었다. 저 총구에서 불이 번쩍하는 순간 자신의 심장에 구멍이 뚫릴 것이란 걸. 여태껏 자신의 목숨을 몇 번이나 살려줬었던 그의 직감은 절대 눈앞에 사내를 거스르지 말라고 악을 쓰고 있었다.

아마드는 천천히 걸어 나와, 다시 두 손을 머리 뒤로 깍지를 낀 채 섰다.

툭, 데구루루.

네모난 나무 의자 하나가 바로 앞에 떨어졌다.

"나는 신사적으로 해결하고 싶어. 그러니 동등한 입장에서 대화를 시작해 보자고."

"…그 말을 믿어보겠네."

아마드는 의자를 세워 천천히 앉았다.

물론 두 손은 반듯하게 무릎 위에 올려놓았다. 눈앞에 사내는 그가 경험한 적이 없는 종류의 사신이었다. 총구가 나오기 전까지 그 어떤 기척도 느끼지 못했다. 미리 준비하고 있었다면?

'흥! 그런 것도 못 알아봤다면 진즉에 죽어 나자빠졌지.'

사실 아마드는 총구가 자신을 겨누는 그 순간 반항을 포기했다. 살기조차 느껴지지 않는 사내. 그리고 음울하다 못해 자신의 기분까지 더러워질 것 같은 분위기에 정중한 것 같으면서도 어딘가 나사 하나가 빠끄러진 것 같은 말투.

이런 사내는 건드리지 않는 게 상책이다.

하지만 이미 사내는 자신을 찾아왔다.

그렇다면 어떻게든… 비위를 맞추는 게 상책이었다.

"대화를 시작해 볼까?"

"원하는 정보를 말해보시오. 하지만 이것 하나만은 알아주었으면 싶소. 내가 알고 있는, 알아낼 수 있는 정보에는 한계가 있다는 것을."

"물론, 조심성 많고 생존 욕구 강한 아마드는 위험천만한 정보를 취급하지 않는다는 걸 알고 왔어."

"끙…….."

상대는 자신에 대해 이미 상당히 알고 찾아왔다. 은퇴했지만 그는 여전히 정보를 취급하고 있었다. 왜? 무방비로 평범한 일상을 살기엔 이 땅은 너무나 위험하기 때문이다. 그래서 1, 특급을 뺀 정보로 여기저기 선을 대서 자신의 영역을 인정받았다. 그게 정보 세계에서 은퇴한 아마드가 살아남는 방식이었다.

그런데 눈앞에 사내는 그런 것들을 거의 다 알고 왔다.

마주 보는 눈빛, 한쪽의 붉은 눈동자가 아마드는 너무 불길하다는 생각을 하다가 멈칫했다.

'붉은… 눈동자?'

요 근래 알게 모르게 소문이 돌고 있는 어떤 '소문'이 떠올랐다.

"아마드, 잡생각은 버려."

"아, 알겠소!"

사내의 경고에 아마드는 얼른 머릿속에 스며든 '소문'을 재조차 남기지 않고 불태워 버렸다. 지금 이 순간 눈앞의 사내는 '법' 그 자체였다. 그것도 자신의 생사여탈권을 쥔 '초월적 법'이었다.

그래서 얼른 이 사내와 어떤 방식으로든 대화를 끝내고 싶었다.

"구, 궁금한 걸 말해보시오!"

"나인원원……."

"어… 뭐라 그랬소?"

"……."

나인, 원, 원.

사내의 눈빛이 착 가라앉고, 칙칙한 목소리가 이번엔 좀 더 또렷한 형태로 흘러나왔다.

Chapter34
살아남은 자의 의무

'나인원원? 서, 설마……?'

아마드는 오 년 전, 전 세계를 경악시키고, 슬픔과 추모에 잠기게 만들었던 한 대형 사건을 떠올렸다. 아니, 미스터리를 떠올렸다. 그리고 그 사건에는 자신도 일정 부분, 관여를 했다.

'나인원원 비행기 납치 사건… 그런데 대체 어떻게?'

세계를 들썩이게 만들었던 미스터리였다.

그렇지만 이제는 세인들의 기억 속에서 옛 과거가 된 미스터리이기도 했다.

그런 미스터리를 사내가 입에 담았다.

"아마드."

"나, 나는 그런 것까진 취급하진 않소……!"

"아니, 당신은 알아……. 당시에 용병 브로커의 한축을 몰래 담당했었으니까."

"…어떻게 그걸?"

"내가 여기에 있는 걸로 설명이 부족해?"

"…후우."

사내의 말이 맞았다.

아마드는 오 년 전, 정착 자금 때문에 브로커를 한번 한 적이 있었다. 스페셜 테러리스트를 섭외하는 일이었고, 아마드는 당시에 딱 두 명을 섭외했다. 그리고 받은 금액은 USD 30만이었다.

그리고 그 돈을 다시 밀입국 전문 브로커에게 건네서 가족들을 시리아에서 탈출시켰다. 그리고 남은 자금으로 아마드는 시리아의 중심, 이곳 다마스쿠스의 골목 어귀에 둥지를 틀었다.

"당신이 섭외한 용병 두 놈의 이름, 내가 당신에게 원하는 건 딱 그것뿐이야. 말해준다면 당신은 내일의 태양을 다시 볼 수 있을 거라 약속할게."

"후우……."

아마드는 버틸 재간이 없었다.

살고 싶은 마음이 아까부터 요동치고 있는 상태였고, 이제는 버틸 힘도 없어 그냥 풀어버렸다. 상대는 자신과는 급이 다른 사신이었다. 그것도 조금의 틈도 없는 복수심으로 똘똘 뭉친 사신이었다.

반항은 곧 죽음이리라.

그래서 아마드는 사신에게 차라리 모든 걸 보는 걸 택했다. 아니, 그것밖에 선택지가 없었다.

"외인부대 출신 줄리앙과 독일 정보부 은퇴 요원 라이너, 이렇게 둘이오."

"…다행이네."

"음?"

"카심도 그렇게 말하더군."

"……"

아마드는 입을 쩍 벌렸다.

카심은 브로커의 총책임자였다.

그러니 당연히 그도 줄리앙과 라이너를 알고 있었다. 아마드는 벌렸던 입 그대로 흠칫 굳었다.

카심을 만났다?

그런데 살아 있다?

그는 다마스쿠스의 어둠을 지배하는 한 축이었다.

그런 만큼 그를 지키는 병력은 결코 가벼운 수준이 아니었다. 그런데도 저 사내가 살아 있다는 사실에… 아마드는 놀라지 않을 수밖에 없었다.

"카, 카심은……?"

"그가 믿는 신에게 보내줬어. 좀 버티더니 나중에는 처절하게 기도하더군. 제발 자신을 거둬달라고 말이야……."

"……"

톤이 뒤바뀌었다.

억누르고 있던 무언가가 툭 튀어나온 것처럼 지독하게 싸늘했다. 그리고 보였다. 눈매가 슬쩍 찢어져 있는 걸 말이다. 사내는 웃고 있었다. 아마드는 그 미소가 정말 소름끼치게 무서웠다.

"약속대로 아마드, 당신은 살게 될 거야. 다만 그냥은 안 돼."

"……."

휙.

사내가 두르고 있던 천 안에서 작은 소도가 휙 날아왔다.

"내가 위령제를 올려야 할 제단에 있는데… 빈손으로는 좀 그래."

"……."

그, 차가운 말에 아마드는 조금의 고민도 하지 않고 소도로 손을 뻗었다. 죽는 것보단 손가락 하나가 나았기 때문이었다. 그런 마음에 이를 악물고 소도를 손으로 뻗어가는 사내의 눈빛은 더욱 더 차가워졌다.

잠시 후.

"끄으으으……!"

이 악문 비명 소리가 들린 뒤에 셔터가 다시 올라왔다. 밖으로 나온 사내는 다시 길을 걷다가 우뚝 멈춘 채 하늘을 올려다봤다.

"누나, 이제 거의 끝나가요."

사내, 지영은 서소정을 향해 그렇게 속삭였다.

5년 전 그날, 수면 가스에 기절하듯 의식을 잃었다가 다시 깼더니 사지가 단단하게 결박당해 있었다. 케이블 타이로 손가락까지 아주 꼼꼼하게도 묶어놨었다. 그리고 남자, 여자를 따로 구분해 아예 떨어뜨려 놨다. 서소정과는 그때 헤어졌다. 그리고 다시 만난 건 1년 정도가 지났을 때였다.

빌어먹을 신을 믿는 광신도 집단은 지영을 알아봤고, 지영을 이용하려 했다. 그게 대다수의 승객들이 목숨을 잃었지만 지영이 1년간 고문도 없이 살아남을 수 있었던 이유였다. 그들이 원하는 건 지영이 집단의 일원으로 카메라 앞에 서는 것이었지만 지영이 그걸 받아줄 인간이 아니었다.

달콤한 설득에도 고개를 저었고, 강압적인 협박에도 고개를 저었다.

그 이후부터 고문이 가해졌다. 임은이가 당했던 고문과 비견될 정도로 강도 높은 고문이었다. 지영은 그 고문들을 사십구호와 구도자의 기억을 꺼내 버텼다. 철저하게, 정말 철저하게 자신만의 세계를 만들었고, 그 안에서 나오지 않았다.

그렇게 다시 반년 정도가 지났을 때, 지영은 서소정을 다시 만났다.

눈앞의 서소정은 철저하게 윤간당했다. 더러운 개자식들은 그녀를… 시간(屍姦)했다. 지영은 알아볼 수 있었다. 의식도 없이 흔들리는 육체는 그녀가 마음의 문을 닫거나, 아니면 인형처럼 정신 어딘가가 무너져 그런 게 아니라는 사실을. 애초에 죽음의 강을 건넌 상태에서 지영의 앞에 온 것이다.

지영은 그녀의 죽음을 확인하고, 제어하던 모든 것을 풀었다. 사십구 호, 폭군 이건, 척위준, 그 외의 살벌한 삶을 살았던 모든 기억 서랍들을 끄집어냈다. 탈출은 그때부터 구상했다. 어깨를 등 뒤로 돌려 간수를 죽인 뒤, 자물쇠를 다 풀었다.

　복수.

　지영은 탈출했지만 한국으로 돌아갈 생각이 없었다.

　대신… 처절한 복수를 계획했다.

　하나씩, 처음부터 하나씩 놈들을 찾아내 고문하면서 정보를 모았다. 테러리스트들은 스페셜리스트였다.

　고강도 훈련을 받았을 가능성이 매우 높은 그들은 광신도 집단의 의뢰를 받아들인 용병들이었다. 지금까지 알아낸 건 당시 기내에 있었던 용병의 숫자가 15명이었다는 것, 그리고 그중 5명의 이름이었다.

　'열, 나머지만 찾아내면…….'

　이제 피의 복수가 시작될 것이다. 물론 기회가 있어 셋은 이미 처단했다. 지영은 성인군자가 아니었다. 영화배우? 연예인? 공인? 지영은 그 직업에 집착하지 않았다. 이번 삶의 목표는 뚜렷했었지만 그게 서소정의 죽음을 덮을 정도까지는 아니었다.

　지영은 원한은 절대로 잊지 않았다.

　전생의 복수는 타인이라는 인식이 있어 넘어갈 수 있지만, 현생에서 얻은 원한은 반드시 갚아주는 성격이었다.

　서소정.

　자신을 아껴주던, 본인보다 지영을 더 챙겨주던, 송지원과는 다른 의미로 누나 같았던 서소정의 죽음은 절대로 잊을 수 없었고, 그냥 넘어갈 수 없었다.

'광신…….'

지영은 이를 악물었다.

약도 안 한 놈들이 알라를 부르짖는 모습은 그야말로 구역질이 나는 광경이었다. 매일 강제로 기도를 시키는 건 애교였다. 약을 놓고 아예 세뇌까지 하려고 했다. 하지만 지영의 정신력은 약으로도 부술 수 없었다.

구백구십구 번에 달하는 환생으로 정신력 하나만큼은 가히 세계 최고였기 때문이었다.

그렇게 삼 년을 넘게 이 지역의 정보를 모으며 돌아다닌 지영은 이제 거의 끝을 보고 있었다.

당시 갇혀 있던 곳에 작정하고 들어가 모조리 죽여 버렸다. 경비? 총? 그런 걸로는 지영을 막지 못했다. 몇 날 며칠을 관찰했고, 달조차 뜨지 않은 밤에 스윽 스며들어, 놈들이 즐겨 쓰던 검으로 모조리 고혼으로 만들어 버렸다.

그 과정에서 지영은 어떠한 죄책감도 느끼지 못했다. 그리고 지영은 그걸 자연스럽게 받아들였다. 희대의 살인마? 누가 만약 그렇게 부른다면 인정할 수 있었다. 하지만 이 말은 꼭 해줄 것이다.

'생명은 존엄하지만, 그 광신도들의 생명은 쓰레기보다 못하지…….'

건드리지 않았다면 존엄하다 생각했겠지만, 이제는 가치가 없는 생명들이다. 차라리 사라지는 게 더욱 도움이 될 것이라 생각했다. 그리고 지영은 친히 쓰레기 수거에 손을 보탤 생각이었다.

*　　　　*　　　　*

한여름의 시칠리아(Sicilia)는 수많은 관광객으로 붐볐다. 특히 에메랄드를 품은 것처럼 푸르름을 자랑하는 몬델로 해변은 엄청난 인파가 몰려들었다. 지영은 그런 몬델로 해변이 정면으로 보이는 한 카페에서 주스를 시켜놓고, 시선을 한쪽에 고정하고 있었다.

'찾았다……'

저 멀리, 파라솔 아래에 시칠리아에 도착해 며칠을 찾아 헤맨 끝에, 줄리앙을 발견할 수 있었다. 헝가리 부다페스트에서 라이너를 처단하고, 그놈의 폰에서 줄리앙이 시칠리아로 여행을 떠날 거란 메시지를 확인할 수 있었다.

이 두 놈은 당시 테러리스트 중 유일하게 유럽 놈들이었다. 그래서 그때의 일을 계기로 서로 간간히 연락을 하고 지냈기 때문에 귀찮은 과정 없이 지영은 바로 시칠리아로 날아왔다. 물론 정규 루트를 이용하지 못해 꽤나 늦었지만 줄리앙은 한 달이나 이곳에서 보낼 거라는 예정이었기 때문에 급할 건 없었다.

그렇게 시칠리아에 도착해, 겨우 놈을 찾았다.

자랑하듯 금발 미인과 찍었던 다정한 사진을 본 적이 있기에 놈의 얼굴은 어렵지 않게 확인할 수 있었다.

금발의 미녀 둘을 끼고 파라솔 베드에 누워 시시덕거리고 있는 놈을 보자 살기가 훅 치솟았다. 하지만 주변에 사람이 있어 지영은 바로 솟구친 살기를 강제로 내리눌렀다. 보는 눈이 많았다. 그래도 눈빛이 살벌하게 변하는 건 막을 수 없었다. 다행인 건 얼굴의 반은 가려주는 큰 선글라스를 끼고 있어 누구도 지영의 살벌한 눈빛을 볼 순 없다는 점이었다.

'그 많은 사람들을 광신 집단에 던져놓고… 너는 이렇게 한가한 삶을 영위하고 있었다는 거지?'

으득!

손가락이 근질근질했다.

어서 놈의 목을 꺾고, 그 목을 제단 위에 올려 서소정의 넋을 기리고 싶었다. 하지만 지금은 아니었다. 지영은 잔에 든 얼음을 얼른 입에 넣었다. 차가운 얼음이 들끓던 정신을 어루만져 착 내리눌렀다.

"으하하!"

손을 번쩍 들고 맥주를 마시는 줄리앙의 모습에 지영은 히죽 웃었다.

"그래… 지금 많이 웃어둬. 이제 더는 웃을 일이 없을 테니까."

드륵.

비어 있던 옆자리의 의자가 끌리는 소리에 힐끔 옆을 보니 20대 여성 둘이 나란히 와서 앉았다. 그녀들은 지영을 잠시 보다가, Hola. 짧게 인사를 했다. 에스파냐어였다.

"Hola."

지영이 그렇게 마주 인사를 해주자 짧게 놀라는 시늉을 하더니 말을 더 걸어왔다.

"아시아 사람 같은데 스페인어 할 줄 알아요?"

"어느 정도는."

"오! 그 정도면 잘하는걸요?"

"그냥 대화 정도만 가능합니다."

"호호, 겸손은. 저는 이사벨이에요. 이쪽은 벨라."

"영, 입니다."

"영? 신기한 이름이네요. 하지만 간결하면서도 멋있는 것 같아요."

"감사합니다."

지영은 그 말을 끝으로 다시 해변으로 시선을 돌렸다. 여전히 줄리앙은 미녀들과 시시덕거리고 있었다. 놈을 놓쳐서는 안되는지라, 옆자리의 스페인 미녀들과 더는 대화를 할 수 없었다. 하지만 이사벨과 벨라는 그런 지영의 상황을 전혀 모르는지라, 계속 말을 걸어왔다.

"시칠리아에는 혼자 왔나요?"

이번엔 벨라가 지영에게 질문을 건넸다. 지영은 시선을 잠시 줄리앙에게서 떼고 대답했다. 의심스러운 행동을 해서 좋은 건 하나도 없었다.

"네, 그쪽은요?"

"저흰 보다시피 이렇게 둘이 왔어요."

"그렇군요."

아시아계 남자가 스페인어를 능숙하게 하는 게 신기했는지 이사벨과 벨라는 지영에게 계속 대화를 걸어왔다. 지영은 속으로 한숨을 내쉬곤 그 대화를 받아줬다. 물론 중간중간 줄리앙을 확인하는 건 잊지 않았다.

"영은 학생인가요?"

"네."

"그렇군요. 저희도 학생이에요."

스페인 사람들은 원래 이렇게 시답지 않은 대화를 즐겨하나? 지영이 그라나다에 태어났던 삶에서는 전혀 그렇지 않았기 때문에 잠시 고민이 생길 정도였다.

"영."

"네."

"사실은 벨라가 당신과 대화를 나눠보고 싶어 해서 들어왔어요."

"네?"

"벨라가 당신을 보더니 눈을 못 떼더라고요. 마침 옆자리도 비었고 해서 냉큼 이 자리를 잡은 거예요."

피식.

정열의 나라 중 한 곳이라 그런가? 거 성격 한번 화끈했다. 하지만 아쉽게도 지영은 그 화끈한 성격을 받아줄 생각이 없었다. 그리고 그럴 상황도 아니었다. 자신은 복수를 위해 저기

저, 줄리앙을 지켜보고 있는 중이었으니까. 더 이상의 시답지 않은 대화는 끝내야겠다고 마음먹었다.

"미안합니다. 힘든 일이 있어 생각을 정리하러 온 여행이라, 벨라의 마음에 응해줄 수는 없겠군요."

"아, 이런. 어쩐지 분위기가 너무 무겁다 생각했어요. 실례했어요."

이사벨은 깔끔히 물러났다. 벨라도 고개를 끄덕였다. 이런 쪽으로 맺고 끊는 건 또 확실해 다행이었다. 둘이 자리에서 일어나 밖으로 나갔고, 지영은 다시 줄리앙에게 시선을 뒀다. 놈은 여전히 놀고 있었다.

너무나 밝은 얼굴로……. 그 얼굴을 한참이나 보던 지영도 결국 헛웃음을 지을 수밖에 없었다. 해가 슬슬 떨어질 때가 되자, 놈은 자리를 정리하고 일어났다. 그리곤 옆구리에 미녀들을 끼고 해변을 나섰다. 물론 용병답게 주변을 스윽 한번 훑고 말이다. 하지만 지영은 이미 시선을 다른 곳으로 돌린 상태였다.

놈이 해변가 도로를 따라 걷기 시작하자 지영도 자리에서 일어나 놈의 뒤를 천천히 밟기 시작했다.

*　　　　*　　　　*

줄리앙은 천천히 정신을 차렸다.

'여긴…….'

오늘 해변에서 만난 여성들과 저녁을 먹고, 뷰가 좋은 바에서 칵테일을 마시고, 그리고 그녀들을 취하기 위해 호텔로 돌아가던 순간… 에 기억이 사라지고, 지금 이 상황이었다. 줄리앙은 자신이 납치당했다는 것을 바로 알았다.

몸을 움직이려 하자 목을 조이는 압박감이 느껴졌다.

손은 뒤로 묶여 있는 상태고, 다리도 단단하게 결박당해 있었다. 허리가 접힌 상태로 목에도 줄을 걸어 발목의 줄로 연결해 팽팽하게 조여 놓은 상태였다.

"크읍……."

아주 제대로 조여 있는 상태라 줄리앙은 자신을 납치한 간덩이 큰 새끼가 보통이 아님을 곧바로 알아차렸다. 딸깍, 전구가 켜지면서 퀴퀴한 지하실의 풍경이 조금씩 눈에 들어왔다.

"일어났네?"

"큡……."

"답답하지? 기다려 봐."

자신을 납치한 것으로 보이는 스물 초중반의 청년, 사자의 갈기처럼 제멋대로 기른 거친 머리 스타일에 흰 셔츠, 검은 반바지, 그리고 선글라스. 하지만 줄리앙의 눈에는 사내의 입가에 걸린 미소가 가장 인상적이었다. 아니, 소름이 돋았다.

치익.

입가의 테이프가 청년의 손에 의해 떨어지고, 입안에 쑤셔박혀 있던 천도 빠져나왔다. 공기가 들어오자 줄리앙은 격하게 기침을 했다.

"줄리앙?"

"누, 누구냐……."

"줄리앙 맞지? 엄한 사람이면 곤란해서."

"…이미 날 확인하고 일을 벌인 게 아닌가?"

"확인했지. 확인했고말고. 몇 번씩이나."

"…나를 알면서 이런 짓을 한다? 난 외인부대 소속이다. 나를 건드리면 프랑스를 적으로 돌린다는 뜻이다!"

"큭큭!"

줄리앙의 말에 청년은 웃었다.

그리곤 쓰고 있던 선글라스를 벗었다.

굉장히 냉정하게 생긴 마스크였다. 차갑다 못해 바늘로 찔러도 피 한 방울 나오지 않을 것 같은 분위기가 고작 눈, 코, 입의 조화만으로 풍겨 나오고 있었다.

"왜 이래? 외인부대에서 오 년 전에 전역했잖아?"

"……."

"그리고 지금은 그냥 은퇴한 용병이잖아?"

"……."

"근데 비행기 한번 납치하고 돈 좀 만졌나 봐?"

"그걸 어떻게?"

"뭘 어떻게야. 내가 너를 어떻게 찾아올 수 있었는지 머리를 좀 굴려봐."

"넌……."

청년, 지영은 아쉬웠다.

줄리앙은 지영을 전혀 알아보지 못하고 있었다. 오 년간 성

숙해진 외모 때문에 그렇기도 하겠지만, 애초에 놈에게 하이재
킹 사건 자체가 크게 자리 잡지 못하고 있다는 뜻이었다.

"큰일을 치렀으면 좀 머릿속에 담아놨어야지. 줄리앙, 나를
잘 봐. 내가 누굴까?"

"너는… 나는 동양인과는 친분이 없다."

"그래도 나를 모르는 사람은 드문데? 아니면 영화를 안 좋아
하나? 힌트를 주지. 리틀 사이코패스."

"…강지영?"

프랑스인이 발음하기엔 힘든 발음이라 좀 뭉개져서 나온 자
신의 이름에 지영은 슬며시 웃었다. 됐다. 줄리앙은 자신을 떠
올렸고, 이제부터 좀 더 재미난 대화가 될 거란 생각에 나온
웃음이었다.

아, 물론 육체간의 대화였다.

"맞아. 너희들이 광신도 집단에게 집어 던진 영화배우 강지
영."

"어떻게……?"

"잘 도망쳤지. 다 죽이고."

"……."

한낱 영화배우가 무장한 광신 집단의 기지를 탈출했다고? 그
리고 그 안에 있던 이들까지 싹 죽이고? 그건 한창때의 자신이
라고 해도 불가능하다. 광신도, IS의 잔악함과 철저함은 줄리앙
본인이 가장 잘 안다.

최정예 요원이라도 해도 그들에게 한번 잡히면 결코 쉽게 빠

져나가지 못한다. 아니, 거의 불가능하다. 그런데 고작 영화배우가? 액션 영화의 대가 탐이라 하더라도 불가능할 것이다.

강지영에 대해서라면 자신도 꽤나 안다. 당시 나이 열네 살이었다. 나이도 나이지만 문제는 결단력이다. 살인, 그 거부감을 이겨내야 가능성이 조금이라도 생긴다. 어떻게 생각해도 줄리앙은 지영의 말을 믿을 수가 없었다.

하지만 지금 상황은?

믿지 않을 도리가 없었다.

아무리 은퇴했더라도 외인부대에서 한 부대를 이끌고 아프리카를 비롯한 내전 지역을 전전했던 자신이었다. 전설까지는 아니어도 그 아래 단계의 명성은 쌓았을 정도로 실력이 출중했던 자신이, 그런 자신이 지금 고작 스물도 안 된 애송이한테 납치를 당했다. 술을 마셔서? 딱 두 잔만 마셨다.

술에 절어 해롱대는 건 스스로 결코 용납할 수 없었기 때문이다. 그런데 정신을 차려보니 이미 납치를 당해 있었다. 어떻게 당했는지 수법도 아직 파악 못 한 상태였다.

'이런 능력이라면…….'

말이 안 되는 것도 아니었다.

"당시 비행기에 탔던 용병 테러리스트는 열다섯, 맞지?"

"거기까지……."

"그럼, 몇 년을 돌아다니면서 정보를 모았거든. 그런데 거짓말해도 상관없어. 이제 니가 마지막이거든."

"내가 마지… 막?"

"내가 널 어떻게 찾았을 거라 생각해?"

"음……."

"우정? 좋지. 하지만 위험한 정보를 알고 있는 자와의 교류는 좀 그렇지 않나? 대놓고 일정을 알려주니 못 찾고 싶어도 못 찾을 수가 없잖아."

"라이너……."

"덕분에 쉬웠어. 여기 도착해서 널 찾는 데 시간을 좀 뺏기긴 했지만 크게 어려울 것도 없었어. 떡 하니 여자와 해변에서 찍은 사진을 보내놓았으니 해변만 뒤져봤지. 딱 삼 일 걸리더군."

줄리앙은 도무지 이해할 수가 없었다.

저렇게 맨땅에서 사람 하나를 찾는 건 정말 힘든 일이다. 아무리 인상착의를 알고 있더라도 오직 얼굴 하나만 가지고는 웬만해선 눈앞에 있어도 놓치기 십상이었다. 그래서 요원들은 전문적인 교육을 받는다. 그런 그들이라면 가능하겠지만…….

"한국 정보국인가……?"

"상상력이 별로야. 내가 납치당할 때 나이가 열네 살이야. 그런데 요원 생활을 하겠어?"

"그럼 대체 이떻게 우리의 위치를 찾는 게 가능했던 거지?"

"거기까진 알 필요 없잖아? 지금 중요한 건 내가 널 어떻게 할지, 처분에 대한 게 중요하지 않을까?"

"어차피 죽일 작정이지 않나?"

줄리앙은 생을 포기하지 않았다.

그리고 그러기 위해선 대화를 이어나가야 했다. 뭔가를 고민하게 만들어야 했다. 그래서 담담한 척, 받아들이는 척을 시작했다. 물론 이유야 밑밥을 던지기 위해서였다. 하지만 사실, 그리 기대하진 않았다.

눈빛, 조금의 틈도 허용치 않는 냉정한 눈빛을 보면 살아서 여길 나가는 건 깔끔하게 포기하는 게 낫다는 생각까지 들 정도였다.

"갈 때 가더라도 저승길 동지도 좀 같이 보내주지?"

"누구? 아아, 벨랄?"

"……"

'빌어먹을……'

줄리앙은 속으로 욕을 내뱉었다.

벨랄 알후사인. 테러리스트를 고용한 무장 단체의 수장이다. 그는 스스로를 IS의 한 계파라 칭했으며, 911 하이재킹을 주도한 인물이었다. 즉, 줄리앙은 행동 대원이고 대가리가 벨랄이었다. 그런데 지영은 이미 벨랄을 만났다.

"반항이 거세긴 했어. 이거 보이지? 내가 옆구리에 한 방 제대로 맞았을 정도야."

셔츠 사이로 총상으로 인한 흉터가 보였다. 인위적인 총상이 아닌 실제 총에 맞고 피부가 아물 때 나올 흉터였다. 줄리앙 본인도 다리며 복부 쪽에 몇 개나 있는 흉터였다.

"설마 그까지 죽었나?"

"뭐 어렵다고. 알잖아? 아무리 용의주도해도, 작정하면 무슨 짓이든 할 수 있다는 걸. 알라의 요술봉 몇 대 갈겨주고, 시원하게 대가리들을 날려줬지."

"기가 막히는군……."

"아니지, 줄리앙. 기가 막힌 건 나야. 평범하던 일상이 너 때문에, 너희 개새끼들 때문에 망가졌잖아? 게다가… 내 사람이 죽었어. 내가 보는 앞에서 윤간을 당했지. 심지어 숨이 끊어진 상태로……."

"……."

미친 광신도들은 무슨 짓이든 할 수 있다. 지들끼리는 얼굴 피부만 나와도 허리띠에 폭탄을 매달아 보내면서, 그 외의 사람들에게는 정말 차마 입에 담기 힘든 짓들을 일삼는다. 종교에 미친 자들은 그만큼 지독한 이기주의자들이다.

지영은 아직도 그날을 잊을 수가 없었다.

"니들 때문에 평범했던 나는… 복수에 미친 귀신이 된 거야. 지금 이 상황은 그 귀신이 네게 죄를 묻는 상황이고."

"내 몸에는 칩이 있다. 내 위치에 대한 정보는 프랑스 정보국에서 관리해! 내가 죽으면 너는 바로 용의선상에 오를 거다!"

"프랑스 정보국이 대단한 건 알아. 그런데 그렇게 비인류적인 행동은 안 해. 그런 짓은 카게베도 안 할걸? 그리고 거짓말을 하고 싶으면 좀 더 그럴 듯하게 해야지. 칩을 심었으면 하이재킹 당시 넌 이미 정보국 레이더에 걸렸겠지. 어디서 말 같지도 않은 소리를 하고 있어."

"……."

"짜증 나게……."

쉭, 푹!

날카로운 침 하나가 허벅지를 그대로 뚫고 들어갔다.

"크윽……!"

"오, 제법 잘 참네? 그래, 그래 줘. 라이너만큼은 버텨줘야지? 니들 대장이었던 코쟁이 레놀드는 아주 엄살쟁이더라고."

"개자식……!"

"재밌네, 내가 개자식이라니. 그럼 너는 뭐야? 삼백이 넘는 일반인을 광신도의 우리에 집어 던진 니들은? 악마야?"

본래 사람은 자신의 입장에서밖에 생각하지 못한다더니, 이놈도 다르지 않았다.

"하나만 물을게."

"뭐지……?"

"안 미안해? 죄책감이 조금도 안 들어?"

"……."

"네놈들이 악마의 소굴에 던진, 아무것도 모르는 그 불쌍한 사람들에게… 미안한 마음은 안 들어?"

"큭큭……!"

전쟁광.

매캐한 화연과 비릿한 피 냄새 속에서야 비로소 살아 있는 걸 느끼는 극소수의 정신병자들. 저 웃음은 그걸 인정하는 웃음과 같았다. 지영은 마지막인 이놈에게 별로 들을 게 없을 거란 걸 직감했다.

그리고 사실, 좀 지쳤다.

복수, 그것 하나만 보고 3년이 넘는, 근 4년에 가까운 기간 동안 세계를 돌아다녔다. 정상적인 방법으로는 불가능해 불법적인 일까지 서슴없이 벌이면서 말이다. 그렇다보니 항상 긴장의 연속이었고, 그 긴장감이 정신을 너무 갉아먹었다.

물론 이 정도로 무너질 지영이 아니지만 이제는 마음 편히 좀 쉬고 싶었다.

스릉.

지영은 허리에서 길쭉한 칼을 꺼냈다. 형태가 딱 쿠크리를 닮은 검을 보자 킬킬 웃던 줄리앙의 얼굴이 그제야 천천히 굳었다. 잘 닦긴 했지만 아마 느꼈을 것이다. 칼이 머금은 피를. 이런 놈들은 감각적으로 분명히 느끼게 되어 있다.

그래서 지영이 지금 얼마나 진심인지, 그것 또한 느낄 수 있을 것이다.

"좀 지치네. 이제 끝내자. 이 마당에 뭘 더 알고 싶은 게 없네."

"큭… 세계가 알아주는 천재 배우가… 사실은 피에 미친 킬러였다니… 알려지면 뒤집어지겠군. 큭큭!"

"상관없어. 배우에 미련이 남는 것도 아니니까. 그래도 다행인 줄 알아. 난… 가족은 안 건드렸거든."

"그거 참… 감사하군."

"마지막으로 할 말은?"

"아량을 베풀어… 편히 보내주기를."

"걱정 마. 잠깐 화끈하고 편해질 거야."

지영은 칼을 줄리앙 턱 아래에 놓고 그의 머리채를 휘어잡았다. 그리고 쭉, 그었다. 피가 훅 튀어 올랐다. 울대가 꿀렁거리고, 갈라진 틈에서 공기가 빠져나가며 피거품이 일어났다. 지영은 칼을 놓고 일어섰다.

사실 원래 이럴 생각은 없었다.

원래는 더, 더 잔인하게 고문하다가 죽일 생각이었다.

하지만 이놈을 마지막으로 복수가 끝났다. 지영이 목표로 했던 건 테러리스트 전원과 그걸 의뢰했던 벨랄이었다. 그 전원을 아무도 모르게 잡았으니 이제 복수는 끝났다. 지영은 터덜터덜 걸어 지하실 안에 존재하는 유일한 물건인 의자에 앉았다.

지영은 주머니에서 종이 한 장을 꺼냈다.

지갑은 이미 빼앗긴 상태고, 그 안에 있던 사진을 대신할 목적으로 프린트해서 뽑은 서소정의 사진이 있었다. 사진이야 보라매 홈피에 가면 직원 소개란에 떡 하니 있으니 그리 어렵지 않았다.

"……."

그렇게 뽑은 사진을 지영은 한참이나 바라봤다.

서소정은 이로써, 편히 쉴 수 있을까?

피식, 웃음이 나왔다.

복수란 어차피 자기만족이었다.

순둥한 서소정은 애초에 복수를 바랄 성격도 아니었다. 하지만 그걸 알면서도 지영은 복수를 감행했다. 당시에 연관되어 있던 모든 자들을 찾아 나섰고, 결국엔 모두 찾았다. 그리고 모조리 목을 땄다.

원래 목표였던 놈들 말고 훨씬 더 많은 목숨을 빼앗았지만 지영은 죄책감을 느끼지 않았다. 다만, 조금 허탈할 뿐이었다.

"이런다고 누나가 다시 살아 돌아오는 것도 아닌데, 그치?"

언제였더라.

지영이 작정하고 복수에 나섰던 게?

아마 그때의 삶도 중국 대륙에서 태어났던 때였던 것 같다. 이상하게 그쪽에 많이 태어났었는데, 지영은 그 당시에 가장 절친했던 친우의 죽음에 '복수를 명'했고, 그 결과 수천이 죽어나갔다.

그 수천에는 자신의 생명도 껴 있었다.

그래서 그때의 삶은 개인적으로 가장 실패한 삶 중 하나였다. 하지만 지금은? 아니었다. 허탈하지만, 분명 만족하는 마음도 들고 있는 상태였다.

"누나… 후우."

서소정의 죽음.

그녀는 이제 없다.

"그래도 내 방식대로 누나의 한을 풀어준 거니까 너무 불만 말고, 이제 편히 쉬어. 꿈에도 좀 그만 나오고."

자신을 위해 복수를 하는 지영이 안타까워서였을까? 서소정은 거의 일주일에 서너 번 꼴로 꿈에 찾아왔다. 꿈의 내용도 항상 같았다. 자신은 칼을 들고 걷고 있고, 서소정은 안타까운 눈빛으로 그린 지영을 뒤따라 걸었다. 재밌는 건 그녀의 등에는 한 쌍의 날개가 있는데 그 날개는 꺾여서 피를 흘리고 있었다.

이걸 자각몽의 형태로 매번 꿨다.

어쩌면 그래서 더 포기하지 않고 복수에 집착했을 수도 있었다.

치익.

"후우……."

담배를 한 대 꺼내 입에 문 지영은 몇 모금을 빨았다.

세상으로 다시 나온 날 담배를 다시 배운 지영이지만 후회하지는 않았다. 반 정도 피고 난 다음 그 불에 서소정의 사진을 태웠다.

"……."

순식간에 불이 붙어 타들어간 사진을 잠시 보던 지영은 뒷정리를 위해 자리에서 일어났다. 이제… 한국으로 돌아갈 일만 남았지만, 설레는 마음은 그리 들지 않았다.

Chapter35
귀국(歸國)

이탈리아 로마, 대한민국 대사관.

이곳에서 2년째 근무 중인 3등 서기관 김하나는 창밖으로 쏟아지는 비를 턱을 괴고 멍하니 보고 있었다.

오늘은 일요일, 당직 때문에 이 감성 충만한 순간에 근무를 서고 있지만 비가 로마 거리와 맞물려 환상적인 경치를 이루고 있어 나름 위안이 되고 있었다.

거기에 여름이지만 에어컨을 빵빵하게 틀어놨으니 따듯한 커피 한 잔까지.

"흐음, 좋다."

모든 게 완벽, 그야말로 최고였다.

이런 여유 때문에 김하나는 이곳, 로마를 떠나지 못할 것 같았다. 그리고 특히 본토 프렌치 레스토랑에 이미 푹 빠졌기 때문에 이 개미지옥 같은 로마에서 평생 살리라 다짐까지 했었다.

"영국이 아닌 게 참 다행이야……."

사실 고민했었다.

해가 지지 않는다던 나라에도 관심이 있어서 고민도 좀 했지만 그곳의 음식은… 어후, 생각하기도 싫은 레벨이라 들었다. 둘 중 고민하다가 이곳 이탈리아로 부임하게 된 게 정말 다행이라 생각했다.

"경쟁률도 빡셌는데 말이야… 히히, 난 운도 좋다니까?"

동기들, 선배들을 제치고 온 이곳이었다.

그녀는 이 직업에 정말 만족했다. 타국으로 여행 온 자국민의 고충이나 애로 사항, 곤경에 빠졌을 때 상담해 주거나, 직접적인 도움을 주는 직업이라 보통 업무는 동사무소 민원실과 비슷하지만 그래도 그녀는 이 일에 뿌듯함을 느꼈다.

솨아아아…….

힘차게 쏟아지는 빗소리가 슬슬 자장가처럼 들리기 시작할 때였다. 똑똑똑, 누가 사무실을 문을 두들겼다. 막 잠이 들려던 김하나는 얼른 눈을 비비고 일어나 문을 열었다. 노크를 한 사람은 자신처럼 당직인 청원 경찰이었다.

"무슨 일이세요?"

"저… 그게."

"음?"

"직접 나와 보셔야겠습니다."

"네? 알겠어요."

경찰의 말에 김하나는 얼른 카디건을 챙겨 나갔다. 밖으로 나가자 로비 카운터 한쪽에 있는 벤치에 거의 누더기에 가까운 옷을 입고 있는 사내가 보였다. 치렁치렁 아무렇게나 기르고, 자른 머리카락 때문에 얼굴은 제대로 보이지 않았지만 각진 턱에 베일 것 같단 느낌을 받았다.

"누구예요?"

"자신을 오 년 전 구일일 납치 비행기에 타고 있던 승객이라고……."

"네, 네? 뭐라고요?"

김하나는 휙 소리가 날 정도로 거지의 행태를 한 사내에게 시선을 돌렸다. 그에 맞춰 사내도 천천히 고개를 들었다. 앞머리를 많이 길러 코, 입만 보였다. 그런데도 김하나는 외모에서 차가움을 느꼈다.

실제로 오한이 일나 순간적으로 몸이 부르르 떨렸다.

그래도 김하나는 용기를 내서 사내에게 다가갔다.

"저, 저기요……?"

"……."

"이름, 이름이 어떻게 되세요?"

"강… 지영."

"네?"

속삭이듯이 나온 말이라 김하나는 제대로 듣지 못해 다시 되물었고, 이번엔 뚜렷하게 강지영이란 대답이 흘러나오자 그제야 제대로 들은 김하나는 얼른 카운터 PC로 달렸다. 21세기 최악의 미스터리인 911일 하이재킹 사건이라면 전 세계에 존재하는 대한민국 대사관 내 모든 PC에 탑승자 명단이 있었다.

"어……?"

검색 명단에 이름을 치기 무섭게, 하나의 프로필이 떴고, 그걸 클릭한 김하나는 멍한 신음을 흘리고 말았다. 익숙한 외모, 그리고… 익숙한 이름이었다. 자신도 처음 외교관이 된 뒤로 이 파일을 몇 번이나 열어봤기 때문이다.

그녀가 아는 이 프로필의 주인공은 유명인이었다.

"강지… 영?"

그 강지영?

영화배우 강지영?

김하나는 소름이 쭉 돋았다.

그래서 저도 모르게 사내 쪽으로 시선을 돌렸다. 프로필상 이미지와 저 사내는 비슷하지 않았다. 일단 앉아 있지만 신장도 180 이상은 되어 보였다. 그리고 외모도… 아, 김하나는 탄성을 흘렸다.

"다른… 아, 오 년이나 지났지……."

정말… 그 강지영?

김하나도 지영이 출연한 영화는 전부 봤다. 유작이 될 수도 있는 '피지 못한 꽃송이여'는… 장재원 감독이 아에 엎어버렸다. 완성됐지만, 지영의 부재로 아예 개봉조차 하지 않았다. 그래서 '제국인가, 사랑인가'와 '리틀 사이코패스', 그리고 'Mushin: The birth of hero'까지 전부 챙겨봤었다.

솔직히 팬클럽에 가입은 안 했지만 그녀도 강지영이란 배우의 연기를 아주 좋아했다. 그래서 오 년 전 그 사건이 정말 안타까웠다. 울지는 않았지만 한국에서 태어난 세기의 배우가 될 자질을 가진 강지영의 납치 사건은 정말 충격이었고, 그래서 상심이 컸었다.

그런데… 그런 강지영이라 스스로를 말하는… 청년이 나타났다.

"대박 사건……."

김하나는 얼른 그에게 다가갔다.

사내, 지영의 눈빛이 김하나에게 다시 꽂혔다. 김하나는 그 눈빛에 흠칫 놀랐다가, 그래도 용기를 내서 지영의 앞에까지 와서 다시 더듬더듬 말문을 열었다.

"일단… 이름은 확인되셨어요. 그런데 신분증이나 이런 건……."

"……."

"아하하, 어, 없겠… 죠? 그죠, 그럴 거야……. 일단 상부에 먼저 보고부터 할게요! 이건 제 손으로 해결이 안 되는 건이라서요."

"그래주세요."

날카로운 칼날이 스며든 것 같은 중저음의 목소리에 그녀는 다시 한번 몸을 흠칫 떨었다. 분위기가… 깡패다, 깡패. 솔직히 말해 오금을 지릴 것 같았다.

김하나는 청원 경찰에게 얼른 담요와 마실 것을 가져다 달라 부탁하고 사무실로 돌아와 선배에게 전화를 걸었다.

"서, 선배! 미안해요! 근데 급한 일이… 지금 대사관에 오 년 전 구일일 테러에 실종됐던 사람이 찾아왔어요! 네? 아니요! 본인이! 이름요? 강지영! 강지영이에요! 네네, 진짜라니까요? 신분증은 당연히 없죠! 실종잔데! 일단 선배한테 보고부터 하는 거예요. 지금 오신다고요? 네! 제발 빨리 와주세요!"

전화를 끊은 김하나는 두근거리는 심장을 부여잡았다.

대박 사건이라고 아까 중얼거린 것처럼 이건 정말 대형 사건이었다. 그것도 전 세계가 들썩거릴 대형 사건! 지금까지 그 당시 비행기에 타고 있던 실종자가 나타난 경우는 없었다. 그래서 모두 광신 집단에게 희생됐을 거라 생각했다.

아까 검색했던 실종자 명단도 사실 만약의 경우에 배포해 놓은 것이었다. 사실 큰 기대는 안 하고서 말이다. 그런데… 그런데 나타났다. 자신을 강지영이라고 주장하는 청년이! 압도적인 분위기를 장착하고 이곳, 대사관을 찾아왔다.

"엄마… 나 특진할 것 같아……."

후다닥!

그 말을 남긴 김하나는 얼른 다시 대사관 로비를 향해 내달렸다. 그녀의 눈에 들어온 청년, 강지영은 모포를 두르고 따뜻한 커피를 마시고 있었다. 힐끔, 지영의 시선이 김하나에게 슬쩍 넘어오는 순간, 그녀는 뭔가 따뜻한 감각이 사타구니 근처에서부터 퍼지는 걸 느꼈지만, 그걸 신경 쓸 겨를도 없이 지영의 편의를 위해 최선을 다하기 시작했다.

그리고 속속들이 도착하는 대사관 직원들, 이탈리아 로마에 위치한 대한민국 대사관에 폭풍이 몰아치기 시작했다.

*　　　*　　　*

지구 반대편의 한 도시에 폭풍을 동반한 소나기가 몰아치고 있을 무렵, 임미정은 서류를 붙잡고 씨름을 하고 있었다.

오 년.

한 가정이 붕괴했다가, 겨우 다시 봉합되기까지 걸린 시간. 임미정은 2년이나 변호사 일을 때려치웠었지만 다시 가정을 위해 의뢰서를 손에 쥐었다.

"임 변, 이 건 이거 맡아서 할 수 있겠어?"

"해봐야죠. 불쌍하게 옥살이한 사람인데 우리가 국가에게 제대로 배상비는 받아줘야죠."

"쉽지 않을걸?"

"알아요, 당시 사건 보니까 형사들이 일부러 그런 건 아니더라고요."

"진범이 아주 교묘하게 판을 깔아놨어. 그래서 당시 경찰도, 검사도 홀랑 속아 넘어갔고. 물론 그게 면죄부가 되진 못하겠지만."

"한번 제대로 해볼게요."

"그래, 부탁할 거 있으면 하고. 맞아. 강 검사 일 축하하네."

"아직 확실하진 않아요."

피식.

선배 변호사인 한 변호사가 임미정의 말에 피식 웃었다. 이미 강상만은 차기 검찰총장직을 제의받은 상태였고, 그의 대답만 기다리고 있는 상태였다. 이런 사실은 이미 아는 사람은 다아는 얘기였다.

"아는 사람들은 다 알고 있으니까 나중에 꼭 한턱 쏘라고?"

"네, 그이가 수락하면 거하게 살게요."

임미정은 한 변, 한준수 변호사에게 많은 도움을 받았다. 금전적인 도움이 아닌 일적 도움이었다. 2년을 쉬었을 때도 임미정은 끝났다고 하던 로펌 내 분위기를 무시하고 다시 기회를 줘보자고 목소리를 가장 크게 냈던 것도 한준수였다. 그래서 임미정은 인간적인 한준수에게 매번 마음의 빚을 느끼고 있었다.

그는 돈이나 물질적인 선물은 절대 안 받는 성품이라 그가 나가고 임미정은 작게 미소 지었다.

자리로 돌아온 임미정은 책상 한쪽에 올려놓은 가족사진을 한차례 바라봤다. 그녀는 요즘 서류를 보기 전에 꼭 한 번씩 가족 사진을 보는 버릇이 있었다.

"아들, 엄마 오늘도 힘낼게."

사진 속의 아들의 얼굴을 한번 만진 임미정은 이내 안경을 쓰고 서류로 시선을 돌렸다.

안산 일가족 살인 사건.

예전 삼례 살인 사건처럼 억울한 청년이 범인으로 몰려 사실상 법정 최고형이라 할 수 있는 무기징역을 맞고 10년을 넘게 복역한 사건이었다. 이 사건의 피해자 역시 정신지체가 있었고, 우울증 약까지 복용하고 있던 상태였다. 진범은 이 피해자를 교묘하게 이용해 모든 증거를 만들어놨고, 형사는 물론 검사까지 그 함정에 빠져 버려 무기징역수로 계속 살다가 얼마 전 대한민국에서 가장 유명한 인권변호사 박 변호사에 의해 무죄 판결을 받고 풀려났다.

그렇게 풀려나고, 박 변호사가 한 변에게 다시 배상비 의뢰를 건네줌으로써, 지금 현재 임미정의 손에 당시 사건 수사 기록을 포함한 모든 자료들이 와 있는 상태였다.

점심을 먹고 난 뒤인 2시부터 시작된 사건 검토는 오후 5시가 될 때까지 계속됐다.

6시쯤 되고 나서야 사건 파일을 내려놓는 임미정. 물을 한 잔 따라 자리로 다시 돌아오니 전화가 오고 있었다.

지잉, 지잉.

발신인, 사랑하는 딸.

그녀는 얼른 전화를 받았다.

"응, 지연아. 엄마? 엄마 이제 끝나가지. 응, 엄마가 데리러 갈게. 응, 저녁? 뭐 먹고 싶니? 자장면? 그럴까? 아빠 늦으니까 엄마랑 둘이 먹고 집에 가자. 그래, 알았어. 엄마 한 시간 안에 갈게. 그래."

전화를 끊은 임미정은 번쩍거리는 발신자 표시를 바라봤다.

"아들……."

사랑하는 아들이라고 적어 놓은 지영의 번호가 뜨기를 애타게 기다리지만 단 한 번도, 정말 그날 이후 단 한 번도 울리지 않았다. 또 눈가에 뿌옇게 차오르는 습기를 급하게 닦아낸 임미정은 중요 서류들만 가방에 넣고 자리에서 일어났다. 지하로 내려와 차를 몰고 지연이가 다니는 학원으로 향했다.

막히는 서울의 도심을 라디오를 들으며 차를 몰기 딱 40분째, 임미정은 학원 앞에 도착했다.

급하게 들어온 속보를 전달… 합니다, 란 DJ의 멘트를 뒤로하고 차에서 내리니 현관에 서서 그녀를 기다리던 강지연이 도도도 달려왔다.

"엄마!"

"우리 지연이 피아노 잘 배웠어?"

"웅!"

"네, 라고 해야지?"

"네! 에헤헤."

밝게 웃는 지연이의 모습에 임미정은 하루의 피곤함이 조금씩 가시는 걸 느꼈다. 이제 초등학교에 다니는 강지연은 지영처럼 무럭무럭 자랐다. 차에 타고 집 근처 중화요리 전문점에 도착한 임미정은 지연이가 아까 노래를 불렀던 자장면 두 개를 시킨 뒤 강상만에게 전화를 걸었다.

"네, 여보. 지연이랑 지금 저녁 먹으러 왔어요. 애가 갑자기

자장면이 먹고 싶다고 해서요. 당신은 오늘도 늦어요? 아니요, 별일은 무슨. 네, 알겠어요. 이따 집에서 봐요. 네."

"아빠 언제 온대요? 오늘도 늦으신대요?"

"두 시간 정도 걸리신대. 집에 가서 씻고 나면 아빠 보겠다."

"이히."

톡톡톡, 강지연이 가방에서 악보를 꺼내놓고 손가락으로 건반 누르는 연습을 10분쯤 하고 나니 자장면이 들어왔다. 임미정은 지연이의 자장면을 비벼주고, 막 자신의 것도 비비고 있는데 다시 폰이 지잉, 지잉 울어댔다.

발신인은 강상만.

젓가락을 내려놓고 전화를 받기 무섭게, 강상만의 말이 속사포처럼 건너왔다.

"네? 인터넷이요? 폰으로 하면 되죠. 네, 네. 지영이⋯ 이름으로요? 아니, 왜, 네, 알겠어요. 지금 바로 검색해 볼게요."

전화를 끊은 임미정은 어딘가 잔뜩 흥분한 강상만의 목소리에 불안감을 느꼈지만 일단 시키는 대로 인터넷에 접속해 아들의 이름으로 검색을 해봤다. 그러자 주르륵 뜨기 시작하는 기사들.

속보, 속보, 속보⋯⋯.

이탈리아, 로마, 한국 대사관⋯⋯.

귀환, 탈출, 동명이인⋯⋯.

그리고 강지영.

등등의 단어들이 조합된 기사 제목.

임미정의 심장이 격렬하게 뛰기 시작했다.

마치 100미터를 전력으로 달리고 난 뒤의 심장처럼 무지막지하게 요동을 쳤다.

그녀는 떨리는 손으로 가장 최근이고, 흐릿하게 청년의 모습이 보이는 기사 하나를 손가락으로 터치했다.

그러자 펼쳐지는 기사…….

그녀는 다른 건 필요 없었다. 기사 내용? 그딴 것도 필요 없었다.

"사진, 사진……."

스크롤을 마구 내리자 가장 하단에 한 청년의 사진이 걸려 있었다. 그리고 임미정의 입은 그 사진을 보는 순간 천천히, 침이 떨어져도 모를 정도로 벌어지기 시작했다.

새파랗게 빛나는 눈빛을 가진 청년. 누더기처럼 정리도 안 된 머리. 날카로운 턱, 볼에 흉터, 이상하게 한쪽은 붉은 눈동자까지.

기억 속의 아들과는 꽤나 다른 이미지였지만… 임미정은 알아봤다.

"아들……."

사진 속 청년이 자신의 아들이라는 것을.

예상했겠지만 지영의 귀국은 곧바로 이루어지지 않았다. 아니, 못 했다가 더 정확한 설명일 것이다. 지영의 귀국을 막는 다수의 무리가 있었고, 그 다수의 무리란 당연히 국가였다.

애초에 이탈리아 한국 대사관이 너무나 멍청한 짓을 했다. 지영이란 게 확인이 됐으면 조용히 한국으로 귀국시켰어야 했는데 멍청한 대사가 그대로 언론에 발표를 해버렸기 때문이다. 그래서 그 발표를 확인한 즉시 미국이 움직였다.

왜냐고?

만약 지영이, 그 강지영이 동일 인물이면 미국의 체면을 왕창 구겨 버린 911 하이재킹 사건의 중요한 참고인이 되기 때문이다. 이탈리아 미국 대사관에서 가장 먼저 움직여 한국 대사관을 찾아갔고, 힘으로 윽박지르자 등신 같은 대사는 어버버, 그제야 사태의 심각성을 깨달았다. 미국의 요구 조건은 하나였다.

강지영의 신병 인도.

박성근 대사는 일단 본국에 물어봐야 한다며 거절했지만, 어디 경찰이자 깡패인 아메리카가 '네, 알겠습니다' 하고 넘어갈 이들인가? 미국은 지영을 확인하지도 못했으면서 곧바로 지영의 신병을 인도받을 DIA 요원들과 주변에 있는 요원들까지 전부 급파했다.

거기서 그치지 않았다.

곧바로 백악관에서 그날의 사건을 철저하게 조사하기 위해서는 동맹국인 한국의 적극적인 협조가 필요하다는 성명 발표를 내버렸다. 하지만 아는 사람은 알았다. 조사는 우리가 할 테니 닥치고 신병을 양도해라. 그래서 역시 깡패다운 짓이라 손가락질을 받았다. 하지만 이 발표는 곧바로 전 세계로 퍼져 나갔고, 세계가 강지영의 귀환 사실을 알게 됐다.

그런데 여기서 또 다른 이들이 움직였다.

당시 그 A380기에 타고 있던 한국, 미국 외의 국가들이었다. 그 당시 A380기에는 당연히 미국 국적을 가진 승객이 가장 많이 탑승했었다. 하지만 지영처럼 다른 국적을 가진 승객들도 분명히 존재했다.

그리고… 하필이면 미국과 국방력을 견줄 수 있는 몇 안 되는 나라인 러시아, 중국, 프랑스에 기술력 깡패인 독일, 영국까지 지영처럼 몇 안 되는 당시 실종자들의 생사 때문에 움직이기 시작했다.

대사관의 전화는 불이 나기 시작했다.

메일은 폭주했고, 타국의 영역인지라 함부로 쳐들어오진 못했지만 각 대사관에서 나온 관계자들이 한국 대사관 앞에 진을 치기 시작했다. 물론, 기자들은 당연히 꼬리처럼 따라붙어 있는 상태였다.

세계의 관심이 이탈리아 로마로 몰렸다.

그렇다면 한국 정부의 대처는?

한국은 10년도 중반쯤에 있었던 국가적 사태 때문에 정권이 바뀐 이후, 여태껏 바뀌지 않았다. 그리고 지금 대통령은 아주 과감한 결단력을 가진 대통령이었다. 그들은 곧바로 지영을 귀국시킬 인사를 이탈리아로 파견했다. 국정원장은 물론 차기 검찰총수에, 외교부 장관까지 전부 같이 출발시켰다.

촉각을 곤두세운 한국 대사관은 모든 병력을 정문에 배치했다. 대사관은 로마 내에 있지만, 그 장소만큼은 로마가 아니라 한국의 영토였다. 무작정 들이닥치는 순간 영토 분쟁으로 번질 우려가 있어 사람들은 지영이 대사관을 찾아간 게 정말 신의 한 수라고 했다.

물론, 미국은 미국대로 욕을 먹는 중이었다. 아무것도 못 밝혀낸 주제에, 무지막지하게 멍청해 당시 비행기의 행적마저 놓친 주제에 이제 와서 뭘 잘했다고 나서냐는 핀잔 섞인 욕을 각국 외신들이 줄을 이어 말했다.

그리고 이 모든 상황은 지영이 생각한 그대로 흘러가고 있었다. 지영은 애초에 제대로 된 신분증, 여권도 없어 자력으로는 한국까지 갈 수 없다는 걸 알았다. 이쪽에서야 전문가를 찾아 조져서 만든 위조 신분증과 여권과 밀입국 같은 방법으로 움직였지만 지구 반대편인 한국까지는 그런 방법으로 가는 건 무모한 짓이라 생각했다. 그래서 가장 좋은 방법이라 생각한 게 바로 대사관이었다. 자신을 밝히기만 하면 한국으로 다이렉트로 갈 수 있으니 말이다.

지영이 모습을 다시 드러내고, 하루가 지났다.

월요일이 되자 미국은 애가 탔다. 지영의 증언을 얻어야 그 사건을 해결할 수 있는 결정적 단서를 얻을 수 있을 거라고 생각했기 때문이다.

그래서 결국, 깡패들은 깡패 짓을 과감하게 실행했다.

*　　　　*　　　　*

지영은 대사관 내에 마련해 준 사무실을 임시 숙소로 받아 지내고 있었다. 깨끗이 씻고, 누더기 같던 옷도 대사관 직원이 자신의 옷을 내주어 어느 정도 말끔해진 모습으로 다시 돌아왔다.

하지만 웃기게도 폰을 주지 않았고, 사무실에 인터넷 등은 단절된 상태라 집에 연락할 수 있는 방도는 아직 없었다. 그게 웃음이 나올 정도로 지영은… 짜증이 났다. 혹시 모를 트러블? 그래, 이해한다.

하지만 대사관의 왕이라 할 수 있는 대사의 행동은 참 한심하게 보였다. 보도가 나갈 것이라 예상은 했지만 이렇게 아무런 방비도 없이 설마 그대로 내보낼 줄은 지영도 몰랐다.

"하여간 그놈에 공적……."

아마 일이 잘 풀렸으면 이 일은 대사의 공적 중 가장 위대한 공적이 됐을 가능성이 있긴 있었다. 하지만 그건 말했듯이 상황이 잘 풀렸을 때의 일이었다. 그러니 박성근 대사의 일처리는 가히 최악에 가까웠다.

침대에 누워 있는데 밖이 소란스러워지기 시작했다. 영어와 한국어로 된 고성이 난무하더니, 집기가 간간히 깨지는 소리까지 들려왔다. 지영은 단박에 알아차렸다. 미국의 무력행사가 시작된 것이다.

이미 지영을 담당하고 있는 김하나를 통해 자신을 확보하기 위해 혈안이 되어 있다는 소리는 들은 상태였다. 그걸 듣고 지영은 미국이란 국가의 성격상 조용히 한국으로 돌아가긴 힘들 거란 예상을 했고, 그 예상은 결국 현실이 됐다.

드륵!

철컥!

지영이 있는 방문의 손잡이가 덜컥거렸다. 비밀번호를 누르기 전까진 저 문이 열릴 리는 없지만, 억지로 부수겠단 마음을 먹는다면… 아마 열릴 것이다.

'미국이란 나라는 타국의 영토에서… 무력행사까지 불사하는 나라지.'

그러니 깡패라는 타이틀을 달지 않았겠나. 쿵! 쿵! 문에 둔중한 충격이 왔다. '씨발! 막아!' 청원 경찰들의 악에 받친 소리와 영어로 방해하면 정식으로 항의하겠단 고성이 밖에서 난무했다.

'항의라……. 이래서 깡패 새끼들은 안 돼…….'

지영은 비밀번호를 모르기 때문에 일단 잠자코 있었다. 좌직! 결국 도어가 있는 곳이 부서지더니 쇠꼬챙이 하나가 불쑥 뚫고 들어왔다. 그러곤 다시 발로 걷어차는지 문이 흔들리기 시작했다.

결국 문은 몇 분도 못 버티고 부서졌다.

"야, 이 개새끼들아! 니들 이거 영토 침범이야! 미친 새끼들 아냐, 이거!"

"미스터 강?"

악을 쓰는 직원과 경찰의 말에 눈 깜짝하지 않고 다가온 흑인이 지영을 내려다보며 물었다. 하지만 지영은 그냥 씩 웃었다. 5년 전부터 오늘까지, 지영이 어떤 삶을 살았는지 이 건방진 검둥이 새끼는 과연… 알까?

알았다면 아마 이러지 못했을 것이다.

"씨아이에이 존이다. 나인원원 중요 참고인으로 당신을 체포하겠다."

체포……

푸흡.

"푸하하!"

지영은 결국 웃음을 터뜨리고 말았다. 국제 사회에 강대한 영향력을 행사하는 미국이라면, 이 사건을 무마할 수는 있을 것이다. 하지만 지영은 아예 그런 일이 일어나지 않게 할 생각이었다.

자리에서 일어난 지영은 CIA에서 나오셨다는 존을 바라봤다. 그의 신장은 190 언저리. 지영의 키도 상당한지라 눈높이는 거의 비슷했다.

"존?"

"음?"

빡!

그대로 솟구친 지영의 주먹이 존의 턱을 그대로 후려 갈겼다. 요원? CIA? 눈이 풀리고 쓰러지는 존을 안은 지영은 품 안으로 손을 집어넣었다. 몇 번 더듬기 무섭게 겨드랑이 근처에서 아주 익숙한 감촉이 느껴졌다. 지영은 바로 버클을 풀고 익숙한 감촉의 물건을 끄집어냈다.

"무슨……!"

존의 뒤에 있던 다른 요원 하나가 다가왔지만, 지영은 그대로 잠금장치를 능숙하게 풀고 총구를 요원의 미간에 겨눴다. 이 모든 게 고작 15초 정도 만에 일어난 일이었다. 미친 광신도 집단의 소굴도 사십구 호에 척위준 등의 모든 기억을 끄집어내, 뒤집어쓰고 들어가 살인 파티를 저질렀던 지영이었다.

지금의 지영은 영화배우가 아니라, 최강, 최악의 살인 기계에 가까웠다. 그러니 이런 지영을 상대하려면… 적어도 목숨을 걸어야 할 것이다.

"…이게 무슨 짓이오?"

"그럼 니들은 무슨 짓이지? 남의 영토에 들어와 납치라… 게다가 봐, 총까지. 후폭풍이 안 두려워?"

지영은 자신이 말해놓고도 피식 웃고 말았다. 지금의 미국은 그런 걸 걱정하는 나라가 아니었다. 일단 저지르고 걱정하는 나라지.

"미스터 강, 이건 크게 문제가 될 소지가 있소……."

"상관없어……. 내 앞을 막으면 다 대가리에 구멍을 뚫어주지. 왜, 못할 것 같아?"

"……."

"겨우 살아 돌아왔는데 또 납치를 당하라고? 너 같으면 가만히 끌려가겠어? 이런 엿 같은 상황에? 막아봐. 해보라고. 막는 개새끼들은 다 숨통을 끊어줄 테니까."

눈앞에 젊은 백인 요원은 역시 믿지 못하는 눈치였다. 하긴, 좀 전의 지영의 말은 바로 믿는 게 더 웃긴 일이긴 했다. 이들은 아직, 지영이 영화배우인 줄 알고 있으니 말이다. 그래서 지영은 그 생각을 친히 깨주기로 했다.

휙.

총구가 갑자기 바닥으로 내려왔다.

그리고… 총구가 불을 뿜었다.

탕! 타앙! 탕!

순식간에 세 발이 총성이 들렸다.

지영은 그 순간에도 젊은 백인 요원을 똑바로 바라보고 있었다. 핏발이 선 눈빛, 그리고 차가운 미소까지.

요원은 저도 모르게 침을 꿀꺽 삼켰다. 그리고 총구만 내려 확인도 안 하고 세 방이나 갈겼다. 하지만 발에 통증은 없었다.

"확인 안 해봐? 내가 어디를 쐈는지?"

"……"

그 말에 백인 요원, 마이클은 저도 모르게 내려가려는 고개를 이 악물고 참았다. 여기서 내리는 순간 기세에서 대놓고 밀려 버린다. 그리고 사실 마이클은 일이 이렇게 될 거란 예상을 전혀 못 했다.

납치됐던 배우의 신병을 무력을 써서라도 확보할 것.

이게 마이클이 받은 명령이었다.

하지만 눈앞에 사내, 지영은 그가 보기에 절대 영화배우 따위가 아니었다. 경력은 아직 10년이 채 안 되지만 마이클은 5년 전 미국이 전 세계로 요원들을 정보 세계로 내보냈을 때, 그 안에 있었다. 그의 활동 지역은 이탈리아였다. 위험한 일도 많았다. 정보 세계는 마주치는 순간 위험이 시작되니 말이다.

물론 그래도 그는 그 일을 잘 수행했다. 이탈리아 내 이슬람 단체들을 철저하게 관찰, 감시했고, 그 모든 정보를 본국으로 무사히 보냈다. 그러면서 얻은 감각이 있는데 그게 바로 사람을 죽여본 자의 눈빛과 그렇지 않은 자의 눈빛에는 반드시 차이를 알아내는 감각이었다.

선배가 그랬다.

그 감각을 얻음으로써 이제 병아리에서 탈출했다고.

"내 증언을 듣고 싶으면… 신사적으로 나와."

"……."

"아, 맞다. 태생이 깡패라 신사는 무리겠네. 어쩌지, 그럼? 대가리라도 숙여줄래? 그럼 해줄게."

상념을 깨는 지영의 목소리에 마이클은 뭐라고 대답을 할 수가 없었다. 동방의 사신. 선배에게 들었던 전설적인 정보 세계 인물에 대한 이야기가 저절로 떠올랐다.

"으음……."

존이 기절에서 깨어났다.

지영은 다시 마이클을 보며 싱긋 웃었다.

빡!

총구를 다시 마이클의 미간에 겨눈 채 그대로 사커킥을 날려, 존의 턱을 갈겨 버렸다. 으적! 하는 소리가 들린 걸 보니 이번엔 분명 턱이 부서진 게 분명했다. 마이클은 그래도 움직이지 못했다.

마이클의 뒤로 따라 들어왔던 다른 미국 대사관 관계자들도 마찬가지였다. 애초에 특공대를 투입할 순 없었다. 그건 진짜 전쟁에 가까운 행위니까. 그저 신병만 확보하면 되니 총기는 빼고 뚫고 들어왔는데… 웬걸, 신병 확보가 아니라 괴물 확보였다.

"아아악!"

이번엔 기절하지 않고 지르는 비명을 가르며 지영의 말이 다시 날아왔다.

"끝까지 가볼까? 나는… 상관없어. 그 지옥에서도 살아 돌아왔는데, 뭐."

"하나만 물어도 되겠소? 아니, 두 가지만."

"대답해 줄 수 있는 거라면……."

지영은 그 정도의 아량은 있었다.

미국은 역시… 마음에 안 들지만, 질문에 따라 해줘야 할 대답이라면 해줄 용의는 있었다. 피해자는 자신 혼자가 아니니 말이다.

"당시… 우리 승객들은 어떻게 됐소?"

"승객이라… 어떻게 됐겠어?"

"설마… 다 죽었소?"

"급진 수니파 새끼들 성격 몰라? 나보다 더 잘 알고 있을 거 아냐? 경찰의 탈을 쓴 니들 깡패 새끼들이."

"……."

"하나 더 알려주지. 그날 이후 세계에 일어난 자살 테러를 조사해 봐."

"……."

이건 지영이 그날 잡혀 있던 기지로 스며들어 목을 따고 돌아다니다가 알아낸 정보였다. 이들은 자살 테러에 납치한 승객들을 이용했다. 지영은 그 새끼들이 자신들의 대변인처럼 쓰려고 했기 때문에 살았고, 서소정은 그런 지영을 설득한 미끼였기 때문에 1년이 넘게 살아 있었다.

"하나 남았어. 빨리 하고 꺼져."

"어떻게… 그곳에서 탈출했소?"

"뭘 당연한 걸 물어……?"

씨익.

지영은 좌중을 돌아보며 한차례 웃어줬다. 입가에 걸린 그 미소는 매우 차가웠고, 냉소적이었지만 아련한 슬픔을 담고 있었다. 한 번에 표현하기도 어려운 감정을 죄다 걸고 있는 지영의 미소를 본 이들은 소름이 끼쳤는지 몸을 잘게 떨었다.

"다 죽였어. 죽이고, 죽이고, 또 죽이고… 하나도 남김없이 죽이고."

"……."

"그렇게 탈출했지… 큭큭."

지영은 웃었다.

그날의 더러운 기억이 다시 떠올라서였다.

그런데도 정말 신기한 건, 몸이 들썩일 정도로 웃는데도 총구에는 전혀 미동이 없었다. 상체와 팔의 절묘한 컨트롤……. 대충 연습한다고 가능한 게 아니었다.

"어딘지 알려줄까?"

"알려… 줄 수 있소?"

"물론, 그게 뭐 어렵다고. 근데… 찾기 힘들 거야."

"음?"

"내가 나오면서… 묻어버렸거든."

씨익.

그 말과 그 미소를 보고 들은 마이클은 몸이 오싹할 정도로 느껴지는 광기와 살기에 항복했다는 듯이 두 손을 들고, 뒤로 한 발자국 물러났다. 그리고 마이클은 깨달았다.

배우이자 실종자 강지영은 자신이 감당할 수 있는 레벨이 아님을, 그리고 자신의 선에서 해결할 수 있는 일도 아님을 덤으로 깨달았다.

"……."

"……."

지영은 눈앞에 서 있는 중년의 사내를 빤히 바라봤다. 익숙한 체형, 아니, 기억 속에 있던 것보다 조금은 처진 어깨와 다소 살이 빠진 느낌이었다. 덥수룩하고, 하얗게 난 수염까지. 기억 속 강상만의 모습이 아니었다.

"아버지."

"…맞구나. 허, 허헛."

"네, 저 맞아요."

지영은 천천히 다가가, 강상만을 안았다. 강상만도 손을 뻗어 지영을 천천히 안았다. 5년 만의 부자 상봉은 대사관 내 면회실에서 이뤄졌다. 사방의 꽉 막힌 구조라 칙칙한 분위기지만 그런 건 아무래도 좋았다.

한참을 안고 있던 두 사람은, 아니, 강상만은 결국 꺼이꺼이 울음을 터뜨렸다. 지영은 울지 못했다. 울기에는 아직 정신이 제대로 된 상태가 아니었다. 서소정의 죽음과 그녀를 위한 복수의 과정에서 묻은 피 냄새가 아직 완전히 빠지지 않은 상태였기 때문이었다. 그래서 아직 지영의 눈물은 메마른 논바닥 같은 상태였다.

지영은 죄송했다.

연락을 하려면 솔직히 어떻게든 할 수 있었다. 하지만 연락을 드리고 나면 마음이 나약해질까 봐 연락을 계속 미뤘다. 대사관에서도 마찬가지였다. 지영이 원했다면 아마 분명 폰을 내어주긴 했을 것이다.

실제로 김하나가 몰래 물어봤지만 지영은 거절했다.

아들의 귀환 소식을 언론을 통해 알게 해드린 점은 정말 죄송하지만, 지영에게는 이게 최선이었다.

"괜찮으냐……? 어디 아픈 데는 없고?"

울음을 그친 강상만의 말에 지영은 말없이 고개만 끄덕였다. 지영의 요청으로 김하나만 문 앞에 서 있었고, 그녀는 잘게 훌쩍이고 있었다. 감상적인 그녀에게서 시선을 뗀 지영은 강상만을 다시 살폈다.

"많이 야위셨네요. 요즘 운동 안 하세요?"

"내가… 운동할 처지였냐?"

"하긴, 그건 아니죠."

"녀석… 말하는 거 보니 정말 내 아들이 맞구나. 하고 싶은 말이 많다. 내일 아침에 한국으로 떠나기 전까지 둘만의 시간을 준다 했으니 들어보자. 내가… 숨겨야 할 것도 있을 것 같으니 말이다."

"…느껴지세요?"

"그럼 녀석아, 이 아비가 죄를 지은 범죄자를 대체 얼마나 봤는지 아냐? 딱히 알고 싶은 건 아니었는데 어느 순간부터 알게 되더라."

"안… 거북하세요?"

"……"

강상만은 지영의 말에 단호하게 고개를 저었다. 그는 말하는 걸 보니 느끼고 있는 것 같았다. 독하게 말해 살인자 특유의 느낌을 말이다. 하긴, 그럴 법도 했다. 검사란 직업상 온갖 범죄자를 봐왔던 강상만일 테니 말이다.

그래서 숨겨야 할 걸 미리 알고 있겠다는 말을 먼저 꺼낸 것이다. 지영은 그게 감사했다. 그리고 역시, 강상만답다고 생각했다.

"결론부터 얘기하자면… 소정 누나는 죽었어요. 제 눈앞에서. 아니, 죽어서 제 눈앞으로 왔어요."

"음······."

"놈들이 제게 바란 건 청와대 대변인, 정당 대변인처럼 제가 지들의 대변인 같은 역할을 해주길 바랐어요."

"설마 애초에 그걸 노리고 비행기를 납치한 거냐?"

"아니요. 그건 아니었고, 납치했는데 제가 우연히 그 비행기에 있었던 거죠. 운이 더럽게 없었던 거예요."

"그렇구나······. 탈출 과정은 어떻게 되니? 당장 엄마에게 연락하면 물어볼지도 모르겠어서··· 그런다."

"예상은 하고 계시죠?"

"······."

강상만은 고개를 끄덕였다.

지영은 잠시 고민했다. 솔직하게 말해? 아니면 그냥 좀 거짓말을 섞을까? 결론은 금방 났다. 거짓말 하고 싶지 않은 마음. 그게 도리이고 예의인 것 같았다.

"탈출 과정은 운이 좋았어요······. 하지만 당연히 순탄치는 않았어요. 그래서··· 많이 죽였어요."

"······."

"많이··· 아주 많이요."

좋게 해석을 해도 결국에 지영은 사람을 죽인 살인자란 비난을 면하긴 어렵다. 물론 지영에게 그런 비난을 할 사람은 아주 극소수겠지만, 살인은 살인이었다. 하지만 또 재미난 게 증거는 없었다.

지영은 단 하나의 증거도 남겨놓지 않았기 때문이다. 광신도

들의 기지였던 지하 굴은 무너뜨려 버렸다.

복수에 나섰던 15인의 스페셜리스트들은 전부 태웠다. 아주 뼈도 남지 않을 정도로 태워 버렸으니 찾아내긴 힘들 것이다. 그러니 지영이 살인을 했다고 주장해도 그걸 인정할 만한 물질적 증거는 이미 지구상에 존재하지 않았다.

"그래, 힘들었겠구나……."

"많이요."

"……."

입술을 꾹 깨문 강상만은 또 금방이라도 울음을 터뜨릴 것 같은 얼굴이었다. 지영은 그런 강상만에게 웃어줬다. 이번엔 아들이 아버지에게 지어주는 미소였던지라 강상만도 애써 웃었다. 처음이었다.

이렇게 약한 강상만의 모습은.

하지만 그게 본인 때문에, 아니, 아니지…….

'신, 개자식 때문이지…….'

도대체 누가 그날, 스페셜리스트로 이뤄진 테러리스트 집단이 비행기 하이재킹을 계획하고 있었을 거라, 대체 누가 예상을 했겠나. 그러니 이쯤 되면 신이라는 개자식이 지영에게 또 뭔 짓을 하고 있다고 보는 게 맞았다.

강상만은 이어서 일상적인 얘기를 했다. 분명히 더 듣고 싶은 게, 아비로서 들어야 할 게 있음을 알면서도 그걸 회피하는 모습이었다. 그는 여기 도착해서 바로 지영을 만나지 못했다. 일단 사무실 용도였으나 독방이 된 곳에서 조용히 쉬고 있는 지영을 CCTV를 통해 먼저 봤다.

그리고 위험 문제도 있었다.

대사관은 당시 지영이 미국 요원들을 상대하는 모습이 담긴 영상을 전문가들에게 보내 정신 감정 의뢰를 했다. 그리고 결과는 아주 일관적으로 나왔다.

PTSD(Post Traumatic Stress Disorder). 흔히 외상 후 스트레스 장애라고 부르는 정신병일 가능성이 90% 이상이라는 소견들을 보내왔다. 국내외 가장 전문가들에게 한 의뢰이니 아마 틀릴 가능성은 거의 없었다.

강상만은 그 소리를 듣고도 그럴 만하다고 생각했다.

그는 지영이 납치당한 이후 IS에 대해 아주 작정하고 알아봤다. 그래서 일반 언론에 노출된 정보들 말고, 직업이 직업인 지라 좀 더 깊숙한 정보까지 알아낼 수 있었다. 그들은 인간이 아니었다.

알면 알수록 손이 부들부들 떨릴 정도로 구역질 나는 악마들이었다. 그런 곳에서 탈출한 아들이었다.

자신의 입으로… 죽이고, 또 죽였다니 그 말에 거짓은 없을 거라 강상만은 생각했다. 하지만 원체 특별한 아들이라 크게 문제는 없을 거라고 생각해서 이 만남을 강력하게 주장했다.

특별한 아이.

태어날 때부터 그랬다.

걷기 시작할 때부터는 가르쳐 주지도 않은 한글을 말하고, 쓰고, 읽었다. 어디 한글뿐인가? 학원도 안 보냈는데 영어, 일어, 중어, 불어, 이태리어까지, 웬만한 언어들은 전부 능숙하게 구사했다.

그것도 거의 원어민 수준으로 말이다.

그게 끝이 아니었다.

고작 네 살 정도였을 때도 기가 막힌 방법으로 아동 성추행 범인을 잡았다. 그것도 증거까지 확실하게 확보해서 말이다. 지영의 그런 특별함은 열거하자면 정말 끝도 없었다.

'나도 속을 볼 수 없었던 아이… 가 너였다. 아들, 아빠는 니가 잘 이겨낼 거라고 믿는다.'

요원들을 상대하던 영상은 강상만도 확인했다. 주저함이 없었다. 사람을 무력화시키는 것에도, 총구를 겨누는 것에도, 안전장치를 푸는 것도, 심지어 총을 쏠 때도, 오금이 지릴 정도로 냉정한 모습으로 그 모든 걸 일관되게 행했다. 그래서 결국 질린 CIA 요원이 돌아갈 정도였다. 그런 아들이지만, 그는 속으로 애원처럼 말했듯이, 지영이 잘 이겨낼 거라고 믿었다.

하지만 그래도… 그 험난한 길을 걸어온 지영이 너무나 미안하고, 안쓰러웠다. 지금도… 웃고는 있지만 그 미소 어딘가에는 짙은 피 냄새가 배어 있는 것 같았다. 착각이 아니었다. 살인범을 밥 먹듯 만난 그래서… 알아볼 수 있었다. 연쇄살인마 정도 되어야 지금 지영이 하고 있는 눈빛, 분위기를 풍길 수 있을 것이다.

"무슨 생각을 그리 하세요?"

생각을 깨는 지영의 목소리에 강상만은 얼른 정신을 차렸다.

"아니다, 네가 돌아온 게 너무 기뻐서, 너무 행복해서 잠시 정신을 놓았나 보다. 하하."

"아버지."

"응?"

"현실입니다. 저는 아버지 앞에 있어요."

"…그래, 그렇지. 알겠다. 아비가 되어서 아들보다 흔들려선 안 되겠지. 이제 정신 차리마."

"……."

강상만이 억지로 다부진 표정을 짓자 지영은 이번에도 옅은 미소로 화답했다. 지영은 알고 있었다. 지금 강상만이 어떤 심정인지, 솔직히 믿기지 않을 것이고, 불안할 것이다. 다시 지영이 신기루처럼 사라질까 봐. 그리고 자신이 솔직히 말한 그간의 행적 때문에 일말의 공포도 있을 것이다.

'거짓말을 했어야 했나…….'

아니, 그건 아니었다.

지영은 고개를 저어 그런 생각을 털어냈다.

이건 언제까지고 숨길 수 있는 일이 아니었다. 지금이야 어떻게든 넘겼지만, 솔직히 한국으로 돌아가도 깡패들은 거머리처럼 들러붙을 게 분명했다.

'그럼 가족도 힘들어질 게 분명해.'

그러니 얘기하는 것이다.

사실대로 얘기하고, 만약 받아들이지 못한다면… 솔직히 지영은 따로 움직일 생각이었다. 돈은 부족하지 않게 있는 상태고, 몸을 의탁할 사람들도 있었다.

'누나라면… 받아줄 거야.'

당연히 가장 먼저 송지원이 떠올랐다. 그러고 보니 그녀도 기사를 분명 확인했을 텐데… 어쩐지 조용하다 생각했다.

"지연이는요? 괜찮아요?"

"말도 마라. 지금이야 괜찮지만… 처음에는 정말 난리도 아니었다. 오빠 어디 갔냐고, 왜 안 오냐고 자지러지게 울다가 몇 번이나 실신해서 병원에 간 게 한두 번이 아니다."

"그래도 지금은 괜찮다니 다행이네요."

"애가 많이 의젓해졌어. 벌써부터 나나 엄마를 챙기려고 들더구나."

"……."

지영은 웃었다.

이제 초등학생일 지연이의 모습이 어렴풋이 떠올랐다. 어떻게 컸을까, 아직 어릴 때 모습 그대로일까? 등의 상상을 하니 자연히 기분 좋은 미소가 입가에 걸렸다. 그런 미소에 강상만도 처음으로 따뜻하게 웃을 수 있었다.

지영은 마지막으로 연인의 얼굴이 떠올랐다.

유은재.

지영이 복수를 할 당시 강제로 생각하는 걸 막은 0순위의 인물.

"혹시 은재 소식은 없어요?"

"모르겠다."

"네?"

왜?

임미정이나 강상만이라면 충분히 보살펴 줬을 것이다. 송지원도 마찬가지로 그래줄 것이고. 그런데 모른다? 의문이 드는 게 당연했다.

"그날 이후 언론에서 은재 양이 네 여자 친구라는 것을 밝혀냈다. 그래서 엄청 귀찮게 굴었지. 그런데 어느 날 갑자기 종적을 감추었는데 이 애비도 찾기가 힘들구나."

"혹시……"

"그래, 그럴 것이라 예상은 한다. 김은채 양을 한번 만나봤지만 대답해 주지 않더구나."

"……"

김은채.

은재와는 높을 확률로 배다른 자매일 거대 그룹의 아가씨.

그녀라면 은재의 종적을 한국에서 아예 지워 버리는 것도 충분히 가능했다. 그녀는 나이답지 않게 영악했고, 그만큼 독심이 있는 아이었다. 다만 지영은 김은채가 제발 유은재를 보살펴 주기 위해 데려갔길 바랐다.

'만약 아니라면……. 김은채, 너도 밤길 조심해야 할 거야……'

그런 생각을 하다가 지영은 흠칫, 스스로에게 놀랐다. 그 어떤 서랍도 열리지 않았는데 아주 자연스럽게 폭력을 생각했다. 아직 물이 다 빠지지 않았다. 하긴, 그럴 만도 했다. 지영이 줄리앙의 목을 갈라 버린 게 아직 얼마 지나지도 않았다.

그건 지금 현재, 지영의 의지로 행한 일이었다.

그래서 이미 충분히 살인에 정신이 익숙해져 있는 상황이었다.

'조심해야겠어······.'

복수는 끝났다.

그러니 이제 피를 볼 일이 없진 않겠지만, 그래도 최대한 자제는 해야 했다. 밝은 세상은 폭력에 그리 관대하지 않으니 말이다.

"한국 가면 할 게 많네요."

"그러냐?"

"네, 은재도 찾아야겠고, 병원도 다녀야겠고, 제 문제만 해도 산더미네요."

"그렇지. 이 아비가 최대한 도와주마. 아예 당분간 휴직계를 낼 생각이다."

"아니요, 그러시진 마세요."

"아니, 그래야겠다. 이젠 절대로··· 너를 잃지 않을 생각이다."

강상만의 다부진 각오가 서린 말에 지영은 살짝 쓴웃음을 지었다. 강상만의 말은 솔직히 고맙다. 하지만 강상만이 같이 다니면 움직이는 데 제약이 많이 걸렸다. 지영은 조용히 있고 싶었다.

지영을 가만히 보던 강상만이 자리에서 일어났다.

"네 엄마에게 전화 좀 하고 오마. 지금쯤 아마 잠도 못 자고 기다리고 있을 거다."

"네. 다녀오세요."

강상만이 나가자, 지영은 김하나를 불렀다.

"폰 좀 한번 빌려주시겠어요?"

"아, 네. 여기요."

"고맙습니다. 김하나 씨가 보여준 호의, 잊지 않을게요."

"아… 네."

어색한 대답과 함께 다시 문으로 돌아갔다. 그걸 보며 지영은 김하나가 센스가 제법이라고 생각했다.

폰을 받은 지영은 잠시 키패드를 바라보다가… 은재의 번호를 입력했다.

—지금 거신 전화는…….

'역시.'

김은채가 은재의 번호를 그대로 뒀을 리가 없었다. 지영은 전화를 끊고 다시 잠시 고민하다가, 이번엔 송지원에게 전화를 걸었다. 뚜루루, 뚜루루, 뚜루루. 옛날 은재처럼 단조로운 통화 연결음이 몇 번 울리더니, 갑자기 뚜, 하다 말고 소리가 꺼졌다.

—누구… 세요.

"누나."

—…….

"저예요."

—…지영이야?

"네."

─야, 이… 개새끼야!

쩌렁!

고막을 찢을 것 같은 고함에 지영은 얼른 귀에서 폰을 뗐다. 그러곤 피식 웃었다. 역시 송지원… 아직 안 죽었다.

그런 너무나 그녀다운 반응에 지영은 이번엔 진심으로 즐거운 미소를 지었다.

지영의 귀국은 다음 날 아침에 바로 이루어졌다. 물론 이 역시 쉽지는 않았다. 청원 경찰과 극비리에 들어온 707특임대와 어제 로마에 도착한 DIA 깡패들과 몸싸움이 벌어졌지만 무사히 버스에 탑승, 레오나르도다빈치 공항으로 출발할 수 있었다.

현 대한민국 이재성 대통령은 이번 사태에 단호하게 대처했다. 그래서 정말 유례가 없던 일인 코드 원을 지영을 귀국시킬 전용기로 보냈다. 이는 이번 사태에 자국민 보호에 단호하게 대처하겠다는 대통령의 의지가 들어 있었다.

공항에 도착하고도 707특임대의 호위를 받아 겨우 전용기에 올라타고 나서야 지영은 한숨을 돌릴 수 있었다. 그렇게 비행기가 뜨고 나서, 12시간이 지나서야 대한민국의 영공 안으로 들어설 수 있었다.

"……"

지영은 말없이 창밖의 숲, 도시를 내려다 봤다.

이곳으로 돌아오는 데 오 년이란 시간이 걸렸다.

그 기간 동안 정말 많은 게 변했다. 중학생이었던 지영은 어느새 성인이 되어 있었다. 애티는 거의 사라졌고, 날카로움과 차분함이 뒤섞여 오묘한 분위기를 가진 외모로 변했다.

성남공항 활주로에 코드 원의 거대한 동체가 내려앉았다. 쿵, 소리가 났고, 서서히 비행기는 멈췄다.

지영은 비행기가 멈췄는데도 움직이지 않았다. 지영의 호위를 맡은 707특임대장이 아직 나타나지 않았기 때문이다. 그는 도착과 함께 다시 호위를 맡을 예정이라고 했다. 그러니 그가 나타나 따로 말을 하지 않은 이상 아직은 내릴 수 없었다.

다시 전투복을 갖춰 입은 사람들이 지영에게 다가왔고, 내려도 된다는 말을 전해 지영은 자리에서 일어났다.

"후우……."

계단을 내려가기 전, 지영은 심호흡을 크게 했다. 창밖으로 줄지어 선 일단의 무리를 발견했다. 아마 그 무리 중에 임미정과 강지연이 있을 것이다. 먼저 내린 강상만이 한 말이니 틀림이 없을 것이다.

그래서 떨렸다.

오 년 만에 만나는 어머니란 존재.

설레고, 죄송스럽기도 하고, 복잡한 마음이 들어 정리가 안 됐다.

"무슨 일이십니까?"

더운 날씨인데도 마스크에 군용 선글라스까지 착용한 특임대장이 다가와 물었다. 표식도 없고, 이름도 없고 계급도 안 붙어 있는 군복이 어쩐지 정감이 갔다.

"아무것도 아닙니다."

"그렇습니까. 그럼 내리시죠."

"네."

천천히 계단을 밟아 내려서, 어둠이 내려선 활주로 아스팔트를 밟는 지영. 이어서 저 멀리 라이트가 켜진 곳으로 지영은 천천히 걸음을 옮겼다. 현재 시간 12시. 사위는 고요했다. 인천공항이 아닌 성남공항에 내려서일지도 모르지만, 솔직히 주변이 어떤지는 중요한 게 아니었다. 무리에서 한 사람이 달려 나왔다.

지영은 본능적으로 알아차렸다.

"……."

그래서 우뚝 멈춰 서서, 입고 있는 옷에 코를 대고 킁킁거렸다. 그리고 자신의 손에서 나는 냄새도 맡았다. 많은 무수히 많은 피를 묻혔다. 혹시 그 냄새가 나는 건 아닌지, 아직 몸에 배어 안 빠져나간 건 아닌지 하는 마음에 나온 본능적인 행동이었다.

"헉헉! 악!"

달려오던 도중에 넘어진 임미정, 지영은 본능적으로 튀어나갔다. 움찔하는 강상만과 특임대원들보다도 먼저 달려간 지영은 급히 임미정을 안아서 일으켰다.

"……."

"……."

모자(母子)의 눈빛이 어둠 속에서 부딪쳤다.

임미정의 얼굴은 이미 엉망이었다. 화장기 없는 얼굴에다가 얼마나 울었는지 눈이며 코며 빨갛게 부은 상태라 평소의 임미정의 얼굴은 거의 없었다.

욱신.

가슴이 아팠다.

자신 때문에 속병을 앓았을 임미정에게 너무나 미안했다.

"저 왔어요."

"아들… 아들 맞네."

"네, 아들 맞아요."

"그래, 이런 순간에도 이리 무뚝뚝한 걸 보니… 내가 배 아파 낳은 아들이 맞네. 아들이 맞아."

어머니는 강하다고 하던가?

끌어안고 펑펑 울 거라는 예상은 보기 좋게 빗나갔다. 임미정은 오히려 환하게 웃었다. 그리고 천천히, 천천히 손을 뻗어 지영을 안았다. 따뜻한 온기가 느껴졌다. 임미정이 평소에 쓰는 싱그러운 샴푸 냄새에 지영은 쿵쿵거리면서 뛰던 심장이 제 박동을 찾아가는 걸 느꼈다.

이제는 자신보다도 작은 체구의 임미정이지만, 어머니의 품이라 너무나 편안했다.

카메라 플래시가 사방에서 터졌지만 지영이나 임미정이나 둘 다 한참을 끌어안고 있었다. 포옹을 풀고 나자 지영은 임미정의 뒤에서 우물쭈물하고 있는 지연이가 보였다.

"지연아."

"우웅……."

지영이 무릎을 꿇고 팔을 벌렸는데도 지연이는 아직 낯선지, 임미정의 뒤로 쪼르르 달려가서 숨었다.

"지연아, 오빠야. 오빠… 맞아."

"오빠야……?"

"응. 그래, 오빠네. 오빠가… 돌아왔네."

"……."

임미정의 말에 지연이는 지영을 다시 빤히 바라봤다. 지영도 많이 변했지만, 지연이도 많이 컸다. 민아처럼 폭풍 성장 중인지 벌써 키가 상당했다. 그런 지연이는 조심스럽게 다가왔다.

"정말 오빠 맞아… 요?"

"응, 못 알아보겠니?"

"어… 오빠 목소리."

"이리 와. 우리 지연이 오빠가 안아보게."

"……."

지연이는 조심히 다가와서 지영의 품에 안겼다. 150이 조금 안 되는 체구지만, 그래도 안으니까 너무나 따뜻했다. 지연이도 펑펑 울 거라고 예상했는데 강상만의 말처럼 의젓해졌는지 울지 않았다. 아마 집에서는 눈치껏 자기가 울면 임미정이나 강상만이 힘들다는 걸 깨달은 것 같았다.

지영은 이것도 너무 미안했다.

한창 사랑받고 커야 할 나이에, 오히려 반대로 힘든 시기를 보냈다. 그렇다고 임미정이 지연이에게 소홀한 건 아니지만 아이의 눈치는 그 외의 것들을 이미 알아버린 뒤였다.

"지연이 예쁘게 잘 컸네?"

"이히, 오빠 이제 어디 안 가?"

"응, 이제 어디 안 가."

"진짜지?"

"응, 진짜."

"에헤헤, 그럼 됐어! 지연이가 용서해 줄게!"

"고마워."

안았던 지연이를 놓아주자, 저 멀리서 몇 사람이 다가왔다. 지영은 중앙에 서서 다가오는 중년 사내의 얼굴을 보자 바로 누군지 알아차렸다.

이재성.

대한민국 대통령.

굉장히 단호한 정치를 한다는 대한민국 대통령이었다.

"강지영 군… 이라고 부르기에는 몰라볼 정도로 변했습니다. 반갑습니다. 대한민국 대통령 이재성입니다."

"반갑습니다. 강지영입니다. 보여주신 호의 잊지 않겠습니다."

"허허, 호의라니요. 당치 않습니다. 대한민국 대통령으로서 대한민국 국민을 보호하는 일은 의무입니다. 그러니 신경 쓰지 않아도 됩니다. 일단 대화를 좀 나눠보고 싶긴 하지만 시간도 늦었고, 지영 씨 병원 예약을 잡아 놓은 상태입니다. 바로 병원으로 이동하셔서 검사를 받으시고, 조속한 시일 내에 한번 초대하도록 하겠습니다."

"네, 알겠습니다."

지영은 작게 고개를 끄덕이는 걸로 대답을 대신했다. 오면서 강상만에게 일정은 들었다. 한국에 도착했다고 바로 집으로 갈 수 있는 건 아니었다. 당연히 건강검진을 위해 병원에서 각종 진단을 받아야 했고, 그 뒤에 다시 조사를 받을 것이다. 이건 지영도 예상하고 있던 일이었다.

물론 조사를 끝으로 깔끔하게 집으로 갈 수 있으면 좋겠지만, 지영은 그렇게 되지 않으리란 걸 알았다.

일단 깡패들이 주변에서 하이에나처럼 지영의 주변을 어슬렁 거릴 것이다. 이건 기정사실이었다. 이미 미국은 한국을 강력하게 비판하는 중이었다. 동맹 관계까지 운운하며 지랄할 정도이니 당분간 조용한 삶을 살긴 영 글렀다.

하지만 이 정도는 감내해야 했다.

그만큼 당시 사건의 최초 생존자인 지영의 등장은 거대한 사회적, 국가적 이슈였기 때문이다. 대통령이 먼저 떠나고, 지영도 가족들과 함께 준비된 차량에 올라 바로 병원으로 향했다. 병원으로 가는 도중 창문을 여는 지영.

외국의 공기와는 다른 한국 특유의 냄새가 바람결에 실려 들어왔고, 주변에 앉아 있는 임미정과 어느새 곤히 잠든 지연이를 보자 지영은 제대로 실감이 났다.

'돌아왔네…….'

고국이라 할 수 있는 한국으로 이제야 돌아왔다. 지영은 창

밖으로 보이는 달을 잠시 바라봤다. 서소정이… 생각났다.

'누나, 미안해. 나만 돌아와서.'

그녀도 그 지옥을 벗어나서 돌아오고 싶었을 것이다. 하지만 그럴 수 없었다. 지영이 다시 그녀를 봤을 때, 그녀는 차디찬 시체가 되어 있었으니까.

'대신 약속할게. 이번 천 번째 환생의 삶은 숨이 끊어지는 순간까지… 누나의 몫까지 열심히 살겠다고.'

지영은 이젠 옛날처럼 살 생각이 전혀 없었다. 최고의 스타를 직접 키워내는 게 목표였던 서소정의 꿈을 자신이 직접 이어받을 예정이었다. 그게 지금 이 순간 자신이 서소정을 위해 해줄 수 있는 유일한 일이라고 생각한 지영이었다.

그리고 그 일을 막는 그 어떤 것도… 용납할 생각이 없는 지영이었다.

＊   ＊   ＊

대한민국에서 극비라는 건 정말 지켜내기 힘든 단어였다. 지영은 검사를 위해 어쩔 수 없이 서울 내 모 종합병원 VIP실에 입원했다. 하지만 채 몇 시간이 지나기도 전에 이미 지영의 소재는 단번에 인터넷에 풀렸다.

병원 측에서 청와대의 연락을 받고 준비를 단단하긴 했지만 역시나 역부족이었다. 그래서 생존자를 향한 테러 재발을 방지하기 위해 상당수의 병력이 지영이 쓰는 층과 병실 주변으로 배치됐다.

지영은 자고 일어난 당일 아침부터 검사를 받아야 했다. 그런데 무슨 국빈이라도 된 것처럼 개인 경호원이 붙어 모든 검사마다 따라다녔다. 귀찮을 법하지만 지영은 잘 참았다. 아니, 참을 수밖에 없었다.

이건 국가에서 보여주는 순수한 호의였다. 그런 호의를 귀찮아하는 건 인격에 문제가 있는 걸로밖에 보이지 않았다.

피 검사부터 시작해서 일정에 따라 검사를 돌다 보니 어느새 저녁 시간에 가까워졌다. 저녁을 먹고 다시 검사를 시작했을 때, 지영은 슬슬 인내심의 한계를 느끼기 시작했다. 물론 경호원 때문이 아니었다.

정신과 심리 테스트…….

정신적인 검사를 할 때, 지영은 결국 짜증을 냈다.

"이 그림을 보면 어떻게 느껴지세요? 칼이나 무기처럼 보이나요?"

"의사 선생님?"

"네?"

서른 후반에서 마흔 초반으로 보이는 여의사에게 지영은 그래도 웃으면서 말을 건넸다. 아까부터 자꾸 지영의 정신을 한쪽으로 컨트롤하려는 게 느껴졌다.

"제가 그냥 정신병이 있었으면 좋겠습니까?"

"아니요, 환자님. 그런 건 아닙니다."

"그런데 왜 자꾸 대답을 유도하세요? 칼이라니요? 누가 봐도 이건 그냥 바나나 그림이잖아요. 색을 빼."

"아… 죄송합니다."

피식.

꼭 있다.

이렇게 뭔가 성과를 내고 싶어 하는 사람이. 아마 지영이 그렇게 보인다고 했으면 정신에 문제 있음, 그리고 그 치료 과정은 고스란히 자신의 이력으로 남았을 것이다. 이런 인간들은 오히려 자신에게 문제가 있는지 없는지를 테스트받아야 하는데, 스스로 검진하면 항상 오진이 나서 문제였다.

"죄송합니다만, 의사를 바꾸고 싶군요."

"아, 죄송합니다. 다시 프로그램을……."

"됐고요. 바꾸겠습니다."

드륵, 의자를 밀고 일어난 지영은 바로 등을 돌려 검사실을 나갔다. 밖으로 나가자 청와대에서 붙여준 경호원이 바로 다가왔다. 근데 말이 경호원이지, 실제로는 '회사'에서 꽤나 직급이 높은 사람인 것 같았다.

"끝나셨습니까?"

"아니요, 의사를 바꾸고 싶습니다."

"무슨 일 있었는지……."

"제 대답을 유도하더군요. 바나나 그림을 보여주고 칼처럼 보이지 않냐는 둥, 이런 식으로요."

"…조치하겠습니다."

자신을 정순철이라 소개한 그 경호원은 그렇게 대답한 후 지영을 병실로 인도했다. VIP 병실이라 복도에는 사람이 거의 없었다. 종종 보이는 사람들은 다 근무 중인 간호사나 의사들이 전부였다.

물론 그들도 지영을 발견하면 신기한지 빤히 바라봤지만 금방 대기 중이던 경호원에게 막혔다. 병실로 돌아온 지영은 너무 넓어 휑하기 만한 이곳이 별로 마음에 들진 않았다. 소파에 털썩 앉은 지영은 정순철을 향해 물었다.

"검사는 언제 끝납니까?"

"아직 이틀은 더 받아야 할 것 같습니다. 결과를 받는 것까진… 죄송합니다, 그건 다시 확실하게 알아보겠습니다."

"부탁드릴게요. 면회 금지도 당연히 결과가 나올 때까지 안 풀리겠지요?"

"네… 죄송합니다."

지영은 지금 면회조차 금지되어 있었다. 혹시 모를 전염병 때문이었다. 원래라면 성남공항에 도착하자마자 병원으로 이동했어야 되지만… 지영의 강력한 요청으로 임미정과 강지연을 먼저 봤다. 사실 지영은 자신의 몸에 아무런 문제가 없다는 걸 잘 알고 있었다.

컨디션 관리 하나만큼은 프로 운동선수보다도 확실한 게 지영이었다. 그런 지영이 몸에 뭔가 이상이 온 것을 모를 리가 없었다. 물론 잠복기가 긴 병도 있지만, 그런 병에 걸릴 정도로 지영이 막 움직인 건 절대 아니었다.

하지만 지금 지영은 국가가 정한 매뉴얼대로 움직여야 하니 어쩔 수 없었다. 건강 문제를 검증받지 못하면 다시 사회로 나갈 수조차 없었기 때문이다. 그래서 지영은 꾹 참고 있었다.

"혹시 필요한 일 있으면 벨을 눌러주십시오. 바로 오겠습니다."

"네."

정순철이 나가고, 지영은 한숨을 내쉬었다.

한국이지만 한국 같지 않은 참 이질적인 장소였다. 이곳은 정말 VIP만 쓰는 병실이라 유리창조차 강화유리다. 웬만한 저격쯤은 창에서 막혀 버린다. 내부는 거의 70평에서 80평 가까이 됐다. 보호자가 자는 방 하나가 원룸보다 넓으니 말 다했다. 사막이나 더러운 뒷골목에서 비박을 수백 번씩 했던 지영이라 어색하고, 낯설었다.

'대성그룹이 이런 쪽으로는 참 돈지랄을 잘하지……'

지영은 침대에 누워 한동안 거의 못 봤던 TV를 보다가, 11시쯤 두 분 부모님에게 연락을 드리곤 잠에 빠져들었다.

Chapter36
그를 기다렸던 사람들

3일 뒤, 지영의 면회 금지는 풀렸다.

집중적으로 받은 전염병 검사에서 아무런 이상이 없다는 소견이 나왔기 때문이었다. 지영의 이런 검사 결과는 곧바로 언론에 보도됐다.

"하여간……."

이 나라는 너무 비밀이 없었다.

물론 이는 지영이 찬성한 사항이었다. 국민의 알 권리 어쩌고저쩌고 때문이 아니라 워낙에 언론이 불이 붙은 상황이라 지영의 현 상황을 아는 사람이 너무나 많았기 때문이다. 그래서 지영에게 푸른 집에서 나온 사람이 코드 원의 의견을 직접 전달해 주고 갔다. 그 내용은 이랬다.

전면에 나서지는 않아도 된다. 하지만 검사 결과를 담당의의 인터뷰를 통해 언론에 알리게는 해주지 않겠냐.

요약하자면 딱 이 정도였다.

지영은 만약 알리게 하겠다, 라고 통보를 했다면 아마 그러지 말란 말을 전했을 것이다. 하지만 코드 원은 '알리게는 해주지 않겠냐'라며 의견과 동의를 구해왔다. 지영은 그 방식이 마음에 들어 잠자코 고개를 끄덕였다.

그렇게 다시 온 언론이 지영의 이야기로 가득 찼다.

국내뿐만이 아니라 유일한 생존자인 지영에 대한 거의 모든 정보가 세계에 퍼지고 있었다. 뭐, 이해 못 할 일은 아니었다. 무너진 건물에 101명이 있었다. 그중 100명이 죽었다. 그런데 만약 딱 한 명이 살아남았다면?

아마도 희망의 상징, 혹은 영웅으로 추앙받았을 것이다.

그리고 그런 상징이나 영웅으로 만드는 게 언론의 일이었다. 하지만 한두 번 경험해 본 게 아니라 지영은 아직 시큰둥했다. 강상만은 휴직을 낸다고 했지만, 지영과 임미정의 만류로 결국 아직 보류할 수밖에 없었다. 그의 위치는 검찰청 내에서 거의 순위권이었다. 게다가 벌써 차기 검찰총수직을 이미 제안받은 상태였다.

그래서 임미정은 집안의 생계도 책임져야 하니 강상만은 일을 해주길 원했다. 물론 돈이 없는 건 아니었다. 지영의 명의에 있다가, 임미정이 따로 자신의 통장으로 옮겨놓은 영화 개런티가 아직도 상당했다.

그리고 저작권료는 아직도 착실하게 들어오고 있었다.

그러니 지영의 돈을 쓰면 문제는 없지만, 두 사람이 어디 그럴 사람들인가? 결국 강상만은 계속 검찰직에 있기로 했고, 임미정은… 지금 맡은 사건을 일단 인계하고, 또 변호사직을 잠시간 내려놓기로 했다.

너무나 잔인하고 이기적인 말이겠지만, 안산 살인 사건의 피해자보다… 그녀는 자신의 아들이 훨씬 더 중요했다. 지영은 그래서 그녀의 고집을 꺾을 수 없었다.

지이잉.

미닫이도 아닌 자동문이 아주 작은 소음과 함께 열렸다. 슬쩍 보니 지영의 담당의와 간호사 둘이 들어오고 있었다.

"오늘은 어떠세요?"

"좋아요. 좀 답답한 걸 빼면 큰 이상은 없어요."

"아직 운동은 좀 참아주십시오. 혹시 모를 검사가 남아 있어서 말입니다."

"네, 그럴게요."

운동 금지?

이곳, 서울 내 대성종합병원으로 오기 전에 지영이 어떻게 살아왔는지 알고는 있을까? 땀을 흘리는 정도가 아니라 격렬한 생사 대전을 치러도 될 정도로 지영의 몸은 건강했다. 하지만 이들은 그 건강함을 의학적으로 검증을 해줘야 했다. 그래야 지영이 다시 사회로 나갈 수 있으니까.

"정신과 쪽 담당의는 아직인가요?"

"네, 일단 알아보고 있는데 마땅한 적임자가 없어서 난항을 겪고 있습니다. 조금만 더 기다려 주시지 않겠습니까?"

"네."

담당의는 정중했다.

그는 지영이 어리다고 절대 하대하거나 무시하지 않았다. 그 대신 아주 철저하게 환자+생존자로 대우했다. 혹시 모를 잔병까지 안 놓치려는 엄청난 꼼꼼함에 지영은 두 손 두발 다 들었지만, 그래도 그 철저함이 조금은 마음에 들어 잘 참고 있었다.

담당의가 종이 몇 장을 건네주기에 받아보니, 이름이 주르륵 적혀 있었다.

"일단 오늘 면회 신청을 한 사람들입니다. 전부는 불가능하고, 점심 이후, 저녁 이후 한 타임씩만 받아주셨으면 합니다."

"네, 결정해서 말씀드릴게요. 어디로 연락하면 되죠?"

"벨 누르면 여기 김선정 담당 간호사가 바로 올라올 겁니다. 그때 말씀해 주시면 됩니다."

"......."

지영은 작게 고개를 끄덕였다.

이후 담당의는 몇 마디 더 하더니 나갔다.

지영은 면회자 명단을 조용히 바라봤다. A4 용지 세 장 분량으로 이름이 빼곡했다. 기자부터 시작해서 국회의원은 물론, 생소한 단체에서 나온 사람들까지 있었다.

"알라신교? 큭……"

알라… 라면 치를 떠는 게 지영이다.

그런데 아주 당당하게 알라신교란 사이비 종교의 회장이란 놈이 떡하니 면회 신청을 넣었다. 죽고 싶은 것도 아니고 말이다.

쓸데없는 것들은 다 쳐내고 나니, 지영이 아는 사람들 중 면회 신청을 한 사람들은 몇 없었다.

송지원을 필두로 칸나, 레이샤, 유민아.

김윤식과 몇몇 배우들.

"척? 척이 한국에 왔나?"

척과 알버트의 이름도 있었다.

그리고 지영은 예상외의 이름을 발견했다.

"김은채……"

당당하게 대성그룹이라고 적어놨다. 지영은 김은채의 이름을 잠시 바라봤다. 한국에 왔지만 은재에게는 아직 한 통의 연락도 오지 않았다. 지영은 그게 좀 이상했다. 메일함도 텅 비어 있고, 옛날 번호로 폰도 되살렸다.

그런데도 연락이 오지 않았다.

"먼저… 만나봐야겠어."

그런 이유를 김은채는 아마 알고 있을 것이다. 그러니 지영은 송지원이나 다른 사람들에게는 미안하지만, 첫 번째 면회는 김은채와 해야겠다고 결정했다. 결정을 했으니 바로 간호사를 불러 얘기를 했다. 이제 간호사가 알아서 김은채에게 연락을 할 것이다.

　점심을 먹고, 두 시쯤, 김은채가 찾아왔다.

*　　　　　*　　　　　*

　병실 문을 열고 들어온 김은채를 지영은 조용히 바라봤다. 오 년이란 시간 동안 자신도 변했지만, 김은채도 정말 몰라보게 변해 있었다. 피식. 반가움일까? 이상하게도 웃음이 나왔다.

　"이거 참……."

　"예의를 밥 말아먹은 건 여전하네. 보자마자 썩소부터 짓고."

　"그렇다고 우리가 반가워서 부둥켜안을 사이는 아니지 않나?"

　"맞네. 그럴 사인 아니지."

　지영의 대답에 피식 웃은 김은채가 또각또각 힐 소리를 내며 걸어와 지영의 건너편 소파에 앉았다. 그러곤 마치 샤론 스톤처럼 다리를 우아하게 굴려 꼬고는, 지영을 바라봤다. 지영은 그런 김은채를 마주 바라봤다.

　착 달라붙는 스키니진 청바지에 유행을 타지 않는 화이트 컬러 셔츠, 구불구불 들어간 웨이브 헤어스타일까지. 김은채는 예뻐졌다. 지영의 눈썰미로 보아 손을 대진 않은 것 같고, 그냥 타고난 미모가 꽃을 피운 것 같았다.

　"……."

　"……."

하지만 예뻐진 김은채에게 볼일은 없었다. 지영이 굳이 이 여자와 첫 번째 면회를 잡은 이유는 오직 유은재 때문이었다. 잠시 바라보다가 궁한 사람이 본인인지라 지영은 먼저 입을 열었다.

"은재는 어디로 데려갔지?"

"무슨 소린지 모르겠네?"

"시침 떼봐야 소용없어. 너밖에 없으니까."

"글쎄? 난 진짜 무슨 소린지 모르겠는데?"

"그럼 왜 면회 신청을 했지?"

"훗."

김은채의 입가에 옛날에도 꽤나 보았던 미소가 자리 잡았다. 어쩜 저렇게 대놓고 조소를 입가에 잘 그리는지 신기할 정도였다.

"안 뒈진 게 좀 아쉬워서 낯짝 보러왔지. 뭐, 면회 신청은 그냥 넣은 거고 나야 마음먹으면 그냥 찾아올 수도 있었어. 알잖아? 여기 우리 병원인 거."

"말하는 싸가지 하고는… 큭."

또 오랜만에 이렇게 사람을 자극해 주신다. 옛날이라면 같이 으르렁거렸겠지만, 지금은 좀 달랐다.

"김은채."

"왜?"

"꺼져."

"뭐?"

"은재에 대해 할 말이 없으면 꺼져. 괜히 앞에서 깝죽거리다가 모가지 돌아가지 말고."

"……."

피식.

눈에 쌍심지를 켜고 노려보는 김은채가 지영은 정말 가소로웠다. 그래, 김은채는 이런 성격이었다. 사람을 긁는 걸 즐기는. 아마 그녀는 유은재를 데리고 있다는 것 하나로 지영을 갈구고 싶었을 거다.

하지만……

사람을 잘못 골랐다.

지금 지영은 그 예전의 지영이 아니었다.

지영의 눈빛에 살심이 깃들었다.

이제는 굳이 살인의 경험이 있는 기억 서랍을 꺼내지 않고도 천 번째 삶의 지영 본인의 의지로 살심을 꺼낼 수 있었다.

왜?

무수히 죽였으니까.

"으……."

김은채는 그 살심에 민감하게 반응했다. 예전에 납치를 당해본 경험이 있어서 주변 환경, 분위기에 굉장히 민감해졌기 때문이었다. 그러거나 말거나, 지영은 그냥 번들거리는 눈빛 그대로, 희죽 웃고 있는 그대로 김은채를 바라봤다. 딱 바라보기만 했다.

하지만 그 정도로도 김은채는 떨었다.

그런데 재밌는 건 눈을 돌리지 않는다는 것이다.

하여간 깡다구 하나는 알아줄 만했다.

지영은 눈빛을 거두지 않았다. 살심을 지우지도 않았다. 이런 종류의 자극을 지영은 이제 받아줄 생각이 없었다. 안일하게 살았기 때문에 내 사람, 서소정을 잃었다. 그런 경험은 이제 두 번 다시 하고 싶지 않았다.

'아니, 안 할 거야. 무슨 수를 써서라도 말이지.'

"그런데 감히, 너 따위가 나를 자극해?"

생각이 입으로 훅 튀어나갔다.

그 말에 놀란 김은채가 입술을 질끈 깨물었다. 쥐 잡아 먹은 것처럼 빨갛게 립스틱을 칠한 입술이 툭, 하고 터져 피가 주르륵 흘러내렸다. 그 정도로 지영의 기세는 압도적이었다. 수백의 사람을 죽였고, 수백의 서랍을 등에 지고 있는 지영이었고, 그걸 고스란히 뿜어내니 김은채가 버티는 건 아예 무리였다.

이런 걸 바로… 존재감이라고 한다.

혹은 아우라라고 하거나. 그도 아니면 기세라고 하거나.

지영은 어쨌든 엄청났다.

피를 봤으니 지영은 눈빛, 미소, 그리고 살심까지 거뒀다. 피식 하고 지영이 웃자 김은채는 흐윽, 하고 깊게 숨을 들이마셨다. 그러곤 컥컥 하고 기침을 하더니, 다시 테이블에 있던 생수를 벌컥벌컥 마셨다.

"후… 뭐야, 너?"

"뭘?"

"대체… 뭘 한 거야? 어떻게 이럴 수가 있어?"

"그런 것까지 얘기해 줄 정도로 우리 사이가 친밀한 건 아니지?"

"……."

지영의 대답에 또 입술을 꾹 깨물다가 상처 난 입술에서 통증을 일어났는지 움찔하며 인상을 찡그렸다. 고양이가 미간을 찌푸리는 모습과 참 닮았다.

"김은채."

"……."

"옛날에도 말했지만, 제대로 말할 준비가 되어 있지 않으면 찾아오지 마."

"은재… 궁금하지 않아?"

"……."

역시… 알고 있었다.

이걸로 심증은 확실해졌다.

하지만 지영은 구걸할 생각은 없었다.

"궁금하지. 그런데 구걸은 하지 않아."

"왜? 혹시 알아? 내가 마음이 확 동해서 알려줄지도?"

피식.

'구라 치네……'

입가에 조소는 지우고 좀 구라를 치든가. 하여간 캐릭터 하나만큼은 끝내줬다. 옛날과 비교해 아주 조금도 변하지 않은 걸로 말이다.

"구걸 따위 그 지옥에서 한 걸로 족하거든. 궁금한 건 내가 알아내면 돼."

"훗, 너 따위가 어떻게?"

"글쎄……? 내가 어떻게 알아낼 것 같아?"

"……."

이 말에는 김은채가 표정을 굳혔다. 지영의 희미한 조소에서 또 불길한 뭔가를 느낀 것 같았다. 감각도 참 지랄 맞게 발달한 것 같았다. 아주 잠깐, 그 방법을 생각하며 드러낸 것뿐인데도 말이다.

"하나 알려줄게. 내가 그 지옥에서 어떻게 살아나왔을 것 같아?"

"……."

"그 개새끼들이 풀어줘서? 막 갑자기 내가 불쌍하고 막 그래서 난 지금 여기에 있을까?"

"……."

"아니면 그 새끼들이 믿는 개 같은 신이 나를 풀어주라고 했을까?"

"……."

"그것도 아니면? 그럼 뭘까? 난 어떻게 나왔을까? 응? 김은채, 넌 똑똑하니까 정답을 알 거야."

"……."

김은채는 대답하지 못했다.

새파랗게 빛나는 지영의 눈빛에 딱 잡혀 있어서였다.

유은재.

솔직히 말하자면 보고 싶었다.

그녀의 눈빛을 보고 있으면, 햇살을 닮은 그녀의 미소를 보게 된다면, 이 들끓는 마음들이 마치 봄눈처럼 사르르 녹을 것 같았다.

그러나 그 미소를 보기 위해 김은채에게 자존심을 굽히고 굽신거릴 생각은 없었다. 그러기엔 지영이 당한 일이 너무나 컸다. 그러니 은재는 자신의 손으로 직접 찾을 생각이었다.

지구 어딘가에 있다고 하더라도.

'방법도 있고…….'

심중까지 얻은 마당이고, 은재를 찾는 방법 또한 마음의 결정을 내린 지영은 이 자리를 이제 그만 끝내기로 했다. 더 이상 대화했다간 저 하얀 목덜미를 덥석 쥐고 싶어질 것 같았다.

"대화는 여기서 끝내고, 다음에 또 보자고."

"이이……."

이를 악문 김은채를 보며 지영은 자리에서 일어났다. 그러곤 김은채를 조용히 바라보며 딱 한마디를 남겼다.

"그런데 그땐 이렇게 겸손한 상황은 아닐 거야. 그거 하나만큼은 내가 약속하지."

"……."

약속, 약속이다.

많은 사람들이 예상했던 대로 깡패들이 움직였다. 그들은 지영에게 직접 찾아오지 않았다. 대신 주한 미국대사 제임스가 공식적으로 청와대를 방문했다.

콧대가 높기로 유명했던 대사라 청와대 방문은 정말로 이례적인 일이었다.

그리고 그 이례적인 일은 점심나절의 한국 언론을 한방에 장악했다. 매스컴을 다루는 자들은 바보가 아니었다. 그러니 왜 제임스 대사가 청와대를 찾았는지, 그 이유를 아주 빠르게 파악해 냈다. 아니, 사실 파악하고 자시고 할 것도 없었다. 지금 상황에 그가 한국의 대통령을 만나는 이유는 빤했으니까.

"……."

저녁 식사가 나오기 전 병실을 찾아온 임미정은 사과를 깎다 말고 불안한 눈빛으로 TV를 바라봤다. 지영은 지연이랑 놀아주다가 그런 임미정을 발견하고, 작게 한숨을 쉬었다.

"오빠, 왜? 왜 한숨 셨어?"

"쉬었어. 지연아, 셨어가 아니라 쉬었어야."

"알아! 근데 이게 말하기 편하잖아!"

"오, 똑똑한데?"

"이히."

이제는 지연이의 트레이드마크가 된 이히 웃음을 보고 있자니 절로 미소가 나왔다. 지연이의 머리는 확실히 똑똑했다. 수학이나 언어 실력보다는 그림, 미술 쪽에 특히 재능이 있는 것 같았다. 이제 초등학교 저학년이라고는 믿을 수 없을 정도로 그림을 잘 그렸다.

"사과 먹자. 지연이는 가서 손 씻고 와."

"네!"

지연이가 화장실로 도도도 달려가자 지영은 임미정을 향해 조용히 입을 열었다.

"불안하세요?"

"응? 으음, 아니야."

"어머니 얼굴이 나 지금 불안해요! 이런 얼굴이신데요?"

"으응, 그러니?"

"아니요."

"뭐? 너, 엄마 놀리면 못 써!"

임미정이 짐짓 삐진 척하면서 좀 무겁던 분위기가 풀려갔다. 지영은 임미정을 가만히 안았다. 그러자 흠칫 놀라는 임미정. 역시 불안한 게 분명했다.

"괜찮아요. 저 이제 아무 데도 안 가요."

"……."

"진짜요. 항상 엄마가 연락할 수 있고, 엄마가 보러 올 수 있는 곳에 있을게요."

"…엄마가 미안해. 자꾸 이렇게 마음이 약해져서……."

"아니요. 괜찮아요. 엄마 잘못인가요. 제 잘못이죠."

"아냐!"

임미정은 다시 만난 이후로 앞에서는 한 번도 보여준 적이 없었던 눈물이 그렁그렁한 얼굴로 지영을 올려다봤다.

"그런 말 하지 마. 아들 잘못 아니야. 알았지?"

"네, 죄송해요."

"아들… 미안해."

"이이잉……."

어느새 화장실에서 나온 지연이가 임미정이 우는 걸 보곤 똑같이 눈가에 눈물이 그렁그렁 맺힌 얼굴로 폭발 직전이 되어 있었다. 임미정은 얼른 지연이를 달랬다. 지영은 소파에 한숨과 함께 앉았다.

돌아왔지만 주변 상황이 끝없이 지영을 괴롭혔다.

혼자만 괴롭힘당하면 어떻게든 좀 참아보겠는데, 이건 가족까지 건드리니 짜증이 왈칵 올라왔다. 그렇다고 지금 둘 다 있는 곳에서 자기 감정을 표출할 수도 없어 답답함까지 가중됐다.

'참자, 참아야 하느니라……'

참지 않는 순간은 결코 지금 이 순간이 되어서는 안 된다고 스스로 세뇌에 가까운 중얼거림 끝에, 지영은 좀 안정을 찾을 수 있었다.

겨우 울음을 그친 지연이와 소파에 나란히 앉아 사과를 먹고 있는데 속보 꼬리표가 붙은 자막이 흘러갔다.

첫 마디는 '백악관'이었고, 두 번째는 미스터 '강'이었다. 그다음은 '911', 무슨 암호처럼 단어와 숫자들이 지나갔다. 지영은 그 단어들만 보고도 단숨에 알아차렸다. 백악관에서 또 뭔가 성명 발표를 한 게 분명했다.

그렇지 않으면 저런 단어로 속보 자막이 흐를 리가 없었다.

"어머니, 지연이 데리고 집에 먼저 가보세요."

"응? 아직 아빠도 안 왔는데?"

"들어가세요. 아버지한테는 제가 전화드릴게요. 오늘은 좀 피곤하네요."

"으응… 그래, 알겠어. 아들, 아빠한테는 내가 전화할 테니까 아들은 그냥 푹 쉬어."

"네."

임미정이 주섬주섬 짐을 챙겼다. 지영은 잠시 창밖을 보다가 고개를 저어 생각을 털어냈다. 올라오는 짜증을 숨기기가 힘들었다. 그래서 지영은 차라리 먼저 임미정과 지연이를 보내고 저걸 정리할 수 있는 방법을 생각하기로 했다.

"오빠! 빠빠이!"

"웅, 지연이 잘 가. 내일 보자?"

"응!"

임미정의 손을 잡은 지연이의 인사를 받자 그나마 조금, 아주 조금 좋아졌다. 하지만 두 사람이 나가고, 지영은 얼굴을 굳혔다.

"후우… 씨발, 진짜."

왜, 사람을 가만히 두질 않는 걸까?

지영은 폰으로 밖에 있을 누군가에게 전화를 걸었다.

—네, 지영 씨.

"안에서 얘기 좀 해요."

—네, 지금 바로 찾아뵙겠습니다.

"네."

잠시 5분 정도 기다리자 정순철이 바로 들어왔다.

지영은 냉장고를 열어봤다.

"……"

짜증나고 답답한 마음을 푸는데 뭐가 가장 좋을까? 아니, 어떤 걸로 가장 많이 풀려고 할까? 정답은… 술이다.

역시 VIP.

냉장고 떡하니 일본 메이커의 캔 맥주 한 팩이 들어 있었다. 지영은 그중 두 개를 빼고, 정순철을 바라봤다.

"담배 있나요?"

"…흡연하십니까?"

"오 년간 질리게 피웠죠."

"…네, 있습니다."

응접실로 다시 들어온 지영은 소파에 앉아 맥주를 바로 땄다. 치익! 이제 법적 나이 열아홉 살. 한국에선 고3이니까 흡연도, 음주도 불법이었다. 그러나 지영의 행동이 너무 자연스러워 그보다 띠 한 바퀴 이상 나이가 많은 정순철도 말릴 생각을 할 수가 없었다.

치익! 하나를 더 따서 정순철 앞에 내려놓고, 지영은 그가 어정쩡하게 내민 담배를 꺼내 불을 붙였다. 재떨이야 바로 아래 있는 걸 올리면 끝이었다.

"후우……"

"이거 참… 하하."

"편하게 생각하세요. 그냥… 외국 물 먹은 건방진 놈이라고."

"그럴 수 있겠습니까……?"

지영이 CIA 요원 둘을 작살낸 건 이미 그가 다니는 '회사'에도 파다하게 퍼진 이야기였다. 실제로 영상까지 몇 번이나 돌려봤었다. 그 깔끔한 솜씨. 모든 요원들이 저렇게 할 수 있는 사람은 정말 찾기 힘들 거라고 입을 모아 말했다.

'방심? 그랬을 수도 있지. 하지만 그 절제된 동작, 턱을 올려치는데 흔들리지 않는 상체. 절대 범인이 보여줄 수 있는 건 아니야……'

그리고 이후 나온 협박들까지.

어느 하나 평범한 게 없었다. 그러니 어찌 지영을 편하게 대할 수 있을까.

"회사에서 나오셨다고 했죠?"

"네."

"어느 회사인지야 뭐, 물어봐야 비밀이라 하실 테고. 일단 제가 몇 가지 궁금한 게 있습니다."

"제 선에서 대답이 가능한 거라면……"

"그럼 일단 제 신병에 관한 질문입니다. 미국, 그 깡패 새끼들이 제 신병을 요구한 게 맞나요?"

"으음……"

정순철은 좀 난감한 표정을 지었다.

솔직하게 말하면 이건 좀 민감한 문제였다. 정치적인 문제까지 끼어든. 물론 대통령의 의지야 단호하다지만… 어디 대한민국이 대통령이 마음먹었다고 모두 이루어지던 곳이던가? 지영도 어리지만 그걸 알고 있었다.

정순철은 생각을 정리했는지 답을 내놓았다.

"저희 대표님의 의지는 확고하십니다."

대표님이 누군지 안 물어봐도 빤했다.

"그건 다행이네요. 경호 병력이야 비밀일 테고⋯ 푸른 집에서 제게 바라는 건 뭔가요?"

"그건⋯⋯."

"순진하게 그저 국민을 위해서 일할 뿐입니다. 이런 말은 하지 마시고요."

"⋯⋯."

"후우⋯⋯."

담배를 비벼 끈 지영은 맥주를 들이켰다. 꿀꺽, 꿀꺽. 차가운 맥주가 들어가자 목이 따끔거렸지만 오히려 속은 진정이 되어갔다. 콰드득. 빈 캔을 우그러뜨린 지영이 정순철을 바라보며 조용한 목소리로 다시 말했다.

"지옥에서 살아 나온 제가 순진해 보이나요?"

"⋯⋯."

"일단은 첫 만남이 나쁘지 않아 참고 있을 뿐입니다. 그리고 제가 바라는 건 많지 않습니다. 확실한 입장 표명. 그것만 해주면 돼요. 나 말고⋯ 우리 가족이 불안해하지 않도록."

"아⋯⋯."

"그것만 해주면, 전 상당히 협조적일 겁니다."

그래, 이것 때문에 지영이 굳이 정순철을 불러들인 것이다.

지영의 이런 의도가 먹히면 강상만은 몰라도 임미정의 불안은 충분히 막을 수 있었다. 어떻게? 언론을 막는 방법으로. 결코 좋은 방법은 아니지만 지영에게 그런 건 상관없었다.

그에게 중요한 건 오직 가족이 걱정하지 않는 것뿐이다. 그러니 하루 종일 지영에 대해 떠들어대는 것들이 반만 줄어도 임미정의 불안은 꽤나 많이 가실 것이다.

"전달하겠습니다."

"고마워요. 생고집을 받아줘서."

"아, 하하……."

정순철은 눈앞에 앉아 있는 스물 살도 안 된 청년이 갑자기 무서워졌다. 심리전? 그래, 회사에서는 필수적으로 가르치는 종목이지만 이 청년 앞에서는 그 심리전이 아무것도 통하지 않았다.

'보통, 불안해해야 정상인데… 저저, 여유 봐.'

힐끔.

다시 담배를 꺼내 무는 지영의 모습에 정순철은 그 어떤 모순도, 그 어떤 연기도, 그 어떤 거짓도 찾아볼 수 없었다. 너무나 자연스러웠다. 입가에 지어진 작은 미소는 얻을 것을 얻었을 때 나올 만족스러운 미소였다.

'이거 참…….'

게임이 안 되네. 게임이 안 돼.

속으로 그렇게 중얼거린 정순철도 담배를 꺼내 물었다. 치익. 지영이 앞으로 상체를 내밀더니 편하게 불을 붙여줬다. 정순철은 라이터가 나올 때까지 그의 행동과 움직임을 눈치채지 못해 좀 놀랐다.

'어……?'

흠칫.

몰랐다?

그래도 웬만한 '종목'을 다 겪고 배운 '회사원'이? 깜짝 놀라 지영을 바라보니 씩 웃고 있었다.

"근데 왜 안 물어보세요?"

"네?"

"어떻게 나왔는지, 어떻게 됐는지, 뭘 하다 이제야 왔는지."

"아…….'"

"뭐 처음에야 절 자극하지 않기 위해 조심했겠지만, 아까 말했잖아요? 협조적일 거라고. 저 그렇게 삐뚤어진 인간 아닙니다."

"아하하…….'"

자신이 깜짝 놀랐던 주제가 지영의 말에 말려 구석에 처박혔다.

"물어봐도 괜찮겠습니까?"

"준비했죠?"

"네, 물론… 입니다."

"오늘은 좀 그러네요. 달이… 기분 나쁜 날이라. 내일 얘기 나눌까요?"

"네, 그렇게 하겠습니다. 혹시 더 할 말이 있습니까?"

"아니요. 부탁드렸던 게 전부예요. 또 떠오르는 게 있으면…

연락드릴게요."

"하하, 연락받기가 겁나는군요. 알겠습니다."

정순철은 담배를 끄고 밖으로 나갔다. 그가 나가는 모습을 잠시 보던 지영은 피우던 담배를 마저 태웠다.

'회사, 국정원이겠지. 정순철이란 이름은 당연히 가명일 테고, 파트는… 해외?'

지영의 생존, 귀환은 분쟁, 시빗거리가 될 소지가 농염한 일이었다. 그래서 청와대는 지영에게 직접 국정원을 붙였다. 사실 예상했던 일이었다. 단순한 경호원들이라고? 솔직히 곳곳에 배치된 그들을 보자면 개도 믿지 않을 것 같았다. 처음엔 미국 DIA 같은 국방정보국인 기무사를 예상했는데, 오히려 정보원 쪽에서 붙었다.

다만 그들은 무슨 오더를 받았는지, 심기를 건드리는 행동은 아주 조금도 하지 않았다.

'의원데……. 이제는 제 기능을 하는 건가?'

지영이 어렸을 적에도 국정원은 있었지만, 이 정도로 제대로 돌아가진 않았다. 하지만 십여 년 전 이루어진 '개혁'이 아무래도 제대로 된 것 같았다. 지영은 관심은 없었지만 머리에 담아는 놨었다.

사실 나라가 돌아가는 꼴을 알아두는 건 어느 시대에서나 빼먹지 않고 하던 일 중 하나였다.

지영은 담배를 피우다 말고 피식 웃었다.

이건 뭐, 현실로 돌아왔는데 아직도 첩보 영화를 찍는 기분이었다. 국정원, 청와대가 아주 아름답게 얽혔다. 그런데 뭐 이런 삶이 없던 건 아니라서 신기한 건 아니었다. 그러나 한숨이 나오는 건 막을 수 없었다.

엮이지 않는 게 사실 최고였기 때문이다.

"정신 차려야겠네. 이러다 진짜 배우에서 킬러나 요원으로 전직하겠어."

지영은 이번 삶은 서소정의 꿈을 위해 살겠다고 이미 다짐했다. 그리고 그 다짐은 어떤 일이 있어도 변하지 않을 것이다. 하지만 지금 보니까 그 꿈을 이루기엔 어째 많은 제약이 뒤따를 것 같았다.

지영은 시계를 힐끔 봤다.

오후 7시 30분.

"아······."

송지원이 슬슬 올 시간이었다.

지영은 얼른 담배, 재떨이를 치우고 에어컨을 공기 청정 모드로 해놓고 정리를 했다. 8시에 면회가 시작인데 가슴이 낮때와는 다르게 조금씩 뛰기 시작했다. 어쩌면 가족만큼이나 자신을 걱정했을 사람.

그게 송지원이었다.

그래서 지영은 오늘 딱 송지원만 만나기로 했다. 괜히 둘과의 재회를 다른 사람들과 함께하기 싫었다. 그리고 그건 송지원도 싫어할 게 분명했다. 자신을 남자로 생각하는 것 같진 않지만 그래도 이상하게 독점욕을 품고 있는 그녀이니 말이다.

8시. 면회 시간이 됐다.

칼같이 딱 8시에 병실 문이 열렸다.

그리고 마치 영화의 한 장면처럼 이글이글 불타고 있는 송지원의 모습이 보였다.

'아… 오늘 하루 진짜 길다…….'

그런 생각을 하면서 지영은 슬금슬금 물러나기 시작했다.

송지원은 엉엉 울면서 지영을 때렸다.

정말 농담이 아니라 그녀를 안내했던 간호사가 놀랄 정도로 때렸다. 요즘 무슨 운동을 하는지 손바닥이 정말 장난 아니게 매웠다. 살이 찢어지는 것 같은 통증 때문에 처음에 맞아주려고 했던 마음이 없어질 정도였다.

그렇게 한참을 지영을 때리다가 지치고 나서야 그녀는 손을 내렸다.

소파에 털썩 주저앉아 거친 숨을 몰아쉬며 우는 송지원의 모습에 지영은 슬그머니 웃고 말았다. 하지만 정말 재수도 없게 또 그걸 딱 걸려 송지원의 눈에 쌍심지가 켜지게 만들었다.

짝!

"아! 누나 이제 그만 때려요!"

"웃어? 웃겨? 이씨! 이씨!"

짝짝짝!

괜히 웃다가 연달아 세 대를 더 맞은 지영은 살이 아릴 정도의 따끔함에 몸을 부르르 떨었다. 그러자 씩씩거리며 다시 손을 거두는 송지원이었다. 이어서 물을 벌컥벌컥 마시고 나서야 좀 가라앉고 힘이 났는지, 다시 엉엉 울기 시작했다.

지영은 그런 그녀의 모습에 이번엔 쓴웃음을 지었다. 송지원을 이렇게 조울증이라도 걸린 사람처럼 만든 게 자신이라는 걸 잘 알았기 때문이다.

"미안해요, 누나."

"흐아앙……."

"진짜 미안해요, 그러니까 그만 울어요."

"흐으……."

그녀의 울음은 쉽사리 그치지 않았다. 그래서 지영은 그냥 잠자코 기다렸다. 10분쯤 더 지나고 나서야 그녀는 울음을 멈췄다. 얼굴이 아주 엉망이 됐다. 눈두덩은 퉁퉁 부었지, 코는 사과처럼 빨갛게 충혈됐지, 마스카라가 번져 얼굴은 검은 줄 몇 개나 그려졌지, 솔직히 말해 웃음이 나올 정도의 모습이었지만 지영은 이번엔 웃지 않았다.

그냥 미안했다.

솔직히 송지원이 자신을 이렇게 소중하게 생각하고 있었다는 걸 모르지는 않았다. 하지만 서소정 때문에 은재나 가족처럼 고의적으로 생각하는 걸 막아놨다. 이유야 딱 한 가지였다.

'보고 싶을까 봐…….'

그리고 그런 그리움이 머릿속에 자리 잡으면 마음이 약해져 서소정의 복수를 못 할지도 모르니까. 그래서 의도적으로 생각 자체를 막았다. 다행히 지영은 충분히 정신을 컨트롤할 수 있었다.

"너, 너… 훌쩍! 지금부터 내가 묻는 말에 솔직하게 대답해야 된다……."

"네, 그럴게요."

"언제… 도망쳤어?"

"음… 납치되고 일 년이 좀 지났을 때요."

"그런데 왜… 연락 안 했어?"

"……."

지영은 난감함에 쓴웃음을 지었다.

하지만 저 질문에는 솔직하게 대답할 순 없었다.

그래서 이번엔 거짓말을 하기로 결정했다.

"사정이 있었어요."

"그러니까 무슨 사정!"

"핸드폰을 구할 수가 없었어요. 제가 잡혀갔던 곳은 내전 지역에서도 아주 최악이었던 곳이었어요. 그래서 도망 다니느라 어딘가에 연락할 겨를이 없어서 못했어요."

"……."

실상은 달랐다.

연락할 겨를이 없던 게 아니라, 연락할 생각이 없었다.

왜?

이를 갈면서 그 지역을 이 잡듯이 뒤져 온갖 정보를 끌어모았다.

"…그럼 왜 이렇게 오래 걸렸어?"

송지원의 아이 같은 질문에 지영은 비슷하게 얘기를 꾸며 다시 대답했다.

"누구도 믿을 수 없었어요. 지도도 없어서 사막을 헤매야 했고, 겨우 난민들 틈에 숨어서 이탈리아로 넘어간 게 반년 전이에요."

"……."

송지원은 지영의 담담한 대답을 눈물을 꾹 참으면서 들었다. 지영은 그녀가 이렇게 눈물이 많은 사람인가 싶었다. 그리고 원래 이런 성격이었던가 생각했다. 나이를 먹으면 애 같아진다는 말이 있긴 하지만 송지원의 나이는 아직 이제 40이 조금 넘었을 뿐이다.

"어디 다친 데는 없어?"

"네, 건강해요."

사실 지영이 입고 있는 환자복 안의 맨살에는 흉터가 가득했다. 정말 농담이 아니라 온갖 종류의 흉터였다. 칼에 베이고, 채찍에 찢기고, 불에 달군 철로 지지고, 총알에 맞아 뚫리고……. 눈뜨고는 못 볼 정도로 흉터가 가득했다.

오죽했으면 지영이 검사를 받던 첫날, 지영의 상, 하체를 가득 메운 흉터를 본 의사와 간호사가 너무 놀라 그 자리에서 얼어붙어 말을 잊지 못했을 정도였다. 특히 간호사는 지영의 눈을 아예 바라보지도 못했다.

그때 거울에 비친 자신의 몸을 보면서 지영이 웃어서 그랬다. 그 살벌한 웃음에 간호사는 아예 찔끔 흘려 버릴 정도로 질려 버렸다.

"못 믿어요? 보여줄까요?"

"아냐, 아니야. 괜찮아. 네가 그렇다는데 믿어야지……."

하지만 그래서 이번에도 지영은 송지원에게 거짓말을 해야 했다.

이 상처, 흉터들을 보여줄 수는 없었으니까.

"그래, 믿어야지. 이렇게 살아 돌아왔으니까……. 그걸로 된 거야. 그걸로……."

혼자 고개를 주억거리는 송지원의 말에 지영은 이번에도 쓴 웃음을 지을 수밖에 없었다. 한 사람의 부재는 너무나 많은 사람에게 영향을 끼쳤다. 가족은 말할 것도 없고, 송지원만 하더라도 지금 이 미소가 아마 그날 이후 처음으로 진심을 담은 미소일 게 분명했다.

"레이샤가 많이 힘들어했어. 결혼식도 못 올렸고, 아이도 유산했어. 몸을 추스르고 난 이후에는 여전히 세계를 돌아다니면서 공연을 했지만 실상은 너를 찾아다녔던 것 같아. 지금은 호적상 남편이 된 사람의 인맥으로."

"……"

아, 맞다.

레이샤… 요한슨.

그날의 납치는 그녀의 결혼식을 가다가 생긴 비극이었다.

지영은 레이샤에게 연락을 하긴 했다.

전화 통화도 했었다.

통화 내내 담담하기만 했던 레이샤였지만 아마 엄청난 죄책감을 느꼈을 게 분명했다. 실제로 면회 신청자 명단에 송지원 바로 뒤에 이름을 올렸을 정도로 그녀는 현재, 최대한 빨리 지영을 만나보고 싶어 했다.

'칸나도 그렇고. 민아도 많이 걱정했겠네.'

두 사람 다 대기자 명단에 있다.

지영은 이 사람들을 전부 따로따로 만날 예정이었다. 이후 송지원은 사소한 얘기들을 했다. 지영이 나간 이후 보라매의 주가 폭락이라든가, 자신의 활동 내용이라든가 이런 정말 사소한 얘기들이었다.

그녀는 끝내 서소정에 대한 얘기를 물어보지 않았다. 아마, 이미 느끼고 있는 답이 확신이 되는 게 무서웠던 것 같았다. 지영도 그 마음을 알아, 서소정에 대한 얘기는 일절 꺼내지 않았다.

그리고 1시간이 지나자 칼같이 문이 열리고 간호사가 들어왔다. 이 정도 병원이면 매니저가 있을 법도 한데, 지영이 불편함을 느낄까 봐 항상 모든 전달 내용은 의사나 간호사가 직접 왔다.

송지원이 가고, 지영은 씻은 다음 침대에 누웠다.

침대에 누워 가만히 생각해 보니 여기도 철창만 없을 뿐, 감옥과 크게 다른 것 같지 않다고 느껴졌다.

'내 맘대로 할 수 있는 게 별로 없으니 이거 참… 답답하네.'

물론 환경은 매우 달랐다.

그 지하 굴에 비하면 정말 이곳은 천국이지만 정신적으로 답답한 건 여전히 변함이 없었다. 하지만 그래도 거기보단 여기가 낫다는 건 부정할 수 없었다. 그쪽에선 목숨을 걸어야 했지만, 이곳에선 아직까진 그저 평화로웠다.

하지만 슬슬… 일이 터질 시기가 왔다고 느끼고는 있었다.

＊　　　＊　　　＊

지영이 정순철에게 한 말이 먹혔는지 지영을 다루던 프로그램이 많이 줄기 시작했다. 몇십 분씩 계속 줄면서 며칠이 지나니 이제는 거의 반 이상으로 줄어들었다. 네티즌들은, 국민들은 언론의 방향 조정에 익숙해져 갔다.

삼삼오오 모이면 지영에 대한 얘기가 빠지질 않았었는데, 이제는 한두 번 나올까 말까였다. 하지만 그것만으로도 임미정이 느끼는 불안감은 매우 많이 줄어들었다.

대성종합병원에 입원하고 이 주가 지났을 무렵, 슬슬 퇴원 얘기가 나왔다. 그리고 정순철이 다가와 조용히 회사에서 내려온 의견을 얘기해 줬다.

"그러니까… 제가 조용히 만나주기만 하면 된다는 겁니까?"

"네, 그들은 스스로 납득하지 않는 이상 아마 끝까지 포기하지 않을 겁니다. 그러니 차라리 확실하게 만나서 못을 박고, 보내자는 게 회사와 푸른 집의 의견입니다."

"……."

"아, 물론 지영 씨가 싫으면 전면 폐기될 의견입니다. 저희는 지영 씨에게 강제로 그들을 만나게 할 권한도, 의향도 없습니다."

"……."

지영은 대답 대신 정순철을 빤히 바라봤다.

'거짓은… 아니네.'

몇몇 기관에 개혁의 피바람이 불고 10년 조금 더 지났다고, 정말 많이 변했다. 지영은 그게 정말 신기했다. 예전이면 이리 저리 끌고 다니면서 아주 지랄 발광을 했을 정부가 이제는 정말 온전히 국민 한 사람의 의중을 존중했다.

"잠시만요. 생각 좀 해볼게요."

"네."

그렇다면 이쪽에서도 진지하게 생각해 주는 게 예의였다. 지영은 과연 이번에 그들과 면담을 가진다고 해서 조용히 물러날까, 그걸 일단 먼저 생각해 봤다.

'가능성이 거의 없는데……?'

지영은 아메리카의 깡패 기관 몇몇 곳의 집요함을 아주 잘 안다. 그런데 집요함만 있으면 말도 안 한다. 집요함에, 음흉함까지 같이 보유한 집단이 미 국방정보국 DIA와 미 중앙정보국 CIA다.

그래서 그들은 정보 세계의 무법자로 불린다.

그래서 그 무법자들은 세계 최강 소리를 들었다.

"어디서 나올 것 같나요?"

"아직 대표단은 꾸려지지 않은 것 같습니다. 하지만… 몇몇 짐작 가는 이들이 있긴 한데, 모두 녹록치 않은 자들입니다."

"그런 자들과 저 혼자 만나는 건 아니죠? 저 평범한 영화배우입니다."

"아, 아하하."

지영의 대답에 정순철이 어이없는 웃음을 흘렸다. 세계의 태반이 몰라도, 99.9%가 몰라도 정순철과 미국, 그리고 대한민국 '국정원'은 알고 있었다. 지영이 절대로 평범한 배우가 아니라는 것을.

'요즘 평범한 영화배우는 훈련받은 요원을 한방에 기절시키나?'

피식.

생각해 보니 더더욱 말도 안 되는 일이었다. 그리고 요즘 '회사원'들 사이에서는 아무리 방심했어도, 그 영상처럼 한 방에 보내는 건 불가능하다는 말이 훨씬 많이 나돌고 있었다.

'암, 아무리 생각해 봐도… 말이 안 돼.'

정순철이 그런 생각을 지영은 짐작은 하고 있었지만 어떤 말도 꺼내지 않았다. 굳이 해명을 안 해줘도 된다는 생각 때문이었다. 지영은 생각을 처음으로 되돌렸다.

'가능성이 조금이라도 있으면 만나보는 게 좋겠어.'

그리고 그쪽으로 가장 전문가인 정순철이 있으니, 바로 물어보기로 했다.

"제가 면담을 해주면 그들이 조용히 물러날 가능성은 얼마나 됩니까?"

"20% 내외입니다."

"생각보다 높네요?"

"지영 씨가 아는 것을 전부 말해준다는 가정하에 입니다. 물론 그들이 원하는 어떤 '것'도 포함되어 있어야겠지요."

"그렇다면……."

미국이 원하는 게 뭘까?

지영은 잠시의 고민 끝에 답을 얻을 수 있었다.

"범인."

그 단어를 입 밖으로 꺼내자마자 정순철의 눈동자가 잠시 커졌다가 다시 정상으로 돌아왔다. 그는 강지영이란 청년이 범상치 않음을 알았지만 아주 작은 단서 하나로 상대가 원하는 것을 알아내는 걸 보고, 정말 장난 아니란 생각까지 들었다.

"대단하네요, 진짜……."

"이 정도 가지고 뭘요. 범인, 그것만 알면 그들이 조용히 물러날 것 같습니까?"

"확실한 정보라면 아마 다신 귀찮게 안 할 겁니다. 그들은 집요하지만 목적을 달성하면 또 지나치게 쿨하니까요."

"하지만 감시는 하겠죠? 그쪽 회사도요."

"음… 솔직히 전 세계의 이목이 집중됐다고 봐야 합니다. 그러니 지영 씨는 그 사건이 세인들의 기억 속에서 잊어질 정도로 시간이 지나지 않는 한 조용히 지내긴 힘들 겁니다."

피식.

지영은 그 말에 웃고 말았다.

어차피 예상했었다. 그러니 그건 문제가 안 된다. 하지만 정순철은 아주 교묘하게 답을 피해갔다.

하지만 지영은 그 답을 강요하지 않았다.

그런다고 답해줄 것 같진 않았기 때문이다.

"좋습니다. 만나보죠."

"그러시겠습니까? 감사합니다. 저희 회사에서 모든 상황을 대비해 만전의 준비를 하겠습니다."

"네, 장소는 이곳으로 해요. 아직까지 밖은 좀 부담스럽네요."

"네, 그렇게 전달하겠습니다."

정순철은 밝은 표정으로 일어나 보고를 위해 밖으로 나갔고, 지영은 담배를 하나 꺼내 물었다.

치익.

종이가 타들어가는 소리와 함께 지영의 눈빛이 180도 변했다. 정순철을 대할 때의 부드러운 눈빛은 어느새 사라졌고, 중동, 유럽을 전전할 때 늘 하고 있던 서늘한 눈빛이 되어 있었다. 매끈한 유리창으로 고문으로 인해 붉게 변해 버린 자신의 눈동자를 보며 담배를 피던 지영은 갑자기 피식 웃어버렸다.

"원하는 게 있다면 말은 해줄게. 단… 그 이상을 원한다면……."

말을 끝맺고 입가에 지어진 조소, 그 속에는 지영이 몇 년간 간직하고 있던 싸늘한 살기가 감돌고 있었다.

Chapter37
그들이 원하는 것

미국 측 인사와의 만남은 며칠 뒤 바로 이루어졌다. 물론 깔끔하게 절차를 마치고 합의 본 건 아니었다. 최초 그들은 자국 대사관에서 만나자고 했지만, 한국 측에서 말도 안 되는 소리라며 바로 일축했다.

지영도 그 소식을 정순철에게 듣고 피식 웃고 말았다.

등신도 아니고 왜 미국 대사관에서 만나자고 한 건지 이유야 뻔했기 때문이다. 알다시피 대사관은 한국에 있어도, 그 땅 자체는 미국의 영토다. 그러니 지영을 그 안에 잡아두면 한국 측에서 할 수 있는 게 굉장히 제한된다. 아니, 아예 엄두도 못 낼 게 분명했다.

동맹국이지만 말이 동맹이지, 솔직히 미국 깡패들의 국력에 비하면 한국은 새 발의 피였기 때문이었다. 그래서 지영도 만약 그들이 그 장소를 끝까지 고집한다면, 만나줄 생각 자체가 없었다. 하지만 그냥 던져본 건지, 지영의 병실로 결국 합의를 봤다.

물론 그걸로 끝이 아니었다.

참가 인원부터 끝까지 까탈스럽게 굴다가 일주일을 질질 끌고 나서야 결국 양측이 고개를 끄덕이는 합의를 볼 수 있었다.

일요일.

남들은 쉬는 일요일 날 지영은 말끔하게 옷을 차려 입고 기다리고 있었다. 오늘은 두 분 부모님도 못 오시게 했지만 강상만은 끝내 지영의 고집을 꺾고 병실로 왔다.

"괜찮겠냐?"

커피를 마시던 강상만이 조용히 한 말에 지영은 천천히 고개를 끄덕였다.

"네, 괜찮아요."

"부담스러우면 지금이라도 말해도 된다. 이 아빠가 어떻게든 막아줄 테니."

"정말 괜찮아요. 차라리 오늘 만나서 깔끔하게 해결하는 게 앞으로 생활을 위해서라도 훨씬 더 마음이 편해요."

"후… 알겠다. 아빠는 여기서 기다릴 테니까, 무슨 일 있으면 바로 소리쳐라. 알았지?"

"네, 그럴게요."

강상만의 마음을 모르는 건 아니었다. 오히려 너무 잘 알아서 죄송할 뿐이었다. 물론 이 모든 사태가 지영이 잘못한 게 아니지만, 그래도 그런 마음이 드는 건 어쩔 수 없었다.

약속 시간은 오후 1시.

지금 시간이 12시니 아직 여유는 좀 있었다.

똑똑, 노크 소리와 함께 정순철이 안으로 들어왔다. 그는 두 사람을 더 대동하고 있었는데 체격이 아주 다부진 걸로 보아 아마도 이따 지영을 뒤에서 경호해 줄 사람 같았다.

"식사하셨습니까?"

"네, 좀 전에 먹었어요. 그보다 무슨 일이세요? 아직 한 시간이나 여유가 있는데."

"이 두 분을 소개시켜 드리려 좀 일찍 찾아왔습니다. 여기 이분은 김건명 씨, 이쪽은 이성철 씨. 이쪽이 강지영 씨입니다."

"안녕하세요."

이렇게 가볍다 못해 건조한 인사를 건넨 두 사람을 지영은 조용히 바라보다, 김건명이란 정장 사내에게서 시선이 잠시 멈췄다. 잠시 들었지만 목소리가 낯익었다. 눈빛도 익숙했다.

'아… 이태리까지 날아온 특임대장.'

당시 707을 이끌고 있던 중대장의 눈빛이 딱 저랬다. 어떠한 사명감으로 똘똘 뭉쳐 있는, 그런 눈빛 말이다. 그런 눈빛이니, 지영의 눈썰미를 피해가진 못했다. 그에게 시선을 맞춘 지영은 가볍게 눈인사를 했다. 그러자 김건명의 눈에 잠시 이채가 감돌다, 바로 사라졌다. 인사가 끝나자 정순철이 품에서 뭘 꺼내 지영의 앞으로 다가왔다.

"혹시 모르니 이걸 차주시겠습니까? 벨트 뒤쪽이나 어디든 꽂아 놓으면 됩니다. 녹음 기능이 있는 건 아니고, 만약의 상황을 대비한 지피에스 위성 위치 추적기입니다."

"네."

지영은 순순히 정순철이 건넨 압정 모양의 물건을 받아 허리 벨트 안에다가 꽂았다. 나서 정순철은 이따 다시 오겠다는 말을 남기고 병실을 나갔다.

"흠, 꽤나 대단한 사람들 같구나."

"그래요?"

조용히 있던 강상만의 말에 지영은 의외라는 듯 눈을 치켜 떴다. 강상만은, 아니, 강씨 집안은 확실히 감이 좋았다. 눈치 빠른 강지연이나, 임미정, 그리고 강상만만 봐도 알 수 있었다. 지영? 강지영은 굳이 논할 것도 없었다.

애초에 상식을 파괴하는 천 번의 환생자니까.

'세상의 법칙을 논하자면, 나는 이레귤러쯤 되겠지.'

어쩌면 그보다 더욱 대단한 존재일 수도 있고.

지영이 헛생각을 고개를 털어 흘려낼 때쯤, 강상만이 다시 입을 열었다.

"직업이 직업이다 보니 정말 별의별 사람을 다 만나고 다닌다. 저 사람… 은 어째 야전의 느낌이 강해. 예전에 한번 만났던 군 장성이 딱 저랬었거든."

"아……."

지영은 의도적인 탄성과 함께 고개를 끄덕였다. 강상만은 김건명을 알아보진 못했지만 그가 군인인 건 알아본 것 같았다. 야전의 군인은 딱 김건명처럼 절제미와 야성미가 동시에 풍기게 마련이었다.

30분이 훌쩍 지나고, 어느덧 1시가 다 되어갔고 정순철이 다시 안으로 들어왔다. 그리고 그 뒤를 따라 30대 중반의 백인 둘과 50대의 흑인 하나가 안으로 들어왔다. 그들이 들어서자 여태껏 지영의 입가에 지어져 있던 미소는 사라졌고, 어느새 다시 사막을 떠돌던 때의 표정이 되어 있었다.

*   *   *

"⋯⋯."

"⋯⋯."

탐색전이라도 할 모양인가?

굳은 표정으로 세 놈 다 지영을 뚫어져라 바라볼 뿐, 보통 의례적으로 하는 통성명도 하질 않았다. 하지만 지영은 느긋하게 기다렸다.

'급한 건 내가 아니니까⋯⋯.'

세계 최강의 대국이자, 깡패라는 미국의 요원들이라고 할지라도 겁먹을 이유는 조금도 없었다. 아니, 애초에 겁을 집어먹기엔 강지영이란 인간 자체가 워낙에 특수했다. 이것보다 훨씬 숨통이 막히는 곳에서도 버텼던 지영이기 때문이다.

5분이 속절없이 흘러갔다.

지루할 법도 하지만 이놈들은 먼저 말을 꺼내지 않았다. 대화에 대한 전권을 부여받은 정순철도 지영의 뒤에 조용히 서 있을 뿐, 나서지 않았다. 이미 지영이 그에게는 이 대화 자체를 맡겨달라고 했다.

원래야 말도 안 되는 일이지만, 강지영의 부탁을 정순철은 그냥 조용히 받아들였다. 물론 회사 윗선에 보고를 하는 절차는 밟아야 했다. 여기서 지영은 세상 진짜 변했다고 다시 한번 느꼈다.

'보통은 지들 멋대로 하려고 드는데 말이지.'

그걸 오래전부터 겪었기에 이번에는 좀 반발이 있을 거라 예상했지만 아주 보기 좋게 빗나갔다. 대한민국의 개혁은, 정말 제대로 이루어지는 중이었다.

"큼."

가장 나이가 많은 흑인이 헛기침으로 시선을 잡아당겼다. 표정에는 변화가 없지만 지영에게 압박감을 주기 위해 시도한 전략이 먹혀들지 않았기에 속이 좀 쓰릴 것이고, 그 때문에 좀 당황스러울 것이다.

"마크 웨인스요."

어디에서 나왔다는 것은 얘기를 하지 않는 걸 보니 꽤나 특수한 곳에서 일하는 것 같았다. 하지만 옆의 백인들처럼 뭔가 날카로운 기세는 없었다. 사무직? 테이블 위에서 일할 법한 기세와 인상이었지만 지영은 액면 그대로 믿지 않았다.

'최소 특수전을 뛰고 있을 부서겠지.'

지영은 그런 생각을 하면서 천천히 자세를 바로 했다. 상대가 대화를 시작하기 위해 이름을 밝혔으니 예의는 갖춰주는 게 낫겠단 생각 때문이었다.

"강지영."

하지만 당연히 보기 좋게 나가진 않았다.

이름만 딱 말했더니 백인 둘의 얼굴에 잔경련이 잠시 일어났다가 바로 사라졌다. 나름 훈련받은 것 같지만… 지영이 보기에는 둘 다 아직 애송이였다. 제대로 감정을 다잡았으면 경련 따위가 일어나지도 않았을 테니 말이다.

"본국은 미스터 강에게 묻고 싶은 게 많소."

"성심껏 답해 드리지. 다만 그때처럼 예의 없게 나오면 단 한 마디도 듣지 못할 거야."

"그때의 일은 사과하겠소."

피식.

이제 와서?

만약 그때 지영이 대항하지 않았다면?

지영은 지금쯤 미국 내 어딘가에 또 잡혀서 강압적인 수사를 받고 있었을 것이다. 그들에게 지영의 목숨이나 상황보단 당시 하이재킹 세력의 배경이나, 범인 등이 더 알고 싶을 테니 말이다.

자유민주주의?

그건 그들이 국민들에게 내놓는 것일 뿐, 그 이면을 들여다보면 오히려 한국보다 더했으면 더했지, 결코 덜하진 않을 것이다.

"하여간 옛날이나 지금이나……."

작게 소곤거렸지만 솔직히 들으라고 한 말이라 마크의 얼굴에 보기 좋은 미소가 번졌다. 하지만 저건 영업용 미소, 속은 아마 부글부글 끓고 있을 것이다. 그 미소를 보면서 지영은 마크가 협상 전문가란 느낌을 조금씩 받기 시작했다. 남은 둘은? 아마 수행원이나 다른 요주의 임무를 받았을 가능성이 높아 보였다.

지영이 그렇게 느낀 이유는 백인 둘의 기질은 분명하게 마크와 달랐기 때문이었다.

'니들은… 전문가구나?'

아마 베테랑 요원일 것이다.

감정에서 풍기는 냄새가 솔솔 나기 시작했다. 스윽. 지영의 뒤에 있던 경호원 둘도 그걸 알아차렸는지 한 걸음씩 다가오는 게 느껴졌다.

"그 옛날이란 건 언제를 말하는 거요?"

"거기까지 답해줄 의무가 있나?"

흠흠, 헛기침을 한 그가 다시 말을 이었다.

"본국이 듣고 싶은 얘기는 하나요."

"범인?"

"그렇소."

"말해주면 조용히 돌아갈 건가?"

"그렇소."

"흠……."

이렇게 신사적일 리가 없는데? 그가 아는 미국은 이렇게 호락호락하지 않은 국가다. 백번 양보해서 정말 범인만 궁금하다고 치자.

'그럼… 이놈들은 뭔데?'

싱긋.

지영의 아직도 뚫어져라 자신을 바라보고 있는 백인 사내 둘에게 싱그러운 미소를 선사해 줬다. 그러나 이번엔 어떠한 미동도 없었다. 하지만 이미 늦었다. 한동안 억지로 눌러놓았던 감각이 다시 올라고 있었다.

지영은 일단 정답을 말해주기로 했다.

"변종 극단주의 세력."

"변종… 이라고 했소?"

"그래, 그들은 자신들을 신의 대리자라 칭하더군."

"……."

못 들어봤나?

지영은 그럴 리는 없을 거라 생각했다.

미합중국이 가진 정보력은 정말 상상을 초월한다. 그런 그들이 모르는 건 아마 지구상 그 누구도 모른다고 봐야 했다.

그럼 당시 납치는?

'그래서 의심스럽지……'

내부에서 누군가가 도왔을 확률이 지영은 최소 오 할 이상은 된다고 느꼈다. 하지만 굳이 그걸 얘기해 주진 않았다. 자신이 해줄 말은 여기까지. 꽤나 여러 번 아메리카 대륙에서 태어

낯지만 이상하게 그 위에 세워진 국가에는 애정이 생기지 않았다.

"하나만 더 알고 싶소."

"물어봐."

"최근··· 본국에서 어떤 정보를 하나 알아냈소."

"뭐지?"

"붉은 눈의 사신에 대한 정보요."

피식.

역시··· 뭔가 더 있을 줄 알았다.

붉은 눈의 사신.

중동 내에서 자신이 정보를 모으며 돌아다닐 때 얻은 별명이었다. 지영의 왼쪽 눈은 지금도 붉었다. 흰자를 완벽하게 물들인 건 아니지만 누구나 보면 흠칫할 정도로 선명하게 배어 있었다.

마치 균열이 간 것처럼 말이다.

그래서 붙은 별명이었다.

붉은 눈의 사신은.

'발뺌해 봐?'

피식.

이놈들이 순순히 믿어줄 놈도 아니고······. 지영은 그냥 침묵으로 답을 대신했다. 세 놈의 시선이 지영에게 꽂혀 한시도 떨어지지 않았다. 이건 완전히 감시 수준이었다. 하지만 지영은 여전히 평정을 잃지 않았다.

"더 알고 싶은 게 있나? 아니면 범인도 얘기해 줬고, 그만 끝냈으면 좋겠는데."

"어떻게 나왔지? 한낱 배우였던 사람이?"

중간에 앉아 있던 날카로운 인상의 백인이 처음으로 입을 열었다. 지영은 잠시 그를 빤히 보다가, 또 피식 웃어버렸다.

'하여간 예의라고는……'

이런 놈들은 절대로 곱게 상대해 줘서는 안 됐다.

"이름."

"뭐?"

"이름부터 밝히라고."

"……."

자존심 상했는지 이번엔 대번에 움찔하는 게 보였다. 예전에도 참지 않았을 부류의 무례인데 지금의·지영이 저런 걸 참아줄 리가 없었다.

"멕스요……."

"좋아, 멕스. 난 강지영이다. 통성명은 했으니 대답은 해줘야겠지?"

"……."

"말해줄 의무 없음."

"뭐… 이런."

"이봐, 멕스. 본명인지 가명일지 모를 멕스 씨. 내가 왜 그 지옥을 다시 떠올려야 하지? 평범하게 나왔을 리가 없단 건 당신도 잘 알잖아? 그런데도 내가 그 엿 같은 기억을 다시 떠올려

당신에게 하나씩 설명해 줘야 돼? 그것도 한국이 아닌, 내가 납치당했던 땅의 주인들한테? 대응도 병신 같아서 멀쩡한 사람들이 자폭 테러에 이용당해 죽게 만들고, 고문당하다 죽게 만들고, 윤간당하고, 참수당하고, 그런 기억을?"

"……."

"당신이라면 그렇게 할 수 있겠어?"

"……."

멕스는 대답하지 못했다.

지영은 흥분하지 않았다. 멕스의 눈빛을 똑바로 바라보며, 그저 여태 대화하던 톤 그대로 말했을 뿐이었다. 하지만 그래서 더 소름끼쳐 보였다.

멕스가 대답을 못 하자 지영은 다시 마크에게 시선을 돌렸다. 여전한 표정, 변하지 않은 톤으로 지영은 천천히 입을 열었다.

"신의 대리자. 그리고… 만비지."

"만… 비지? 확실하오?"

"확인은 그대들이 할 일이고… 어쨌든 난 그곳에서 도망쳤어."

"으음……."

마크의 얼굴이 확 굳었다.

만비지, 세계사에 관심이 없는 이들은 모르지만 아주 오래전에 민주군이 탈환한 곳이었고, 몇 번의 뺏기고, 다시 뺏는 과정을 통해 이제는 아예 민주군에 위해 안정기에 접어들고 있는 도시였기 때문이다.

하지만 지영은 거짓말을 하지 않았다.

지옥은 만비지에 있었다.

지영은 심각한 표정의 마크를 보다 말고 다시 피식 웃고 말 았다.

'몰랐다고? 지랄 마……'

지영이 생각하기에 이놈들이 모르는 건 솔직히 거의 없었다. 그런데도 저렇게 심각한 표정으로 있는 건 아마 연기는 아니겠 지만, 아마도 이놈들 내부 사정 문제일 뿐이다. 다만 저런 표정 이 지영에게는 너무나 짜증스럽게 느껴졌다.

"혹시……."

"네."

"음, 아닙니다. 후우."

마크는 뭔가를 물어보려다가 결국 참고는 이제 대화를 하지 않겠다는 입장을 표명하듯, 지영에게 당겨났던 상체를 뒤로 쭉 빼 소파에 깊게 기댔다. 지영은 그런 마크에게서 시선을 떼고, 백인 둘에게 시선을 돌렸다.

둘의 표정은 여전했다.

하난 아예 무표정했고, 다른 하나는 그냥 입을 꾹 다물고 있 었다. 지영은 더 이상 대화를 할 의미를 느끼지 못했다. 알려줘 야 할 건 전부 알려줬다. 남은 건 이제 이들이 알아서 할 일이 었다.

"그만 끝낼게요."

"알겠습니다."

정순철이 나서서 지영의 생각을 전달했다. 자리에서 일어나는 순간 멕스라고 했던 백인이 같이 자리에서 일어났다. 지영은 빤히 놈을 바라봤다. 놈이 일어날 때 움찔한 게 보였기 때문이다.

"왜? 잘 가라고 인사라도 해주려고?"

"……."

그 말에도 멕스는 다부진 눈으로 지영을 바라볼 뿐, 다른 행동은 하지 않았다. 이렇게 티가 나게 행동하는데 뒤를 잡힐 수는 없는 노릇이라 지영은 그냥 서 있을 수밖에 없었다. 둘은 한참이나 눈을 마주친 채 노려볼 뿐, 먼저 움직이지 않았다. 정순철의 제지로 지영의 경호원들도 일단은 가만히 눈치만 봤다.

약 3분쯤 지나고 멕스가 다시 소파에 천천히 앉았다. 그런 그에게 지영은 조용히 웃어줬다.

"잘 선택했어."

"……."

그길로 바로 밖으로 나온 지영.

문을 닫자마자 짧게 한숨을 내쉬었다. 멕스, 놈은 지영을 건드리려 했었다. 아마 지영이 조금만 빈틈을 보였으면 뭔 짓을 했어도 분명히 했을 것이다. 하지만 다행히 놈은 지영의 '급'을 알아본 것 같았다.

만약 못 알아보고 손을 썼다면, 분명 저 응접실에서는 피가 튀었을 것이다.

'느와르도 아니고… 후우.'

이쯤 되니 지영도 좀 지칠 수밖에 없었다. 아무리 철혈의 정신을 가진 지영이라도, 지치는 건 지친다. 다만 남들보다 훨씬 회복이 빠르고, 정말 극한으로 내몰리지 않으면 정신이 붕괴당할 일은 없을 뿐이었다.

"어떻게 될까요?"

지영은 같이 나온 정순철에게 물었다.

"아직은 잘 모르겠습니다. 대화가 사실 너무 간략했던지라……."

"그렇긴 하죠. 하지만 아까 제가 한 말은 사실이에요."

"그걸 판단하는 게 저들이니 문제지요."

"하긴, 그렇겠네요. 지들 듣고 싶은 대로 듣는 놈들이니까."

"아하하……."

지영의 말에 정순철은 난감한 웃음을 흘렸다. 말은 못하지만 그가 느끼기에도 충분히 그럴 놈들이기 때문이었다. 지영은 다시 하아, 긴 한숨을 흘러냈다. 지금 생각해 보니 아무래도 이대로 조용히 물러날 것 같지가 않아서였다.

"조용히 안 끝나겠네요."

"이젠 외교부가 나설 차례입니다. 능력 있는 분이 이끌고 있으니 아마 최악의 상황까지는 가지 않을 겁니다."

"꼭 그랬으면… 좋겠네요."

이제야 다시 찾은 평화로운 일상이다. 물론 본인의 의지로 늦게 되찾았지만 그래도 이미 찾은 이상, 놓치기 싫었다. 그리고 이건 예감이지만 이번에 만약 놓치게 되면… 이 일상을 두 번 다시 되찾지 못할 것 같았다.

사실은 아예 상종도 하기 싫었지만 이런 이유 때문에 저들의 입장을 들어준 것이다. 실제는 훨씬 많은 질문을 들고 왔을 것이다. 설마 여기 오는데 고작 몇 가지 '질문'만 가져왔겠나? 당연히 아니다. 저렇게 전문적인 이들은 모든 상황을 고려해 질문을 뽑고, 시뮬레이션을 돌려보고, 기타 등등에 수많은 연습까지 해가며 왔을 것이다.

'지들 대사관에서 하자는 건 어차피 시간 끌기였겠지…….준비할 게 많았을 테니까.'

하지만 그렇게 준비한 것들을 지영은 무용지물로 돌려 버렸다. 지영이 지금이야 이렇게 순진하게 웃어주고, 평범하게 대화하지만 아까 전에 응접실에서는 찔러도 피 한 방울 안 나올 것 같은 냉정함을 기본 베이스로 깔고 있었다.

그러니 질문은 커트당했고, 고작 20살도 안 된 지영에게 주도권이 넘어간 것이다.

'멕스? 그놈은 분명 날 공격할 의사가 있었어. 그게 명령이든, 아니면 자의든. 아니, 명령이겠지. 미국같이 철저한 나라에서 문제가 될 만한 성격을 가진 놈을 보내진 않았을 테니까. 그렇다면……?'

충분히 그러고도 남을 놈에게 그런 명령을 내려놓으면 된다. 한번 간을 봐라. 그리고 할 수 있음 제압해라. 문제가 생기면 위에서 알아서 처리해 준다고 한다. 이런 명령이 딱 떨어지면

총을 꺼내고도 남을 놈들이었다.

셋의 반응은 전부 달랐다.

우호적인 흑인 마크.

적대적인 백인 멕스.

허수아비 백인 한 명까지.

'그러고 보니 한 놈은 아예 아무런 말도 안 꺼냈지. 뭐지?'

이런 자리까지 와서 말을 아끼고 아낀다?

지나가던 개가 낄낄하고 웃을 일이었다.

피식.

"세 놈이 전부 각자 명령을 받고 왔다라… 재밌네."

"네?"

"아뇨, 혼잣말이에요. 그보다 전 이제 슬슬 퇴원해도 될까요?"

"네, 검사 결과도 나왔고 하니… 내일 중으로 퇴원할 수 있게 조치하겠습니다."

"감사합니다."

"감사는요, 오히려 기적적으로 살아오셨는데… 귀찮게만 해서 죄송할 뿐입니다. 하하. 아, 이건 회사 상부도 같은 생각입니다."

"……"

지영은 그 말에 그냥 웃었다.

저 말에 진심이 정말 가득 느껴졌기 때문이었다. 그래서 이번엔 지영도 정말 진심으로 웃을 수 있었다.

"응? 그래, 돌아갔다고? 차 타는 건 확인했어? 그래, 알았어. 오늘은 아까 브리핑한 것처럼 병실 앞에서 대기야. 내일 퇴원 수속 밟을 거니까 준비해 두고. 그래. 응? 아아, 잠깐 기다려 봐. 지영 씨?"

무전을 받고 있던 정순철이 지영을 불렀다.

"네?"

"혹시 원하는 퇴원 시간이 있습니까?"

"음… 아무래도 점심시간 이후가 좋겠죠? 부모님도 오셔야 하니 아마 그쯤 될 겁니다."

"알겠습니다. 그럼 자택으로 바로 가십니까?"

"그럴 생각입니다."

"네, 그렇게 조치하겠습니다."

"부탁드릴게요."

지영은 다시 응접실로 돌아갔다. 확실히 외국인이 자주 쓰는 향수의 잔향이 희미하게 남아 있었다. 공기 청정 버튼을 누른 뒤 지영은 소파에 주저앉았다. 그리고 이제는 아주 자연스럽게 정순철이 뒤따라 들어오는데도 담배를 꺼내 입에 물었다.

치익.

종이 타들어가는 소리와 함께 절대 몸에 좋지 않은 아주 해로운 연기들이 폐까지 스윽 들어갔다가, 다시 밖으로 빠져나왔다.

"이것도 이제 끊어야 되는데……."

담배는 서소정이 죽은 이후 배웠다. 아니, 전생에서도 피웠으니 정확하게 말하면 그녀의 죽음 이후 다시 찾게 됐다는 게 더 정확할 것이다. 뭐, 어쨌든 감정이 쭉쭉 떨어진 이후 그냥 자연스럽게 술과 담배를 찾았다. 그렇게 5년이 지나니 이제는 담배를 그냥 습관처럼 무는 버릇이 생겼다.

"그냥 당분간은 피울까……."

억지로 바꾸지 말고, 하나씩, 하나씩 바꿔 다시 예전으로 돌아가기로 했다. 앞에 앉아 어딘가와 통화를 하던 정순철이 폰을 내려놓고 지영을 불렀다.

"지영 씨."

"네?"

"아시겠지만 당분간은 저희 회사원들이 주변에 있을 예정입니다."

"당분간이라면… 포기할 때까지인가 보네요?"

"하하, 졌습니다. 네, 맞습니다. 지영 씨가 싫어하는 놈들이 포기할 때까지 저희 회사원들이 지영 씨를 지켜 드릴 겁니다."

"알겠어요. 어쩔 수 없죠, 그건."

지영은 경호를 인정했다.

아직 모든 문제가 해결된 건 아니었다. 앙심을 품은 미친 광신도들이 언제 지영을 노릴지 모르는 상황이고, 오늘 조용히 물러난 미국도 언제 마음을 바꿔먹을지 모르는 상황이었다. 그런 모든 걸 지영 혼자 커버하는 건 확실히 무리이니 차라리 정순철이 소속된 '회사'에 의지하는 것은 나쁜 생각이 아니었다.

'국가가 국민을 끝까지 책임지겠다는데, 그걸 거절하는 것도

멍청한 짓이지.'

치익.

담배를 끈 지영은 다시 정순철을 바라봤다.

"더 하실 말씀이 있나요?"

"음… 없네요, 하하. 그럼 저는 이만 일어나 보겠습니다. 퇴원 준비는 아까 말한 대로 처리하겠습니다."

"네, 그렇게 해주세요."

"알겠습니다. 그럼 편히 쉬세요."

"네, 오늘 수고하셨어요."

"하하, 별말씀을."

그렇게 정순철이 밖으로 나가자 지영은 잠시 멍하니 앉아 있다가 냉장고에 가서 맥주를 하나 꺼내왔다. 창밖의 하늘은 맑기만 한데, 기분은 오히려 구질구질했다. 그리고 왜일까? 이상하게도 자꾸 서소정이 생각났다.

그녀의 죽음을 막지 못한 것은… 솔직히 불가항력이었다. 애초에 서소정은 다른 곳으로 끌려갔었고, 그 위치조차 알지 못했으며, 지영은 그곳에서 탈출하기엔 너무나 단단하게 결박되어 있었다.

'쇠사슬 수갑으로 발목이 묶여 있었으니……'

손목만 묶여 있었으면 어떻게든 풀어보려고 했겠지만, 벽에 단단히 고정된 수갑이 발목에도 걸려 있어 그럴 상황이 아니었다. 그리고 함부로 움직일 수 있는 상황도 아니었다. 처음에는 어찌나 경계가 심한지, 진짜 일거수일투족을 감시당했다.

그 경계가 풀린 게, 서소정이 눈앞에 나타나고, 지영이 사십구 호를 꺼내 정신이상을 연기했을 때였다. 친인의 죽음으로 지영이 맛탱이가 갔다고 판단한 놈들은 그제야 경계를 풀었고, 지영은 어깨가 뒤로 돌려 거꾸로 한 바퀴를 돌린 다음, 밥을 주러 온 조직원 하나를 목을 졸라 죽인 후에야 겨우 탈출할 수 있었다.

그 뒤는 알다시피… 피의 길을 걸었다.

'어쩌면 난 누나의 업까지 평생 업고 가야 할 것 같아. 아니, 업고 갈게.'

대낮이지만 캔 맥주를 딴 지영은 한 번에 쭉 들이켰다. 알싸한 탄산이 목을 마구 건드렸지만 그래도 차가운 맥주가 들어오자 구질구질하던 정신이 조금은 진정이 됐다. 강상만이 들어와 지영의 모습을 봤지만, 흠칫할 뿐 뭐라 하지는 못했다.

오히려 한 손에는 맥주를, 한 손에는 다시 담배를 꺼내 든 채 멍하니 창밖을 바라보는 아들의 모습은 강상만의 가슴을 갈가리 찢고 있었다. 그래서 그는 결국 다시 문을 닫고, 밖으로 나갈 수밖에 없었다.

하지만 그가 생각한 것만큼 지영의 상태가 안 좋은 건 아니었다. 그저, 그저 감상에 빠졌을 뿐이었다. 그렇게 하루가 저물었고, 지영은 예정대로 다음 날 퇴원을 했다.

*   *   *

"음……."

짐도 없어 달랑 쇼핑백 하나만 들고 방으로 들어온 지영은 하나도 변하지 않은 방의 모습에 잠시 탄성을 흘렸다. 침대 위에 쇼핑백을 놓고 방을 둘러보는 지영. 정말 오 년 전과 비교해서 단 하나도 변한 게 없었다.

컴퓨터, 책, 노트와 볼펜들까지 그때 그대로였다.

'이 방은 아직도 오 년 전 과거에서 멈춰 있구나.'

누구의 작품일까 굳이 생각 안 해봐도 알 수 있었다. 임미정이 지영을 잊지 못하고, 포기하지 않겠다는 마음으로 매일같이 관리해 왔음이 분명했다.

스윽, 책상을 손가락으로 한번 훑어봤더니 역시나 먼지 한 톨 묻어나지 않았다.

"아들! 점심 뭐 해줄까?"

"지금 나갈게요."

거실에서 들려오는 임미정의 목소리에 밖으로 나가니 앞치마를 매면서 너무나 행복하게 웃고 있는 임미정의 모습이 보였다.

"뭐 먹을래? 어제 장 봐다놨으니 말만 해!"

"음… 오랜만에 엄마 표 제육볶음 먹을까요?"

"제육볶음? 그래, 안 그래도 아들이 그거부터 찾을까 봐 어제 엄마가 재워놨지. 30분만 기다릴래?"

"네."

행복한 미소를 한가득 짓고 주방으로 가는 임미정을 보며 지영은 잠시 말을 잇지 못했다. 이번엔 정말 잘못했단 생각이 마구마구 들었다. 복수 때문에 천륜이라 할 수 있는 가족에게 너무나 소홀했다.

최소한 살아 있다는 연락 정도는 했어야 했나?

그래, 원래라면 그게 맞다.

다만… 말했듯이 마음이 약해지지 않기 위해 의도적으로 억눌렀다. 그건 명백히 불효였다.

'이제 잘할게요.'

지잉, 지잉.

그런 생각을 하는 와중인데 주머니 속 폰이 울어댔다. 발신인 송지원의 이름을 본 지영은 임미정의 뒷모습을 잠시 보다가 다시 방으로 들어왔다.

"네, 누나. 저요? 지금 집에 왔어요. 네, 이제 퇴원시켜 주더라고요. 지금요? 음, 오늘은 오붓하게 가족끼리 보내게 해주시죠? 내일 시간 낼게요. 네, 꼭. 멀리는 못 나가고 이 근처나 집에서 봐야 돼요. 네, 한동안은요. 네, 연락할게요."

전화를 끊은 지영은 책상 앞에 앉아 컴퓨터를 켰다. 꽤 오래된 컴퓨터지만 부팅은 빨랐다. 검색창을 켠 지영은 이어서 하나의 이름을 입력했다.

유은재.

이미 패드로 봤었지만 그때보다 더 많은 기사가 달리기 시작했다. 일단 지영은 가장 옛날 기사부터 확인했다.

〈밝혀진 강지영의 연인〉

〈선천적으로 다리가 불편한 비운의 여인〉

〈타고난 문학 감성을 소유한 어린 천재〉

〈천재와 천재의 만남. 둘의 시너지는?〉

〈강지영의 연인, 돌연 잠적〉

〈납치인가? 잠적인가〉

등등의 제목으로 달린 은재에 대한 기사를 보는 지영의 눈빛은 꽤나 차가웠다,

'김은채……. 은재를 어디로 데려간 거냐?'

그런 짓을 할 사람은 김은채밖에 없었다. 그녀가 은재를 다른 곳으로 데려간 게 아니라면 굳이 찾아오지도 않았을 것이다. 한참을 찾아봤지만 그녀의 소재에 대한 기사는 하나도 없었다. 그리고 지영이 납치당한 후 반년 후부터는 기사도 급속도로 줄더니, 근래 지영의 생존 소식이 알려지고 나서야 다시 하나둘씩 나오고 있는 수준이었다.

"아들! 밥 준비 다 됐어! 얼른 나와!"

"네! 가요!"

거실에서 들려오는 임미정의 말에 지영은 마우스를 내려놓고 거실로 나갔다. 나가자마자 맵단맵단한 냄새가 바로 맡아졌다. 주방으로 가보니 4인 식탁 위에 음식이 한가득 차려져 있었다. 임미정이 고봉밥을 퍼서 앞에 놓자 지영은 난처한 웃음을 지었다.

"어휴, 많아요."

"많으면 남겨, 남겨도 돼."

"조금만 덜어… 아니다, 그냥 먹을게요. 잘 먹겠습니다."

"응, 많이 먹어, 아들."

임미정도 밥을 퍼와 앞에 앉았지만 지영이 먹는 걸 턱을 괴고 구경할 뿐, 수저를 들진 않았다. 지영은 그런 임미정의 마음이 어떤지 잘 알기에 그냥 열심히 밥을 먹었다. 오 년만의 엄마표 밥. 의미가 남다를 수밖에 없었다.

맛있었다.

어제 해놓은 반찬들도, 방금한 제육볶음과 콩나물국도, 모든 게 환상처럼 맛있었다. 그래서 마치 사막에서 너무나 자주 보았던, 신기루(mirage, 蜃氣樓)같았다. 한국으로 돌아와 잠들기 전 매번 하던 다짐을 지영은 결국 또 할 수밖에 없었다.

'부디 이 평온에… 마(魔)가 끼지 않기를.'

지영은 그 생각과 동시에 임미정을 향해 환히 웃었다. 그리고 임미정도, 지영의 미소에 활짝 웃었다. 그 미소를 보며 그제야 지영은 느꼈다.

이제야, 일상으로 돌아왔음을 말이다.

Chapter38
사라진 연인

며칠이 평화롭게 흘렀다.

하지만 지영만 평화로울 뿐, 언론이나 정부는 그렇게 평화롭지 않았다. 미국이란 큰 산은 대충 넘어가긴 했는데, 그 외에도 프랑스, 독일, 영국 등의 강대국들까지 지영과의 면담을 원했기 때문이다.

하지만 정부는 지영이 얘기를 바탕으로 생존자는 전무하단 소식을 공식적으로 발표해 버림으로써 그들을 막아섰다. 생존자가 없다는데 때를 쓰긴 힘들 거란 예상 때문이었다. 다행히 현 이재성 대통령의 외교력은 상당했다.

그리고 국민을 위하는 마음 또한 어마무시했다.

그는 지영의 안전과 안정을 이유로 절대로 안 된다고 못을 박았고 그 뜻을 받든 외교부는 사력을 다해 총력전을 펼쳐 나머지 국가들을 진정시켰다. 그에 대한 브리핑이 연일 언론을 통해 알려졌고, 이제는 강지영이란 이름 석 자를 모르는 사람은 거의 없었다.

물론 이게 불편한 사람들이 존재했지만 어디까지나 그들은 소수였고, 소수의 기관총 급 화력으로 다수의 미사일급 화력을 감당하긴 힘들었다.

지영에 대한 모든 얘기들이 인터넷을 떠돌아다녔다. 아직 스무 살도 안 된 지영은 파란만장이란 단어로도 설명이 힘들 정도로 빡센 삶을 살고 있다는 말까지 나왔다. 근데 생각해 보니 틀린 말도 아니었다.

연기 천재, 아니, 연기 괴물.

단 세 편으로 사천만 이상을 동원한 엄청난 연기력.

게다가 그의 실종으로 장재원 감독이 꽁꽁 숨겨 버린 '피지 못한 꽃송이여'까지 만약 개봉했다면? 솔직히 저 정도로도 넘사벽인데, 네 번째 작품이 개봉만 했다면 정말 전무후무한 대기록이 탄생했을 거란 얘기까지 있었다.

그런 강지영이 뜬금없이, 21세기에 일어나지 않을 거라 예상했던 하이재킹에 당했고, 실종은 사망이란 단어로 기정사실화되어 갔다. 물론 이것 때문에 운 팬들이 엄청나게 많았지만 대한민국이 오열하진 않았다.

어쨌든 그런 지영이… 돌아왔다.

오 년 만에. 횟수로는 오 년이 조금 안 된 시기에, 기적처럼 이탈리아 대사관을 통해 한국으로 돌아왔다.

조용했던 언론이, 나라가 들썩거렸다.

이건 대단한 이슈였다.

다른 것도 아니고 하이재킹이란 거대한 사건에 휘말렸던 배우가 자력으로 탈출한 것이다. 그렇기 때문에 온 국민의 관심이 왕창 몰려 있는 상황이었다. 강대국이 지영의 신병을 원한다는 게 청와대와 외교부, 그리고 국정원 고위 관계자로부터 흘러나왔고, 그에 국민들은 아주 오랜만에 제대로 발끈했다.

의도적인 언론 노출이었지만 아주 제대로 먹혀들어 절대로 강지영을 넘겨서는 안 된다며, 또 촛불이 불티나게 팔리기 시작했다.

물론 옛날 개혁이 시작될 때처럼 어마무시한 인원이 모인 건 아니지만, 민주적인 촛불 시위는 이젠 하나의 이벤트가 된지라 젊은 층이 꽤나 모이기 시작했다.

그리고 그 중심엔 강지영의 팬덤이 있었다.

지영이야 관심이 없어 신경을 안 썼지만 실제 지영의 팬덤은 엄청났다. 그 수가 벌써 삼십만을 넘기고 있으니 말 다했다. 게다가 여성의 비율이 압도적으로 높았고, 통 큰 미스들이 많아 모금액 또한 엄청나게 모였다.

단 한 사람의 배우, 국민을 위해 정부나 정부 관계처, 그리고 국민들이 움직이는 건 솔직히 타국에서는 예상도 못 할 일이라 가국의 외신은 거의 대부분 고개를 절레절레 저었을 정도였다.

일주일이 쏜살같이 흘러갔다.

하지만 지영의 일상은 여전히 조용하게, 아무 일도 없이 흘러가고 있었다.

물론 그렇다고 지영의 마음이 편한 건 아니었다.

일단… 외출은 최대한 자제했다. 나가고 싶어도 정순철이 정중하게 정말 급한 일이 아니라면 자제해 달란 말이 있었기 때문이었다.

물론 그렇다고 아예 안 나가는 건 아니었다.

나가든, 안 나가든 그건 지영의 자유였고, 지영은 그 자유를 자신 주변 사람들이 피해를 입지 않는 선에서 최대한 즐길 생각이었다.

그리고 집에 틀어박혀 있을 수만은 없었다.

왜?

찾아야 하는 사람이 있었기 때문이다.

*　　　　　*　　　　　*

지영은 오랜 삶을 살아왔다.

아주 오랫동안 이 지구라는 행성 안에서 존재했으며, 아무도 모르지만 솔직히 그는 지구 자체에선 변칙, 반칙 같은 존재였다.

이레귤러(Irregular).

그의 존재는 지극히 Irregular, 그 자체였다. 그렇기 때문에 아주 수많은 인연을 맺어왔다. 생이 끝나면서 거의 보통 끊어졌지만, 그렇다고 그 인연의 기억까지 잃어버릴 정도는 아니었다.

왜?

지영은 기억 서랍이 있었다.

원하면 언제고 서랍을 열어 당시의 기억 전체를 회상할 수 있으며, 그 안에서 필요한 정보 또한 얻을 수 있었다.

그러니 변칙이고, 반칙이다.

아니, 이미 환생 자체가 완전 지구 추방급 반칙이다.

그런 지영은 지금 거의 모든 기억을 회상하고 있었다.

딸각, 딸깍.

지영은 요즘 하루의 반은 운동, 하루의 반은 인터넷 공간에서 살고 있었다. 찾아야 할 게 있었기 때문이었다.

"음… 여기도 없어졌나 보네."

옛 세상은 인터넷이 없었다.

하지만 그래도 '정보 조직'은 있었다.

그 정보 조직은 한국으로 따지면 흥신소 같은 역할을 하는 존재들과 아예 집단적으로 움직이는 특정 계층, 직업군들의 집합체로 나눌 수 있었고 지영인 찾는 건 후자였다.

'삼합회. 여기가 가장 대표적이긴 한데… 이놈들은 너무 위험해.'

1760년대 중국 복건성 장주에서 반청운동을 위해 태동한 홍문회.

이들은 처음엔 음지에 숨어 있던 대표적인 정보 조직이었다. 하지만 반청운동을 시작으로 이젠 마피아, 마약 카르텔, 야쿠자와 더불어 전 세계적으로 알아주는 범죄 조직이 됐다. 당시 삶을 살 때 홍문회주 일가와 깊은 친분이 있었지만 지금은 어떻게 됐을지 알 수가 없었다.

"패스."

어떻게 옛날 표식 등을 이용하면 연락할 수단을 찾을 수는 있겠지만 리스크가 너무 컸다. 안 그래도 복잡한 마당인데 범죄 조직까지 끼면 진짜 답이 안 나온다. 그리고 그놈들은 범죄 조직답게, 물불을 안 가리는 놈들이라 잘못하면 가족까지 피해를 볼 수 있어 더욱 꺼려졌다.

'싱가폴? 아니야, 이미 십사 세기에 자멸했어. 그럼 부뚜막은? 아직 건재할까?'

부뚜막.

고려 말기부터 존재하던 한국의 정보 조직이라 할 수 있었다. 옛날 중국의 하오문(下午門)처럼 낮은 계급층이 살기 위해 서로 뭉쳤고, 그들은 나라가 돌아가는 판을 서로 공유하면서 난(亂)을 피했다.

그러면서 조금씩, 조금씩 영역을 넓히더니 조선 중기쯤엔 나라 전체를 아우르기 시작했다. 물론 그들은 절대로 겉으로 나서지 않았다. 오직 자신들끼리만, 철저하게 자신들의 목숨, 생활과 관계된 것들만 공유하면서 스스로를 지켜왔다.

'이들이 만약 아직도 존재한다면? 어디로 숨었을까? 답이야

하나밖에 없지.'

답이야 뻔하다.

"광활한 정보의 바다."

분명 그 속으로 숨었을 것이다.

하지만 쉽게 찾을 수는 없을 것 같았다. 요즘 시대에 가상 세계 속으로 숨었다면 그들을 찾는 건 진짜로 어려울 게 분명했기 때문이다. 물론 지영도 바로 찾을 수 있다는 생각은 하지 않았다.

그저, 옛날의 기억을 조합해 키워드를 만들고, 그걸로 검색해 볼 생각이었다.

'시간이 오래 걸리더라도 그게 최선이겠지.'

지영은 일단 노트에 '주모'란 키워드를 적었다.

주모는 부뚜막의 책임자를 부르는 단어였다. 즉, 지금으로 치면 보스(Boss)다. 그다음은 '탁주'였다. 이는 '탁한' 정보를 뜻했다. 그리고 탁한 정보는 부뚜막에 위협이 되는 정보였다. 그다음이 '맑주'였다. 실제로 이런 단어는 없지만 탁주와 비슷하게 만들려다 보니 나온 단어였고, 맑주는 부뚜막에 도움이 되는 정보를 뜻했다.

즉, 난(亂)이나 쟁(爭)과 연관이 되어 부뚜막이 피할 수 있을 길을 마련해 주는 정보가 맑주였다.

'조선 중기까지 몇백 년이 지났는데 이 단어들은 계속 쓰였어. 전통을 이었다면 이 단어는 아직도 쓰이고 있겠지.'

지영은 키워드를 생각하다 말고 쓴웃음을 지었다. 솔직히 옛 과거와, 그것도 정보 조직과 어울리는 건 지영도 내키지 않았다. 하지만 은재를 찾으려면 어쩔 수 없었다. 지영은 내색을 안 할 뿐, 아직도 은재에 대한 마음은 여전했다.

아니, 오히려 가중됐다.

그녀의 햇살처럼 눈부시던 미소.

순수함이 가득했던 깨끗한 눈망울.

웃을 때 한쪽만 들어가는 보조개.

작지만 도톰한 입술과 오똑한 코.

'오 년이 지난 지금 너는 어떻게 변했을까?'

더 아름다워졌을까?

살은 좀 쪘을까?

아니면 수척해졌을까?

"후우……."

지영은 펜을 놓고 지끈거리는 관자놀이를 꾹꾹 눌러 압박했다. 그리움. 그리움은 5년이란 시간 동안 차곡차곡 쌓였다. 단지 지영이 그걸 의도적으로 무시해서 괜찮았을 뿐이었고, 상황이 좋아진 지금 막아놓았던 둑이 조금씩 허물어지고 있었다.

지영은 그걸 느꼈다.

솔직히 한계까지는 아니었지만, 그녀를 숨긴 김은채에 대한 분노는 서서히 끓어오르고 있었다. 지영은 자신이 한국까지 와서 폭력을 쓰지 않으려면 하루 빨리 은재를 찾아야 함을 알았다.

지잉.

[어디야.]

송지원의 메시지였다.

뒤이어 뭐 해, 대답해, 지금, 당장, 빨리! 이렇게 연달아 메시지가 왔다. 그녀는 요즘 이렇게 쉴 틈 없이 거의 안부를 물었다. 마치 지영이 잘 있나 확인하는 게 지상 과제처럼 행동했다. 김윤경 매니저에게 듣기로는 그날 이후 정신적으로 좀 문제가 생겼다고 조심스럽게 말을 해줬다.

불안 증세.

이건 지영이 다시 돌아오고도 나아지지 않았다.

[집이요.]

답장을 보냈더니 바로 전화가 왔다.

"네, 저야 뭐, 매일 똑같죠. 오늘요? 안 돼요. 당분간은 자숙해야 합니다. 하하하. 아뇨, 그것 때문은 아니고요. 뭘 좀 해야 할 게 있어서요. 왜요, 근데? 장재원 감독님이요? 아… 맞다. 그 거 개봉 못 했다고 했죠? 아니, 안 했구나. 네, 일단 시간을 맞춰볼게요. 네."

전화를 끊은 지영은 '피지 못한 꽃송이여'가 아직도 개봉을 안 했다는 사실에 좀 놀랐다. 장재원 감독. 그는 지영이 납치되고 막 개봉 예정이었던 '피지 못한 꽃송이여'를 봉인해 버렸다. 지영은 납치됐는데 영화를 개봉하는 건 도의적으로 말도 안 된다는 게 이유였다. 물론 그것 때문에 투자자들에게 엄청 시달렸지만 그는 조금도 굽히지 않았다.

친일파의 후손이나, 그건 아무런 문제도 되지 않을 만큼 장재원 감독의 인성은 뛰어났다.

사실 그리고 세트장을 빌리는 것과 배우들 캐스팅비 등이 조금 비싸서 그렇지 제작 비용이 크게 들어간 것도 아니었다. 대신 그는 다른 작품을 찍었고, 그 비용을 일단 모두 되갚아줄 정도로 크게 흥행을 시켰다.

그중 한 편은 송지원이 1,000만을 가뿐히 넘기고 1,400까지 스코어를 찍은 동월야(東月夜)였다. 그리고 지금 또 다른 작품을 준비하고 있는 와중에 지영이 나타나 작업을 중단, '피지 못한 꽃송이여'의 개봉을 조심스럽게 추진하고 있었다.

"사람 참 괜찮단 말이야."

기분 좋은 미소로 장재원 감독을 생각하는데 지잉, 메시지가 또 왔다. 확인해 보니 임미정에게 온 메시지였고, 아버지 강상만이 승진했다는 소식이었다. 지영은 알겠다고 하곤 검색창에 들어가 보니 이미 속보로 검찰총장 강상만이란 이름으로 기사가 주르륵 올라오고 있었다.

검찰 기관의 최고 우두머리.

이 정도면 대한민국 권력 서열 열 손가락에도 들어갈 수도 있는 엄청난 직위였다. 지영은 그 기사들을 확인하면서 쓴 미소를 지었다. 강상만은 원래 차기검창총수직을 제의받았지만, 처음엔 거절할 생각이었다. 하지만 임미정을 강지영을 위해 수락하고 그 권력의 힘이라도 써보면 어떻겠냐는 얘기를 넌지시 하는 바람에 바로 거절하지 못하고 고민을 하게 됐다.

그러다가 아들을 위해 오욕을 뒤집어쓰겠다는 마음으로 수락하려는 찰나, 지영이 돌아왔다. 그리고 이후에도 고민하다가, 지영을 지키기 위해 권력을 손에 넣는 게 오히려 낫겠다는 판단이 들어 총장직을 수락했고, 결국 지영이 퇴원하고 한 달간 준비, 며칠간 인사 청문회를 가지고는 오늘 청와대에서 임명식을 거행했다.

이로써 지영은 대한민국 넘버원 권력 집안의 자제가 되어버렸다. 그래서 이것 때문에 요즘 또 핫했다.

강상만에게 장문의 축하드린단 메시지를 넣어드린 지영은 검색창에 생각 없이 부뚜막이라고 쳤다.

"어?"

그런데 정말 카페 부뚜막이 떴다.

이렇게 허술하게?

피식, 그럴 리가 없었다. 정보 조직이 설마 녹색 창 검색으로 뜨다니.

"뭐, 밑져야 본전이니……."

그런 생각에 링크를 타고 들어가니 그냥 대문에 그림으로 그린 부뚜막 사진 하나만 떠 있었다. 카페 인원은 달랑…….

"다섯?"

고전 문화제 사이트라도 이것보단 많을 것이다.

지영은 일단 로그인을 하고 가입 버튼을 눌렀다.

"…헐."

가입 문구가 떴는데, 전혀 낯설지 않은 문장이 떴기 때문에 지영은 헐, 하고 어처구니없는 탄성을 흘리고 말았다. 그래서 가입 문구에 떠 있는 글자를 뚫어지게 바라봤다. 써져 있는 글귀는 간단했다.

맑주가 필요하세요, 탁주가 필요하세요?

부뚜막을 대표하는 두 단어가 전부 들어가 있었다.

피식피식 웃음이 나왔다.

"등잔 밑이 어둡다야?"

지영은 맑주를 필요하다고 적고는 가입 신청을 눌렀다. 지영은 가만히 기다렸다. 필히 접속해 놓고 상주하는 인원이 있을 거라고 생각했기 때문이다. 실제로 원래 부뚜막도 그랬다. 옛시대에서는 보통 나그네들이 쉬는 주막의 주모를 통해 의뢰가 들어갔다. 아니, 그 당시에는 자신들끼리 교류하다가 조선 중기 때부터 의뢰를 조금씩 팔았던 걸로 알고 있었다.

물론 아무나 정보를 살 수 있는 건 아니었다.

확실한 소개가 있어야 하고, 의뢰를 사는 사람의 신원 또한 확실해야 했다. 그때도 그랬으니 지금은 더할 것이라 지영은 생각했다.

띠링.

역시, 메시지가 들어왔다.

[오월동주(吳越同舟).]

그리고 역시나 시험 문제가 나왔다.

오월동주(吳越同舟). 서로 사이가 엄청 안 좋은 오나라 사람과 월나라 사람이 한배에 탔는데, 갑자기 강풍이 불어 적대 관계에 있던 두 사람이 협력을 하게 된다는 고사성어다. 지영은 서랍을 뒤지기 시작했다. 부뚜막의 검증은 몇십 개의 문제 중에 무작위로 뽑은 세 개의 문제를 맞히는 것부터 시작된다.

"떠올랐다."

지영은 바로 정답을 적어 보냈다.

[순망치한(脣亡齒寒).**]**

고사성어끼리의 연관 관계는 별로 없다.

그냥 오월동주의 짝으로 저 고사성어가 정해졌을 뿐이었다. 그러니 큰 의미를 두지 않아도 좋았다. 만약 전통 그대로 바뀌지 않았다면 두 번째 문제가 곧 올 것이다. 지영이 잠시 문제를 떠올리고 있는데 띠링, 두 번째 문제가 왔다.

[가도멸괵(假途滅虢).**]**

가도멸괵천토회맹(假途滅虢踐土會盟)으로 이어지지만, 뒤에 천토회맹이 정답이 아니었다. 이 문제도 첫 번째 문제처럼 그저 추첨하듯 뽑은 서로 짝을 맺은 고사성어가 정답이었다.

[가도벽립(家徒壁立).**]**

정답을 또 적어 보내자 이번엔 바로 문제가 날아왔고, 지영은 기억대로 다시 답을 적어 보냈다. 그러자 한 10분 뒤에 링크가 달려 있는 쪽지가 왔다. 지영은 그 사이트로 접속을 했다. 역시 정보화 시대인 만큼, 이쪽도 정보 세계에 자리를 잡은 게 분명했다.

링크를 타고 들어간 홈피는 지극히 심플했다.

딸랑 부뚜막 사진 하나 있고, 카테고리나 글 같은 건 하나도 없었다. 그저 대화창이 지잉, 하고 화면에 떠올랐을 뿐이다.

[안녕하세요. 부뚜막의 주모입니다.]

[반갑습니다.]

[네, 반갑습니다. 강지영 씨.]

알고 있다?

피식 웃은 지영은 그리 크게 놀라지 않았다. 어떻게 알았는지는 뭐, 해킹밖에 답이 없었다. IP 주소로 집 주소를 따고, 어떤 방식으로든 해킹을 했다면 데스크톱 안의 원고나 여타 인터넷 기록 같은 걸로 지영을 유추하는 건 크게 어려운 건 아닐 것이다. 그리고 부뚜막이 개인이 아닌 단체라면 더더욱. 굳이 말 안 해도 될 자신의 이름을 말한 것은 두 가지의 의미가 있었다.

우린 이미 당신이 누군지 알고 있다, 라고 미리 먼저 말하고 자신들의 능력을 신뢰하란 의미고, 두 번째는 이름을 먼저 말함으로써 다른 생각은 일절 없다는 걸 먼저 밝히는 것이다.

반대로 안 좋은 의미도 하나 있다.

우린 당신이 누군지 알고 있으니 어떻게 알았든 우리에 대해 제3자에게 누설하지 마라.

이런 메시지가 담겨 있으니 당연히 그리 기분 좋진 않았다.

[비밀은 지켜줄 거라 믿습니다.]

[물론입니다. 여긴 부뚜막입니다.]

[한 사람의 정보를 원합니다.]

[사람 찾는 일은 레벨에 따라 상당한 금액이 필요합니다.]

[상관없습니다.]

[나이, 이름, 성별을 부탁합니다.]

[나이는 열아홉, 여성, 이름은 유은재.]

[다시 확인하겠습니다. 나이 열아홉, 여성, 이름 유은재. 확실합니까?]

[네.]

[일주일 이내로 다시 연락하겠습니다.]

지잉, 팟!

홈피가 갑자기 꺼지듯 사라지더니 초원이 보이는 바탕 화면이 지영을 반겼다.

"이야……."

많이 발전했네.

어떤 단체든 존속을 위해 발전해야만 한다. 그 단체 중 가장 덩어리가 큰 것은 당연히 국가이고, 그 아래로 기업체, 기관 등등이 있을 것이다. 부뚜막은 오프라인이 아닌, 아예 온라인을 선택했다.

솔직히 당시 김은채를 매정하게 쫓아낸 것도 지영은 이런 방식으로 어떻게든 찾을 수 있다는 자신감이 있었기 때문이었다. 만약 이 방법을 동원하고서도 못 찾았다면? 그땐 아마 찾아갔을 것이다. 누굴? 당연히 김은채였다.

'이제는 기다릴 때다.'

너무 쉽게 일이 풀렸으니 지영은 자리를 정리하고 일어나 옆 방으로 갔다. 지영이 평소 운동하던 공간이다. 심플하게 러닝 머신과 몇 개의 기구만 들여놓은 방이다. 속도를 9로 맞춰놓고 한동안 뛰고 있는데 올려놓은 폰이 울었다.

지잉.

[큰별(大星)이 관여되어 있습니다. 알고 있습니까?]

피식.

벌써 여기까지… 정보력 하나만큼은 진짜 장난이 아니었다. 물론 이 정도면 아마 다른 국가정보기관도 알아냈을 레벨이긴 했다. 하지만 이들은 민간정보기관이다. 따지자면 PMC(Private Military Company)랑 비슷한데… 그래도 참 대단하긴 했다.

게다가 자신의 폰 번호까지 벌써 파악을 끝냈다.

이 정도면 정보력에 대한 의심은 싹 지워 버리는 게 좋았다.

[알고 있습니다.]

[금액이 조금 더 올라갑니다.]

[상관없습니다.]

[네, 그럼 다시 연락하겠습니다.]

번호는 0 하나 달랑 찍혀 있었지만 지영은 이들의 번호가 궁금하진 않았다. 지영이 궁금한 건 오직 유은재의 행방뿐이었다. 그리고 이들은 흥신소보다도 훨씬 안전하고, 유능한 이들이니 지금 밖을 마음대로 못 나가는 지영이 은재에 대한 일을 믿고 맡기기엔 정말 최고인 이들이었다.

       *   *   *

나흘 뒤, 지영은 예상치 못한 초대를 받았다.

"네? 대통령님이요?"

"하하, 지영 씨는 그냥 대통령으로 해주십시오."

"아, 그건 제가 좀 불편해서요. 어쨌든 대통령님이 저를 보자는 말씀이시죠?"

"알겠습니다. 호칭 문제는 넘어갑시다. 이번에 대통령님이 직접 오실 수 없으니 지영 씨를 직접 청와대로 초대하셨습니다."

"음… 예상외라 좀 당황스럽네요."

운동 중에 누가 벨을 눌러 나와 봤더니, 청와대 비서실장 임종선이란 사람이 찾아와 차를 내오기도 전에 대뜸 한다는 말이 청와대 초대 얘기를 꺼내고 있다. 아무리 지영이라도 예상치 못한 뜬금없는 초대라 좀 당황스럽긴 했다.

"부모님은요?"

"물론 총장님과 임 변호사님도 같이 갑니다. 지금 두 분에게는 따로 사람이 갔습니다. 아, 지연 양도 당연히 같이 갑니다."

"음… 제 선에서 결정할 문제는 아닌 것 같으니 저녁에 상의하고 연락드려도 될까요?"

"물론입니다. 여기, 제 명함입니다."

"네."

푸른 집 그림 아래 이름과 번호만 달랑 적혀 있는 매우 심플한 명함이었다. 그는 바로 자리에서 일어났다. 목이라도 축이고 가라는 지영의 말에도 바빠서 그럴 시간이 없다며, 다음에 청와대에서 마시자는 말을 남기고는 바로 떠나갔다.

딱 20분도 안 되는 시간 동안 벌어진 일이라 지영은 좀 어안이 벙벙해졌다가, 피식 웃고 말았다. 임종선이 떠나자 지영은 다시 올라가 머신, 스트레칭을 마저 하고 운동을 마무리했다. 끝나고 나니 저녁 6시라 지영은 간단하게 씻고 저녁 준비를 했다.

요즘 집에서 저녁 준비를 하는 건 지영의 몫이었다. 다행히 지영의 요리 실력은 나쁘지 않았다. 아니, 상당한 수준이었다. 혼자 살 때도 많았고, 그땐 전부 지영이 직접 해 먹었다. 그러니 어떻게 재료를 써야 할지, 조미료는 어떤 맛을 내는지, 어떻게 조합해서 요리를 해야 하는지 정도는 충분히 알고 있었다.

한창 재료를 다듬고 있는데 임미정과 지연이가 돌아왔다.

"아들? 아들 또 저녁 하네?"

"오셨어요? 이제 볶기만 하면 되니까 마저 할게요."

"고마워, 아들. 엄마 내일이면 재판 끝나니까 오늘만 부탁해."

"네."

"오빠, 오빠!"

도도도 달려온 지연이가 깡충 뛰어 지영의 허리를 안았다. 지영을 닮았는지, 아니, 강상만을 닮았는지 지연이도 성장이 매우 빨랐다. 임미정이 워낙에 밸런스를 맞춰 잘 먹이기도 했지만 그 외에도 혈통의 영향을 톡톡히 보는 것 같았다.

"지연이 오늘 공부 열심히 했어?"

"그럼! 이히."

"잘했어. 착해. 오빠 지금 저녁 준비 중이니까 가서 씻고 올래?"

"싫어! 같이 있을래!"

지연이는 잠들기 전까지 지영을 붙잡고 안 놓았다. 마치 지난 시간 동안의 보상이라도 받으려는 것 같은 행동이라 임미정이 엄하게 말해도 이것만큼은 잘 듣지 않았다. 그래서 지영이 임미정에게 괜찮다고 말해주곤 저녁 시간 이후 항상 지연이와 놀아줬다.

그렇게 놀다 보니, 지영은 지연이를 어떻게 다뤄야 하는지 충분히 마스터해 버렸다.

"오빠가 음식하다 다쳐도?"

"어… 그건 싫어. 가서 씻고 올게!"

"그래. 착하다."

다시 도도도 달려간 지연이를 잠시 보던 지영은 볶고, 지지고, 끓이고, 무치고, 뚝딱뚝딱 요리를 끝냈다. 옷을 갈아입고 나온 임미정이 국을 푸기 무섭게 현관문이 열리며 강상만이 들어왔다.

상이 차려지고, 오랜만에 네 식구가 다시 식탁 앞에 앉았다. 지영의 집안은 식사 때 그리 많은 말을 하는 편이 아니었다. 조용히 일단 밥부터 먹고, 대화는 그 이후 차를 마시면서 나눴다. 저녁을 먹고 차를 내오기 무섭게 강상만이 지영을 보며 물었다.

"낮에 사람 왔다 갔지?"

"네. 아버지랑 어머니한테도 갔다고 들었는데요?"

"그래, 왔다 갔다. 흠, 좀 당황스럽더구나."

임미정은 말없이 지영을 바라봤다.

청와대 초대는 전적으로 지영 때문에 받은 걸 알고 있으니 결정도 지영이 하는 게 나을 거란 생각 때문이었다. 그리고 그건 강상만도 마찬가지였는지 빤히 바라보는 걸로 결정을 지영에게 던져 버렸다.

"두 분 괜찮으시면, 가보려고요."

"그래?"

"네. 솔직히 이재성 대통령님이 제 신경을 많이 써줬잖아요. 감사 인사를 당연히 해야 하는데 쉽게 만날 수 있는 분이 아니잖아요. 그래서 이번 기회에 가서 직접 인사드리려고요."

"그래, 잘 생각했다. 나도 같은 생각이었다."

강상만은 고개를 끄덕이며 지영의 결정을 반겼다. 임미정은? 그냥 턱을 괴고 푸근한 미소로 지영의 결정을 반겼다.

"우리 어디가?"

"응, 아마 그럴 것 같네?"

"어디? 어디어디? 놀러?"

"놀러 가는 건 아냐. 높은 분 만나러 가는 거야."

지영의 대답에 지연이는 높은 분? 하고 뚱한 표정을 지었다. 지연이에게 높은 분이란 따분한 사람이란 인식이 박혀 있어서 나온 행동이었다. 지영은 그 모습이 귀여워 머리를 매만져 주니 지연이는 또 좋다고 헤실헤실 웃었다.

'은재도 머리 쓰다듬어 주는 거 좋아했었는데.'

은재 생각이 나자 지영의 눈빛이 다시 조금씩 침잠해 들어갔다. 하지만 가족들이 앞에 있는지라 얼른 다시 밖으로 나왔고, 이어서 대화를 한 30분간 하다가 씻는다며 방으로 돌아왔다. 방으로 돌아와 폰을 보자 메시지가 몇 개 들어와 있었다.

[뭐 하냐.]

뭐 해, 뭐 하냐고, 대답, 대답해라, 죽는다. 죽을래? 등등 송지원이 보낸 메시지 사이로 딱 하나, 번호 0으로 온 메시지가 있었다.

[24시, 전화하겠습니다.]

부뚜막의 메시지였다.

'아직 일주일 안 지났는데? 뭐, 이내라 했으니… 상관없나.'

아직 4일밖에 지나지 않았는데 벌써 어느 정도 조사가 끝난 것 같았다. 근데 사실 그게 아니라면 연락할 일도 없었다. 지영은 씻고, 지연이랑 한창 놀아주다 재운 다음 방으로 들어와 12시가 되길 기다렸다.

한참 기다리다 보니 마침내 12시가 됐다.

지잉, 지잉. 울리는 폰의 액정에는 '발신번호표시제한'이라고 떠 있었다. 지영은 잠시 액정을 바라보다가 큼큼, 목을 가다듬고 전화를 받았다.

"네, 강지영입니다."

그렇게 받자,

―반갑습니다. 부뚜막의 주모입니다.

…하고 기계음 가득 섞인 대답이 돌아왔다.

정체를 숨기기 위한 완벽한 기계음이었다. 남자인지, 여자인지조차 알 수가 없어 지영은 참 용의주도하다는 생각이 들었다.

―추적 결과, 공주님은 국내에 없는 걸로 사료됩니다.

"국내에 없다? 그럼 외국에 있다는 말입니까?"

―출국 기록에 조사 결과 사 년 전 시월 경, 스웨덴행 비행기를 탄 걸로 나왔습니다.

"……."

김은채.

대단하다, 진짜.

'아예 외국으로 데리고 갔다는 거지?'

지영은 그러니 김은채가 그렇게 당당하게 찾아와 자신이 은재를 데리고 있다는 뉘앙스를 풍길 수 있었다고 생각했다. 아니, 이쯤 되면 뉘앙스도 아니었다. 당당하게 와서 지영을 비웃던 김은채가 떠올랐다.

그 당당함.

아마 무슨 수를 써도 지영이 은재를 찾지 못할 거란 확신을 품고 있던 게 분명했다. 그렇지 않다면 그 당당함, 그리고 바로 면회를 신청해서 지영을 긁어댔던 게 설명이 되질 않았다.

―어떻게 하겠습니까?

"해외도 추적이 가능합니까?"

―가능은 합니다. 다만, 타국에는 우리가 관여할 수 없어 따로 의뢰를 넣어야 해서 금액이 기하급수적으로 늘어납니다.

"예상 금액은요?"

―다섯 장입니다.

"음……."

다섯 장이라.

사람 찾는 데 다섯 장이면, 솔직히 말해 비싼 가격이었다. 하지만 지금 지영이 취할 수 있는 액션은 부뚜막을 통해서밖에 할 수 없었다. 아직 집밖으로 나가는 것도 자유롭지 못했다. 지영이 움직이면 주변에 대기 중인 회사원이 전부가 움직여야 했다. 그래서 외출할 시에는 정순철에게 꼭 사전에 전달하고 나가야 했다. 게다가 동선까지도.

지영이 움직이면 회사원들이 너무나 분주해지는지라 최대한 외출을 삼가는 상태였다.

그렇기 때문에 은재를 찾으려면 부뚜막의 도움이 절대적이었다. 이런 사적인 일을 누구에게 대놓고 부탁할 만큼 지영의 넉살이 좋지도 못했다. 부모님에게? 공직에 계신다. 그것도 최고 고위직. 이런 부탁은 절대로 못 한다.

임미정에게도 마찬가지고, 송지원도 마찬가지다.

'레이샤라면 눈 딱 감고 부탁해 볼 순 있겠지만… 일단 내가 할 수 있는 건 전부 다 해봐야지.'

레이샤라면 아마 부탁을 들어줄 것이다. 안 그래도 지영에게 엄청난 미안함을 품고 있는 상태라 말하면 분명 사비를 있는 대로 털어서라도 움직여 줄 것이다. 특히 그녀의 남편이 요원 출신이라 그런 쪽으로는 준전문가이기도 했다.

하지만 생각했듯이, 일단 자신이 할 수 있는 건 최대한 다 해볼 작정이었다.

"진행해 주세요."

―네, 비트코인 계좌 보내겠습니다.

"네."

―입금과 동시에 움직이겠습니다. 다섯 장을 넘어간 추가 금액은 본막에서 담당합니다. 결과는 한 달 정도 기다리면 됩니다.

"네."

뚝.

전화가 끊김과 동시에 띠링, 메시지가 들어왔다. 확인해 보니 주소가 적혀 있었다. 비트코인을 사용하는 법은 모르지만 그 거야 배우면 그만이었다.

"후우……."

지영은 한숨을 내쉬었다.

사실 은재를 쉽게 찾을 수 있을 거란 생각은 하지 않았다. 김은채가 그리 자신만만한 만큼, 정말 은재를 아무도 없고, 아무도 모르는 곳에 숨겼을 거라 생각했기 때문이다. 자신은 있었지만 쉽지 않을 거란 예상은 아주 딱 들어맞았다.

"김은채… 나중에 누가 웃는지 보자고."

과연 은재를 찾아 데리고 와서도 앞에 나타나서 그렇게 웃을 수 있는지 지영은 갑자기 궁금해졌다. 일단 큰 줄기는 끝났으니까 대충 방을 정리한 지영은 냉장고에서 맥주 하나를 몰래 꺼내 와서 시원하게 목을 축이며, 하루를 정리했다.

*　　　　*　　　　*

지영에 대한 논란은 여전히 끓었다.

한 사람이, 아직 스물도 채 안 된 청소년이 이렇게 전 세계적으로 이슈를 끌었던 경우는 사실 거의 없었다.

있었다면… 피겨 퀸 정도가 있었을 것이다. 그러나 피겨 퀸, 그녀도 전 세계적으로 광범위하게, 그리고 거의 대다수의 사람들에게 이름을 인식하진 못했다. 그러나 지영은 아예 관심이 없던 일반인들에게도 아주 선명하게 이름을 각인시켰다.

최악의 참사의 유일한 생존자란 타이틀은 그럴 만한 파급력을 가지고 있었다. 일각에선 이런 영향력을 정치에 이용하려는 게 아니냐는 우려가 있었지만 지영은 그런 말들에 대해 굳이 해명하진 않았다. 애초에 그럴 성격도 아니었다.

그 와중에 미개봉작, '피지 못한 꽃송이여'의 개인 캐릭터별 예고편과 메인 예고편이 풀렸다. 솔직히 모두가 궁금했던 작품이었다. 어떤 작품이었는지, 지영이 여성 역할을 맡았다는 정보는 있지만 장재원 감독이 아주 단단히 봉해놔서 실제 내용을 아는 이들은 극히 드물었다. 이상하게 스태프들도 그 정보는 절대로 풀지 않았다.

그랬기 때문에 서서히 기억에서 사라지다가, 지영의 귀환과 동시에 관심이 쏠리고 있는 마당이라 아주 초고속으로 개봉일이 편성됐고, 그 실체를 조금씩 벗기 시작했다. 안 그래도 핫이슈 중에 핫핫 이슈인 지영인지라, 벌써 엄청난 이목이 집중됐다.

다만 지영의 모습이 옛날과는 많이 다르다는 괴리가 좀 있지만, 그래도 그걸 넘어설 정도의 초특급 대작으로 평가받고 있었다.

그렇게 모두의 기대 속에서 '피지 못한 꽃송이여'의 시사회가 열렸다. 한국에서 가장 큰 상영관을 빌려 진행된 시사회에는 한국을 대표하는 거의 모든 스타가 몰려들었다. 재밌는 건 레이샤와 캡틴 척도 시사회에 참석, 포토 존에 섰다.

그러자 모두가 궁금해했다.

과연 강지영은 나설 것인가.

포토 존에 서서, 대중에게 모습을 보일 것인가.

여기에 관심이 쏠렸지만 사실 결과는 알고 있었다.

불참할 게 분명하다는 결과를 말이다.

하지만 그래도 일말의 기대는 놓지 않은 채 시사회가 시작됐다. 그 시간, 지영은 아주 오랜만에 메이크업을 받고 있었다.

"누나, 오랜만이네요?"

"그러게… 지영아, 너무 오랜만이다. 누나가 너 기다린 보람이 있다, 얘."

"하하, 저 기다렸어요?"

"그럼?"

옛날에 한 팀이었던 메이크업 이성은과 코디 한정연이 울음기 가득한 눈으로 지영을 흘겼다. 그녀들은 지영이 실종된 다음 거의 실업자 신세였다고 했다. 워낙에 정들었던 지영과 서소정의 실종 여파는 그녀들이라고 피해가지 않았다. 그래서 아예 보라매를 나와 둘이 팀을 맺고 프리랜서로 뛰었다고 했다.

"고마워요. 저 기다려 줬으니, 이제 다시 한 팀 해야죠?"

"팀? 진짜? 너 보라매로 다시 돌아갈 거야? 눈 좀 감아봐."

지영은 이성은의 말에 잠시 눈을 감은 채 생각해 봤다.

'보라매라……'

지영은 그건 힘들 것 같다고 생각했다.

그곳엔 서소정의 향기가 남아 있으니까.

"됐어, 눈 떠도 돼."

"네. 보라매로는 안 가요. 그냥 개인 회사 차리려고요."

"개인 레이블을?"

"네. 같이할 거죠?"

"그럼! 당연하지. 흐흐. 자, 다 됐다."

"고마워요."

지영은 이어서 한정연이 준비해 온 옷으로 받아 방으로 갔다. 그녀는 옛날 지영의 취향처럼 심플한 의상을 준비해 왔다. 딱 청바지에 흰 셔츠. 그게 끝이었다. 옷을 갈아입은 지영은 전신 거울에 자신을 비춰봤다.

이렇게 이성은에게 메이크업을 받고, 한정연이 준비해 준 옷을 갈아입는 데… 무려 5년이 걸렸다.

감개가 무량하다 못해 아주 폭발할 지경이었다. 이럴 때면 옆에서 전체적으로 서소정이 케어해 주지만, 이제 그녀는 없었다. 그 허전함이 옆구리를 시리다 못해 얼어붙게 만들었다. 지영은 이런 자연스러운 순간에 그녀가 생각나는 걸 굳이 막지 않았다.

이제 상처는 많이 아물었으니까, 흉터가 생기고 아물면 상처는 이제 추억으로 변한다. 그럼 그 추억을 계속 간직하면 되기 때문이었다.

밖으로 나오니 막 도착한 송지원과 김윤경이 카메라를 소파 앞에 설치하고 있었다. 경험이 많은지 아주 능숙하게 카메라를 세팅한 김윤경이 다가와 지영의 전체적인 스타일을 케어한 뒤, 마무리했다.

"괜찮네. 옛날에도 그랬지만 지영인 역시 중성적인 느낌이 강하다니까."

"그거 남자도 여자도 아닌 것 같단 말이죠?"

"응? 말이 그렇게 되나? 흐흐."

송지원이 흐흐 하고, 기쁘게 웃었다.

하지만 눈가는 이미 촉촉했다.

지영도 무려 5년 만이지만, 보호자이자 가족 같은 존재를 자처하던 송지원에게도 지영의 이런 모습은 똑같이 5년 만이었다.

"또또, 누나 지금 울면 화장 번져요."

"이씨, 이게 누구 때……!"

지영의 장난에 막 반응해서 막 손을 올리려던 송지원은 임미정이 지연이와 함께 들어서는 걸 보고 얼른 손을 내렸다.

"어머, 분주해라."

"언니, 왔어요? 지연이 안녕?"

"어! 이모다! 이모!"

도도도!

지연이가 달리더니 점프해서 송지원의 품에 안겼다.

"어이쿠! 지연이 많이… 무거워졌네?"

"이히! 반찬 투정 안 하고 잘 먹고 있었찌요!"

"그래? 어머어머, 이렇게 착할 수가 있나!"

"에헴!"

　송지원의 품에서 으스대는 지연이 때문에 가라앉을 뻔했던 분위기가 단숨에 살아났다. 지연이의 애교는 그 정도로 파급이 대단했다. 낯선 이성은이나 한정연이 있지만 개의치 않고 애교를 떠는 모습이란, 정말 보고 있자면 웃지 않을 수가 없었다.

"오셨어요?"

"그래, 아들 이렇게 차려입으니 역시 멋있다."

"제가 엄마 닮아서 한 미모 하잖아요."

"호호, 정말 엄마 닮아서 맞아?"

"그럼요? 제가 엄마 아니면 누굴 닮겠어요?"

"호호호."

　지영의 너스레에 임미정은 손으로 입을 가리곤 기분 좋게 웃었다. 아들이 해주는 칭찬에 안 웃을 부모가 어디 있겠냐마는,

임미정은 훨씬 더 좋아했다. 요즘 들어 그녀의 얼굴에서 미소가 끊이질 않았다.

특히 지영만 보면, 항상 활짝 웃어줬다. 마치 5년 간 못 줬던 사랑을 몰아서 전부 주려는 듯 말이다.

"아들이 그렇게 말해주니 괜히 좋다."

"거짓말 아닌데요?"

"그래그래. 엄마는 지연이랑 이 층에 가 있을 테니까, 아들 시사회 잘해."

"네."

"그런데, 괜찮은 것 맞지?"

"네, 그럼요. 괜찮아요."

"그래, 아들이 괜찮다니까 믿을게."

"걱정 마세요."

지영의 말에 고개를 끄덕여 준 임미정은 송지원의 품에서 떨어지지 않으려는 지연이를 데리고 2층으로 올라갔다. 폭풍 같던 애교를 보이던 지연이가 사라지자 어쩐지 거실이 썰렁하게 느껴졌다.

지잉, 지잉.

"네, 장 감독님. 네, 준비 끝났어요. 컨디션이요? 괜찮아요. 최상입니다. 아니에요. 저 때문에 여태껏 기다려 주신 장 감독님에게 오히려 제가 죄송하죠. 저 정말 괜찮으니 걱정 마세요. 네네, 이제 시작하신다고요? 네, 연결하기 전에 연락주세요. 네."

뚝, 전화를 끊은 지영은 참 한결같은 장재원 감독 때문에 피식 실소를 흘리고 말았다. 사실 인터넷을 연결해서 화상 채팅 방식으로 시사회에 참석하겠다는 의견은 지영이 먼저 냈다. 장재원 감독도, 송지원도 지영에게 부담을 주기 싫어 시사회에 나갈 생각 없냐는 말은 아예 꺼내지도 않았다.

그래서 지영이 먼저 나서서 의견을 냈다.

마치 뉴스의 이원 생중계처럼 시사회에 잠시 얼굴을 비치겠다고 하자 장재원 감독은 웃기보다는 걱정스러운 얼굴로 괜찮겠냐는 말을 먼저 했다.

사람 참 괜찮다.

장재원 감독에 대한 인식이 그렇게 아예 굳어지자 지영은 조금, 아주 조금 남아 있던 거리낌을 모두 털어낼 수 있었다. 그리고 사실 이렇게 지영이 먼저 나선 건, 자신의 위치를 확실히 하기 위해서였다.

'전직 전에 직업을 굳혀야지……. 그게 누나 꿈이기도 하니까.'

안 그래도 요즘, 정치적 외교적 문제로 엮여 있어 위치가 흔들리는 느낌을 병원에서부터 여러 차례 받았다. 그래서 이번 기회에 다시 대중에 서기로 한 것이다.

외교 논란의 중심 강지영이 아닌, 영화배우 강지영으로 말이다.

지영이 이런 의사를 내비치자 송지원은 그야말로 대찬성했다. 그녀도 지영처럼 안 그래도 불안해하던 차였기 때문이다. 그래서 바로 이성은, 한정연에게 연락을 함과 동시에 두 손 걸어붙이고 나서 이렇게 도와주고 있었다.

30분은 금방 지나갔고, 장재원 감독에게 연락이 왔다.

파랗던 화면이 어느 순간 검게 변했다가, 갑자기 환해졌다.

TV 화면 속에는 오늘 VIP 시사회를 진행 중인 상영관의 내부가 보였다. 잠시 렉이 걸리나 싶더니, '와아아……!' 하고 마치 월드컵 결승골을 넣었을 때나 나올 엄청난 환호성이 스피커를 통해 흘러나왔다.

한참이나 가던 환호성이 잠잠해지자, 지영은 입가에 미소를 그린 채, 손에 쥔 마이크에 대고 담담하게 인사를 했다.

"안녕하세요. 배우, 강지영입니다."

'누나, 이제야 누나와 내가 섰던 자리에 다시 섰어.'

또 서소정이 떠올랐다.

─아아, 잘 들리십니까?

화면 건너편에서 오늘 시사회를 맡은 MC가 환한 표정으로 손을 흔들며 하는 말이 건너왔다. 지영은 다시 마이크에 대고, 입을 열었다.

"잘 들리네요."

─이야, 하하, 반갑습니다. 송준영입니다, 하하.

"네, 반갑습니다."

─하하, 자, 모두가 지영 씨를 기다리고 있었습니다. 아니, 기다린 건 아니네요. 저기 관객 여러분들과 오늘 모인 스타들도 지영 씨가 이런 방식으로 나올 거라고는 아무도 예상 못 했으니까요, 하하하! 자, 기다리고, 놀란 분들에게 인사 한마디 해주시죠!

송준영의 밝은 목소리에 지영은 고개를 끄덕였다.

두근, 두근!

심장이 뛰었다.

평소보다 조금 거칠어진 걸 보니 어쩌면 긴장한 걸지도 모르겠단 생각을 했다. 피식. 그래서 웃음이 나왔다.

'나도 여기에 다시 서는 것을… 바랐나 보네.'

그게 아니라면, 서소정의 영향일지도 몰랐다. 생각을 정리한 지영은 담담하지만, 입가에는 옅은 호선을 그린 채 다시 입을 열었다.

"안녕하세요. 영화배우 강지영입니다. 음… 제가 사정이 있어서 시사회에 불참하게 되었습니다. 아직은 조금 더 쉬어야 할 때지만 저 때문에 영화 개봉을 막고 있으셨던 장재원 감독님에 대한 예의와 감사의 표시를 꼭 하고 싶어 오늘 이렇게 화상으로나마 얼굴을 비추게 됐습니다. 무례하게 이렇게 인사드리는 점, 정말 죄송합니다."

지영은 일어나서, 살짝 고개를 숙였다.

그러자 곧바로 '아니에요!', '꺄아아!' 환호성 섞인 대답들이 돌아왔다. 소리를 들어보니 이상하게 남성보단 여성이 많았다. 노린 건지, 아니면 뽑다 보니 이렇게 된 건지 모르겠지만 지영에게는 차라리 잘된 일이었다.

"긴 시간이 걸렸습니다. …오 년. 이렇게 여러분들에게 다시 인사를 드리는 데 오 년이란 시간이 걸렸네요. 많은 일이 있었습니다. 힘들고, 슬프고, 안타까운 일도 많았습니다."

지영의 담담한 말에 이번엔 침묵으로 답이 건너왔다. 언론에 알려진 지영의 탈출 스토리는 각색이 하나도 없었다. 아, 빠진 건 딱 하나 있었다. 지영이 복수를 펼치며 살인을 서슴없이 저질렀다는 것. 그것만 빼고 전부 정순철과의 인터뷰를 통해 언론에 보도가 됐다. 그렇기 때문에 네티즌들도 다 알고 있었다.

지영이 얼마나 처절한 탈출극을 벌이고 벌여, 다시 돌아왔는지.

실상은 조금, 조금 다르지만 그들은 지영이 말한 힘들고, 슬프고, 안타까운 일이 뭔지도 알고 있었다. 물론 정확히는 모른다. 유추할 뿐이었다. 그리고 그 유추된 모든 것 안에는 결코 '행복'이란 게 들어가 있지 않았다.

지영은 안타까운, 힘든 표정을 짓지 않았다.

그럴 수 없었다.

팬 앞에서 그런 표정을 지을 수는 있지만 아마 그건…….

'누나가 원치 않겠지.'

분명 그럴 거라고 생각했다.

그래서 지영은 괜찮아야 했다.

다시 사람들 앞에 섰는데 자신 때문에 우울한 표정을 지으면 아마 그녀는 하늘에서도 슬퍼할 게 분명할 테니까.

"그렇게 돌고 돌아, 좀 오래 걸렸지만… 그래도 다시 여러분들을 뵙게 되니 기분이 참 좋네요. 아직 다시 작품 활동을 하려면 아직 시간은 필요한데, 마침 이런 자리가 생겨서 기분이 좋습니다."

―우리도 좋아요!

―꺄아아! 잘생겼다!

보통 팬 미팅에서 나올 법한 소리들이 다시 스피커를 통해 넘어왔다. 지영은 이런 환영을 오랜만에 받으니 좀 전에 말했던 것처럼 기분이 진짜 좋으면서도 이상했다.

―음… 지금은 괜찮으십니까?

"네, 좋아졌습니다. 사실 큰 문제는 없지만 아직은 안정을 취해야 한다는 말을 병원에서 들어서요. 그래서 한동안은 집에서 쉬며 휴식을 취할 생각입니다."

―하하, 그렇군요! 자, 여기에 지영 씨를 보러 온 사람들이 아주 많습니다. 저기… 오! 한번 호흡을 같이 맞춰봤던 김윤식 씨가 계시네요. 김윤식 씨? 누가 김윤식 씨에게 마이크 좀 가져다주시겠어요?

진행자의 말에 스태프 중 누군가가 후다닥 달려 마이크를 그의 손에 건네주고 갔다. 그가 마이크를 쥐자, 웅성거리던 상영관이 조용해졌다. 그는 마이크를 만지작거리면서 지영을 빤히 바라봤다.

―저, 김윤식 씨?

―…맞네, 맞어. 허허.

김윤식은 진행자의 말도 무시하고 그렇게 혼잣말하며 고개를 연신 끄덕였다. 물론 얼굴에는 기분 좋은 미소가 걸린 채였다. 지영도 그를 보자 매우 반가워졌다. 이제는 50대 후반이 다 되어가는 그는 머리에 희끗희끗 새치가 보였다. 하지만 오히려 그게 그에게 중후한 남성미를 더해줬다.

"선배님, 안녕하세요. 너무 오랜만에 인사드리네요."

지영이 인사를 먼저 건네자 2초 정도의 시간차가 생기는지 그의 얼굴에 담긴 미소가 변했다.

―그래, 오랜만이다. 무사해서… 진짜 다행이다, 허허.

"네, 무사히 돌아왔습니다. 선배님도 잘 지내셨죠?"

―그럼 마, 나야 잘 지냈다. 회포는 나중에 소주 한… 아, 아직 미성년자냐?

"네, 아직입니다. 그런데 뭐, 조용한 곳으로 불러주시면 법 한번 어겨볼 생각도 있습니다."

―으헛! 그래, 그러자. 나중에… 나중에 꼭 보자. 상황 괜찮아지면 꼭 연락해라.

"네."

―더 얘기 나누고 싶은데… 오늘은 이 정도만 하자. 몸 잘 챙기고, 다음에 보자.

화면이 옆으로 슬쩍 넘어가며 금발의 세련된 여배우를 잡았다.

레이샤였다.

그녀는 마이크를 받더니 딱 한마디만 던지고 말을 끝냈다.

―지원이가 안 온 걸 보니 같이 있나 보네? 이따가 갈 테니까 기다려.

그러곤 마이크를 다시 스태프에게 건네줬다.

화면은 다시 진행자가 앞에 서는 걸로 넘어왔다.

─자, 지영 씨. 사실 오늘은 지영 씨를 위한 날이라, 여기 모이신 일반 관객들 대부분이 지영 씨 팬클럽 회원들입니다. 그런데 제가 진행을 하다 보니 재미있는 사실을 알았습니다. 되게 팬클럽이면 이름이 있지 않습니까? 음, 카시오페아나 소원 등등, 그런데 지영 씨 팬클럽은 아직 이름이 없답니다. 왜 그런 줄 아십니까?

　"아니요. 그건 잘 모르겠네요."

　그 이유까지 지영이 알 수는 없었다.

　솔직히… 아직 팬카페도 안 들어가 봤기 때문이다.

　─하하, 그 이유는 지영 씨가 부재중이었고, 그래서 지영 씨가 팬클럽의 이름을 직접! 직접 지어주시길 바라는 의미에서 이름을 아직 짓지 않았답니다. 자, 어떠십니까? 오늘 지영 씨가 직접 이름을 지어주면 안되겠습니까?

　"안 될 게 있나요. 잠깐만요. 생각 좀 해볼게요."

　예상치 못했던 부탁이지만 지영은 흔쾌히 받아들였다. 지영은 잠시 턱을 괴고 생각에 잠겼다. 그런 지영의 모습에 또 '꺄아!' 하는 함성이 들려오기 시작했지만 지영은 그냥 그대로 있었다.

　'뭐가 좋을까……? 아…….'

　오래 생각지 않아 좋은 이름이 떠올랐다.

　다만, 그 뜻이 팬클럽에 어울릴까 안 어울릴까 고민이 좀 됐다.

　'그래도 누나의 흔적을 이렇게라도 남겨두는 게 좋겠어.'

싫으면 뭐, 카페에 뭔가 말이 나오겠지 하는 생각에 지영은 다시 마이크를 입에 대며 자세를 풀었다.

—앗! 떠올랐습니까?

"네. 제가 떠올린 이름은… 소정. 이 단어입니다."

—소정이요? 무슨… 아, 아아. 아하하, 그렇군요. 오늘 여기 팬클럽 회장님이 나오셨습니다. 제가 직접 물어볼게요.

진행자 송준영이 직접 후다닥 달려서 3열 중간쯤에 앉아 있는 30대 후반의 날카로운 외모의 여성에게 다가갔다. 그러더니 곧바로 고개를 끄덕이곤 다시 무대로 달려왔다.

—하하, 하아. 아이고, 숨차. 지영 씨. 괜찮다고 합니다. 이걸로 지영 씨 팬클럽 이름은… 소정! 이 되었습니다. 자, 박수!

"아하하, 감사합니다. 팬미팅은 제가 따로 일정을 잡아볼게요. 반년이 지나지 않을 예정이고, 팬클럽에 제가 직접 글을 남기도록 하겠습니다."

소정.

알 만한 사람은 다 안다.

아니, 전 국민이 다 안다.

그날, 지영과 함께 납치되었고, 끝내 돌아오지 못한 강지영의 매니저 이름. 그녀의 이름이 서소정이라는 걸. 그걸, 아니, 지영이 왜 소정이란 단어를, 아니, 이름을 쓰고 싶어 하는지, 아주 잘 안다.

사실 지영에 대한 이야기를 다룰 때 서소정에 대한 이야기도 아주 심심치 않게 나왔었다. 스타의 매니저가 꿈이었던 소녀의 이야기로 시작해서 그녀가 몇몇 연예인을 맡다가, 민아를 거쳐 지영의 전담 매니저가 되고, 첫 작, 두 번째 작품, 'Mushin: The birth of hero'에 이어 '피지 못한 꽃송이여'까지 함께했던 순간과 시간을 어느 케이블 방송사에서 다큐 형태로 만든 것도 있을 정도였다. 그만큼 강지영의 전담 매니저 서소정의 이야기는 아주 잘, 널리 알려진 상태였다.

그러니 지영의 뜻을 아주 제대로 받아들였다.

—자, 시사회가 이런 형태는 아니지만 다른 배우들은 이미 인사를 다들 하셨습니다. 지영 씨가 마지막이었죠. 하지만 시간이 있는 관계로 이제 슬슬 영화를 틀지 않으면 안 되는 시간이 되었습니다. 지영 씨?

"네."

—마지막으로 한 말씀 해주시지 않겠습니까? 누구를 향해서라도 좋습니다. 영화, 여기 모인 팬, 동료 배우, 아니면 앞으로 지영 씨의 꿈이나 목적도 좋습니다. 이런 기회는 정말 흔치 않을 것 같아 감히 무례를 무릅쓰고 한 말씀 해주시길 사회자의 자격으로⋯ 감히 요청합니다!

"음⋯ 네."

마지막은 좀 코믹하게 부탁하고 싶었던 것 같지만 실패다. 얼굴은 잔뜩 긴장한 채였기 때문이다. 하지만 지영은 수락했다. 어차피 오늘 시사회는 복귀 신호탄과도 같았다. 그러니 저 부탁을 들어주는 게 오히려 좋았다.

"음⋯ 누나, 오래 걸렸다. 누나 꿈 잊지 않았어. 이제 내가 대신 누나 꿈 이루어줄게. 그러니까 이제는 편히 쉬자."

건너편은, 조용했다.

지영의 담담한 말이 건너갔음에도 담담한 목소리가 전달하는 감정을 제대로 받아들인 것 같았다.

"선배님, 걱정해 주셔서 감사합니다. 앞으로 또 좋은 작품 같이했으면 좋겠습니다."

카메라 감독이 센스가 있는지 바로 김윤식을 잡았고, 그가 고개를 묵직하게 끄덕이는 장면이 뒤이어 나왔다.

"레이샤, 당신 탓 아니에요. 그러니까 그 울 것 같은 눈 좀 어떻게 해봐요. 보는 내가 더 미안하네, 하하."

이번에도 샥! 레이샤에게 건너갔고 결국 레이샤는 눈물을 주룩주룩 흘려 버렸다. 지영의 말 한마디는 뭔가, 마음을 울리는 게 있었다. 존재만으로도 이상하게도 사람을 '흔드는' 마력을 가진 강지영. 환생자이기 때문일까? 지영은 크게 신경 안 썼지만 지영을 아는 사람들은 그 신비한 매력에 이미 매료되어 있었다.

"팬 여러분들도 고마워요. 잊지 않고 기다려 줘서. 그 기다림에 꼭 조만간 보답할게요. 더 자주 여러분들과 만났으면 좋겠습니다. 아, 그런데… 각오는 하셔야 합니다? 제가 좀… 거칠어져서. 하하, 아마 사고를 많이 칠 것 같거든요."

—네? 네?

당황한 송준영의 목소리가 건너왔지만 지영은 그냥 씩 웃는 걸로 끝냈다.

"그래도 최대한 자제는 해볼게요, 하하. 제 말은 여기까지… 아, 맞다. 이제야 개봉하는 피지 못한 꽃송이여, 많은 사랑 부탁드립니다."

—네에……!

우렁찬 대답이 넘어오자 지영은 웃으며 자리에서 일어나 살짝 인사를 한 뒤 손을 흔들었다. 그러자 타이밍 좋게 김윤경이 거기서 카메라를 딱 종료시켜 버렸다. 시사회는 이걸로 끝났다, 오랜만에 카메라 앞에 서서 그런가, 흥분감이 좀 남았는지 아직 심장이 빠르게 뛰고 있었다.

이성은이 얼른 물을 가져다 줬다.

차가운 물을 벌컥벌컥 마시니까 좀 진정이 되는 것 같았다.

"고생하셨습니다. 누나, 고마웠어요."

"뭘 이 정도 가지고. 공짜로 하는 것도 아니고, 후후."

"공짜 아니에요?"

"오늘 언니가 마당에서 바비큐 파티 한다던데? 그래서 나도 애들도 스케줄 다 비우고 왔어. 그러니 공짜는 아니지."

"아… 그게 보순가요? 그냥 식사 대접이죠."

"후후, 레이샤랑 윤식 선배님도 부를까?"

"오, 그거 좋겠다. 누나가 불러줄래요?"

"오키!"

송지원이 폰을 들고 쪼르르 달려 밖으로 나갔고, 지영은 2층으로 올라갔다. 지연이랑 공부 중이던 임미정이 지영이 들어오자 반색을 했다.

"끝났니?"

"네, 준비 도와드릴게요."

"아냐, 애. 너는 사람들이랑 같이 있어야지. 엄마가 얼른 준비할게."

"아니에요. 도와드릴게요."

"어허, 엄마 행복 빼앗지 마."

"에구, 알겠어요."

지영은 임미정의 고집에 진 척 수긍하고는 다시 아래로 내려가 김윤경을 도와 거실을 정리했다. 지연이와 내려온 임미정이 파티 준비를 시작했고, 이성은과 한정연이 주방으로 가 임미정을 강제로 돕기 시작했다.

한 시간 뒤 강상만이 퇴근하고 그 뒤로 줄줄이 김윤식과 레이샤, 척이 도착하자 파티가 시작됐다.

Chapter39
그가 가진 파급력

지영의 갑작스러운 시사회 등장은 당연히 굉장히 많은 파장
을 일으켰다. 열아홉이 된 지영의 사진은 몇 장 풀려 있긴 했
었다. 하지만 멀리서 찍었는지 초점이 제대로 안 잡혀서 좀 흐
리게 나온 게 전부였다.

　하지만 이번엔 고성능 카메라를 통해 제대로 나왔다.

　소년은, 5년이 지나자 청년이 되었다.

　그것도 아주 중성적이고, 이상하게 야성미 넘치는 청년이 되
어 있었다. 사람에 따라 날카롭게 보일 정도로 찢어진 눈매와
예리하게 선 콧날은 특히 두 가지 매력을 훨씬 배가 시켜줬다.
그것뿐인가?

　고문으로 인해 붉게 물든 눈동자 역시, 선정적이면서도 퇴폐

적인 분위기를 풍겼다.

10년도 더 전에 유행했었고, 지금도 간혹 쓰이는 만찢남이란 단어가 아주 딱 어울렸다. 하지만 그런 지영에 대한 외모 말고, 시사회의 반응은 더욱 더 뜨거웠다. 역대급. 그야말로 역대급!

대박! 최고! 강추! 무조건 예매 각!

시사회에 다녀온 약 오백 명의 관객들 중 영화 내용을 극찬하지 않은 사람은 단 한 명도 없었다. 몇 년이 지났지만 오히려 장재원 감독은 그 당시 편집했던 그대로, 아무것도 건드리지 않고 그대로 개봉했다.

어두운 골목길 벚꽃나무 아래서 운명처럼 세 명의 여인들이 만났다.

봄바람이 살랑살랑 불어오는 정자 아래로 그 여인들은 너무나 즐겁게 담소를 나누었다.

한 여인은 민족의 광복을 위해 태극기를 휘둘렀다.

한 여인은 민족의 광복을 위해 가산을 정리해 독립 자금을 비밀리에 전달했다.

한 여인은 민족의 광복을 위해 정보를 모으는 스파이로 활동했다.

영역은 다르나 뜻은 같았다.

하지만 그 모든 건 서로의 가슴속에 머물러 있었다.

열화와 같이 일어났던 독립운동. 태극기 시위.

서로 다른 장소에서 세 여인은 제국군에게 잡혀, 형무소로 끌려왔고, 시간은 다르나 한 공간에서… 생을 마감했다.

한 많던 인생이다.

광복 또한 보지 못했음이라.

무얼 위해 운동했는가.

무얼 위해 살아왔는가.

대체 무얼 위해, 존재하는가.

'피지 못한 꽃송이여'는 중간중간 그런 자막들을 통해 무수히 많은 메시지를 강제로, 폭력적으로 관객들에게 강제로 전달했다. 보통 이런 기법은 보는 사람이 불편해하는 경우가 대부분이라 잘 쓰이지 않지만 '피지 못한 꽃송이여'에서는 너무나 강렬하게 먹혀들었다.

가슴이 먹먹했다.

영화가 전달하는 소리, 대사, 감정들 때문에 영화가 끝난 뒤, 엔딩 크레디트가 전부 올라갔음에도 누구 하나 자리를 뜨지 못했고, 설사 움직이는 이들이 있었어도 그들의 행동은 너무나 조심스러웠다.

감정에 흠뻑 젖은 타인을 자신이 깨서는 안 된다는 일종의 신념까지 보였을 정도였다.

영화는 그만큼 어마어마했다.

여기서 장재원 감독의 의도 하나가 더 먹혔다.

여장한 강지영에 대한 불편함, 거부감 등을 관객들은 거의 느끼지 못했다.

평론가들도 다 보고 나와서 각자 멍한 정신으로 트윗을 올렸다. 짜기라도 했는지 별점 5개 만점에 대부분 5개를 줬다.

상상 초월, 무시무시한 감정의 뒤틀림을 느낄 수 있을 거라는 '경고'도 함께였다.

평론가들이 그렇게 말한 이유는 여러 가지 이유가 있지만 당연히 스포일러 문제 때문에 밝히지 않았다. 하지만 대다수가 인정하는 첫 번째 이유, 영화에 기승전결이 없다는 것. 두 번째는 잔잔하다 몰아치는 폭풍은 전함도 뒤집을 정도로 거셌다는 것. 세 번째는 주연 중에 남자가 하나 있는데, 도저히 거부감이 일지 않았다는 것. 네 번째는 마지막 신이 주는 압도적인 감정 전달력.

이 네 가지가 그 쪼잔하다는 한국의 각 언론사 평론가들이 공통적으로 내놓은 의견이었다.

그렇게 '피지 못한 꽃송이여'에 대한 열기는 더해져만 갔고, 마침내 개봉을 했다. 예매 예약 시기가 되자 올 매진. 그리고 하루가 넘어 다시 하루치가 풀려도 30분 만에 매진. 또 매진. 연일 매진. 계속 매진. 끝도 없이 매진!

스코어를 쌓는 속도가 정말 엄청났다.

이러한 돌풍의 중심에는 역시 강지영이 있었다.

어쩌면 세기의 배우가 될 만한 자질을 가졌던 지영의 유작으로 생각되던 작품이라는 게 첫 번째고, 몇몇 신의 연기만 빼면 전혀 흠잡을 장면이 없다는 게 두 번째 이유고, 세 번째는 강지영, 그 자체의 티켓 동원력이 세 번째였다.

초단기간 천만은 물론, 무려 5주간 전석 매진이라는 기염을 토했다. 그것도 전국에 있는 모든 상영관이 말이다. 오죽했으면 자신이 사는 도시, 지방에서 예매를 못 하면 타지방 상영관 사이트까지 가서 찾고 그랬을까.

요즘 가장 핫하면서도 강제적인 데이트 코스는 당연히 상영관이었고, 그로 인해 커플들의 여행이 개봉 전에 비해 세 배 이상, 압도적으로 높아졌다.

일각에선 2002 월드컵 효과가 나올 수도 있을 것 같단 말까지 돌 정도였다.

이렇게 되기까지는 SNS(Social Networking Service)도 단단히 한몫했다. 요즘 SNS 대세는 예매 인증 샷과, 티켓 인증 샷이 대세였다. 좋아요, 그 버튼 하나가 '피지 못한 꽃송이여'의 홍보를 아주 단단히 해줬다.

게다가 배우, 가수 등과 정치인들까지 그 인기에 편승하고자 인증 샷 릴레이에 동참했고, 그러다 보니 더더욱 거세졌다. 물론 그러면서 암표 문제 때문에 사회적 문제 어쩌고저쩌고 또 말들이 나왔지만 그래봐야 극소수였다.

'피지 못한 꽃송이여', 그리고 강지영에 대한 관심은 해외에서도 점차 높아졌고, 거의 모든 국가에 수출하는 기염을 토했다.

한국 역사상, 드디어 세계를 장악할 만한 작품이 태어난 것에 영화계는 환호했다. 한국 영화가 태동하고 지금까지 세계에서 알아주는 감독들은 몇 사람을 배출했다. 칸느의 여왕도 탄생했다.

하지만 그때 반짝했을 뿐, 여왕의 위엄은 몇 해를 채 넘기지 못했다. 그저 그 여배우 뒤에 수식어로만 따라붙을 뿐이었다.

하지만 이번엔 아니었다.

감독, 배우, 영화 그 자체의 작품성까지.

완벽한 3박자가 갖추어졌다.

특히 강지영…….

'리틀 사이코패스'와 미블 엔터와의 합작으로 찍은 'Mushin: The birth of hero'까지 이미 열네 살 때 세계에 가진 바 가능성이 아닌 티켓 파워를 입증한 배우가 됐었다. 아직 납치 이후 연기력을 다시 입증받은 것은 아니지만 클래스는 영원하단 말처럼 그의 차기작에 대한 관심은 나날이 높아져만 갔다.

한 달.

영화가 개봉하고 한 달이 지났건만 영화의 인기는, 배우들에 대한 관심은 전혀 식지 않았다. 오히려 활활 타는 불에 기름을 끼얹은 것처럼 더욱 더 커져갈 뿐이었다.

그런 화제(話題)이자 화재(火災)의 중심에 있는 지영에게는 연일 방송가, 각종 회사의 CF 제의가 쏟아져 들어왔다. 시나리오 역시 끝도 없이 쌓이고 있었다. 그냥 말 그대로 산이라고 해도 믿을 수 있을 정도였다.

왜?

혹시 모르니 던져보는 것이다.

장재원 감독이 인터뷰에서 캐스팅 비화를 얘기했고, 시나리오로 지영의 관심만 끌 수 있으면 현재 지구상에서 가장 핫한 강지영을 캐스팅할 수도 있을 거란 희망 때문에 쌓인 산이었다.

덕분에 죽어나가는 건 보라매 엔터테인먼트였다.

지영은 공식적으로 계약이 만료됐다.

최초 지영이 보라매와 맺은 계약은 4년, 이후 3년 재계약이었다. 지영이 그 사건만 없었다면 중학교 2학년이 되었을 때 다시 재계약을 할 수 있었겠지만 그게 이루지지 않아 임미정을 통해 계약은 자연 소멸했다.

그렇기 때문에 지영은 현재 무소속이었다.

그러나 다수의 사람들은 그걸 몰랐고, 보라매도 딱히 해명하지 않았다. 지영 덕분에 보라매도 혜택을 보고 있었기 때문이었다.

보라매는 어엿하게 주식 상장된 회사고, 그렇기 때문에 주가가 조금씩이지만 오르고 있었다. 그런데 이건 문제가 있었다.

허위 사실이기 때문이다.

그걸 부정하지 않는 것도, 법적으로 문제될 소지가 다분했기 때문에 발등에 불이 떨어지고 나서 부랴부랴 해명에 나섰지만 송지원에 의해 불이 제대로 붙었다.

아주, 화르르 붙어 보라매를 집어삼켜 버릴 정도로 커졌다.

주식이란 게 너무나 민감한 단어였기 때문이다. 아주 제대로 얻어터진 보라매는 만신창이가 됐지만 누구도 불쌍하다고 생각지 않았다.

두 달.

'피지 못한 꽃송이여'는 기어코 '리틀 사이코패스'의 스코어를 제쳐 버리며 대기록을 찍었다. 하지만 기록 마감이 아니었다. 기록은 연일, 매순간 갱신 중이었다.

두 달.

모두가 행복해했던 시간.

대한민국의 국격이 상승(?)하던 시간.

그런 시간 동안 지영은?

여전했다.

아직, 집에 틀어박혀 있었다.

＊　　　　　＊　　　　　＊

시사회가 끝나고 두 달이 지나 선선한 가을의 한복판에 들어섰지만 지영은 여전히 외출을 삼가고 있었다. 물론 아무것도 안 하고 집에서 백수처럼 지내는 건 아니었다. 송지원이 보라매에서 보낸 시나리오를 전부 훑어보고 있었고, 글도 다시 쓰고 있었다. 물론 운동도 빼먹지 않았다.

그러는 동안, 지영은 정신이 상당히 많이 정화됐다.

특히 매일 때 묻지 않은 순수함을 지닌 지연이와 같이 오랜 시간을 보낸 게 가장 큰 도움이 됐다.

하지만 좋은 일만 있던 건 아니었다.

"네, 알겠습니다. 더 기다리겠습니다. 네, 네. 연락주세요. 후우……."

글을 쓰다 말고 받은 전화를 끊은 지영은 한숨을 내쉬었다. 부뚜막의 주모에게서 온 전화였다. 그곳에 넣은 의뢰는 비트코인을 지불하고 나서부터 바로 시작됐다. 하지만 아직까지 큰

진척이 없었다.

물론 부뚜막을 의심하진 않았다.

애초에 지영은 이 단체의 성향을 아주 잘 알고 있었다. 그리고 중간에 계속 보고를 해왔다. 짧게는 이틀에 한 번, 길면 일주일에 한 번, 어떻게 진행됐는지, 얼마를 썼는지, 어디에 의뢰를 했는지, 어디를 수소문했고, 어떻게 정보를 모으고 있는지에 대한 보고를 간략하게나마 지영에게 계속 전달해 줬다.

"하지만 그게 중요한 건 아니지……"

중요한 건 은재의 행방이었다.

스웨덴으로 넘어간 건 확인했고, 그곳에서 다른 곳으로의 출국 기록도 없다는 걸 확인했다. 물론 그걸 완전히 믿진 않았다.

"나처럼 다른 나라로 밀입국했을 가능성도 있으니까……"

돈만 있으면 위조 여권 만드는 거야 일도 아니었다. 물론 그 이전에 확실한 전문가를 확보해야 한다는 전제가 붙지만 대성그룹을 김은채가 움직였다면 그것 또한 그리 어려운 일은 아닐 것이다.

"정말 넌 끝까지 날 짜증 나게 하는구나."

김은채.

그녀가 얼마나 영악한지는 이미 중학교 때부터 알고 있었다. 그녀는 정말 팜므파탈의 정석이었다. 그녀가 가진 위험함은 가히 치명적이었다.

"아무래도 내가 널 너무 얕봤나 보네……"

5년, 지영이 이전과는 다른 삶을 살고 있을 때 동안 김은채도 전혀 다른 삶을 살았던 것 같았다. 병원에서 자신의 기세에 눌리면서도 악착같이 버텼을 때 알아봤어야 했는데, 그러지 못한 게 실수였다.

"이럴 때일수록 마음을 차분하게 먹어야지."

조급하게 움직이면 정말 모든 게 망하는 수가 있었다. 예를 들어 만약 김은채가 지영이 은재를 이런 방식으로 찾고 있는 걸 알게 된다면? 그땐 진짜 꽁꽁 숨길 것이다. 세상의 끝에다가 말이다. 김은채, 그 여자는 충분히 그러고도 남을 것이다.

"아무리… 배다른 자매라도 말이지."

지영은 글 쓰던 걸 저장하고, PC를 껐다.

자리에서 일어난 지영은 장시간 앉아 있어 뭉친 근육들을 풀어주곤 벽에 걸린 달력에 시선을 줬다.

"내일… 이 약속도 참 오래 밀렸네."

달력에는 내일 날짜에 붉은 동그라미가 쳐져 있었고, 동그라미 안에는 '대통령' 이렇게 적혀 있었다. 원래 임종선 실장에게 연락을 하고 며칠 뒤에 면담을 할 예정이었다. 하지만 갑작스럽게 G20 정상회담이 한국에서 열리는 바람에 그 준비로 청와대가 전쟁을 치르게 돼서 면담은 쭉쭉 뒤로 밀려 버렸다.

그래서 결국 G20이 지지난주에 끝나고 일주일 전 임종선 실장이 다시 연락을 해서 면담 일정이 내일 주말 토요일로 잡혔다. 그래서 내일 지영은 집으로 돌아와 첫 외출을 하게 됐다. 집에만 있었지만 지영은 그리 답답하진 않았다.

원체 혼자 있는 걸 좋아하는 즐기는 성격이기도 하고, 지연이랑 놀아주다 보면 시간 가는 줄 몰랐기 때문이다.

또한 정신적인 치유가 되고 있다는 걸 느꼈기 때문에 더더욱 집에 있는 게 아무렇지도 않았다.

'하지만 언제까지고 집에 있을 수는 없겠지……'

지영은 이제 슬슬 움직여야 할 때라고 느꼈다. 내일 대통령을 만나고 나면? 가장 먼저 할 일은 딱 정해져 있었다.

레이블 설립.

지영은 앞으로 1인 팀 체제로 갈 생각이었다.

그리고 그 준비는 임미정을 통해 거의 끝나가고 있었다.

세계 최고, 역사에 길이 남을 위대한 배우를 맡는 게 그녀의 꿈이었으니, 이제 그 꿈을 향해 한 발자국 내디딜 때였다.

임종선 실장은 오픈되어 있던 청와대를 지영의 편의를 위해 일주일 전에 비공개로 바꾸어놓는 센스를 보였다. 정순철을 통해 사전에 충분히 소지품 검사까지 받은 마당이라 안에 들어가서는 간단한 검사만 하고 바로 응접실로 이동했다.

응접실의 문이 열리고 단정한 사복을 입고 있던 이재성 대통령과 영부인 김숙영이 담소를 나누다 말고, 자리에서 일어나 지영의 가족을 반겨줬다. 지영은 강상만과 악수를 나누는 이재성을 보며 좀 놀랐다.

사실 응접실에서 좀 기다려야 할 줄 알았다.

보통 그렇기 때문에 고정관념이 있었던 것이다.

그러나 이재성 대통령은 먼저 와서 기다리고 있었다.

'이런 사소한 것 하나가 그 사람의 됨됨이를 보여주지.'

처음 볼 때부터 느꼈지만 이재성 대통령은 정말 사람으로도 괜찮은 사람이었다. 그런 그가 임미정과도 악수를 끝내고 지영의 앞으로 와서 섰다.

"어서 와요. 오는 데 불편한 점은 없었나요?"

"안녕하세요. 신경 써주셔서 불편한 점은 없었습니다."

"허허, 다행이네요."

그다음으로 지연이와도 눈높이를 맞추고 인사를 한 뒤, 직접 소파로 안내해 줬다. 지영의 가족이 먼저 앉고 나서야 그도 부인과 함께 자리에 착석했다.

"먼저 미안하다는 말씀을 드려야겠습니다. 본래 G20 회의는 서울에서 열기로 했던 게 아니었는데 급하게 변경되다 보니 준비가 급해 면담을 미뤄야 했습니다. 먼저 말을 꺼내고 약속을 미루게 되어 정말 죄송합니다."

"아닙니다. 충분히 이해합니다."

"허헛, 감사합니다."

이재성 대통령은 호탕하게 웃고는 강상만과 대화를 나누기 시작했다. 지영은 일단 조용히 듣고만 있었다. 지연이는 벌써부터 지루한지 다리를 구르며 장난을 치기 시작했다. 입도 조금씩 나오기 시작했지만 자리가 자리인지라 말리는 것도 그래서 지영은 그냥 머리를 쓰다듬어 주는 걸로 지연이를 달랬다.

10분간 그렇게 지연이를 달래고 있는데 응접실 문이 조용히 열리더니 30대 초반으로 보이는 여인과 그 여인의 손을 잡고 지연이 또래의 꼬마 숙녀가 안으로 들어왔다. 반짝, 지연이의 눈이 또래를 보자 별 가루라도 뿌린 것처럼 빛나기 시작했다.

"지연이랑 한 살 차이밖에 안 나는데, 가서 같이 놀래?"

김숙영 여사의 말에 지연이는 냉큼 고개를 끄덕였다.

"강지연, 대답해야지."

"네! 어… 그런데 그래도 돼요?"

얼른 대답한 지연이는 지영보다는 임미정의 눈치를 살살 살폈다. 임미정이 김숙영 여사를 반사적으로 바라봤고, 여사가 고개를 웃으며 끄덕이자 임미정은 지연이를 보며 고개를 끄덕여 줬다.

그러자 환하게 웃으며 바로 일어나 도도도. 달려가더니 또 앞에서는 멈춰서 쭈뼛거렸다.

이런 자리보다는 또래와 노는 게 더 좋아 가긴 갔는데, 처음 보는 친구니 막상 또 어색한 것이다. 그런 지연이의 모습에 지영은 피식 웃음을 흘렸다. 대통령 내외와 강상만, 그리고 임미정도 푸근하게 웃었다.

"감사합니다. 배려해 주셔서."

"허허, 괜찮습니다. 한참 뛰어놀 나이인데 얼마나 심심했겠습니까."

지영도 느꼈지만 이것도 아마 사전에 준비된 이재성 대통령의 배려가 아닌가 싶었다. 어제 잠들기 전에 이재성 대통령에 대해 좀 알아봤었다. 인권 변호사 출신 대통령. 사람 좋은 인상이지만 단호한 행동력이 장점이고, 국민을 첫 번째로 생각하며, 자신보다 국민이 위에 있다는 마음가짐을 늘 품고 있는 대통령.

그런 대통령 슬하에는 일남일녀를 뒀는데 딸은 시집을 갔지만 실제 사는 곳은 청와대가 아니다. 그런데도 오늘 여기에 와 있는 걸 보니 아마 지연 때문에 일부러 부른 것 같았다. 지영은 이런 배려 하나하나가 참 마음에 들었다.

지연이가 나가고 다시 30분 정도 더 담소를 나눴다. 대화는 주로 강상만과 이재성 대통령을 중심으로 흘러갔다. 쉬는 날이라 정치, 외교에 대한 의견을 나누지는 않았고 그저 기본적인 대화가 주를 이뤘다.

그러던 차에 김숙영 여사가 지영을 빤히 보다가 말했다.

"지영 군, 아, 군이라고 호칭해도 괜찮을까요?"

"네, 물론이에요."

"호호, 영화 너무 잘 봤어요. 영화가 끝나고도 얼마나 울었는지 몰라요."

"과찬이세요."

"아니에요. 저는 그 시대를 살지 않았지만 문헌을 통해 충분히 알고는 있었거든요. 그런데 어쩜 시대적 감정을 그리 잘 드러냈는지… 엉엉 소리 내서 울 뻔한 적이 한두 번이 아니었어요."

"……."

시대적 감정이라.

알 수밖에.

지영이 그 시대를 살았으니.

다만 지영은 그 시대의 감정을 안 좋은 영향만을 보고, 배우고, 느꼈다. 그럴 수밖에 없는 게 커가면서 민족의 광복을 위해 스파이로 성장했고, 성인이 되기도 전에 일선에 뛰어들어 임무를 수행했다.

그런 임은이의 기억 속에 두 친우는 과실이었다.

배어먹으면 너무나 달콤한, 그 달달한 맛에 세상 행복한 표정을 지을 수 있는.

"주인공 중 한 명인 임은이 또한 실존 인물이라고 들었어요. 맞나요?"

"네, 맞습니다. 증거 자료나 문헌은 장 감독님이 가진 장무언 일기가 전부지만 분명 실존했던 인물입니다."

"어쩜……."

역사는 사실 밝혀진 것보다 숨겨진 게 더욱더 많다. 정말 굵직한 게 아니라면 대단한 것도 한줄기 글귀로 남아버린다. 왜? 승자와 패자의 역사가 서로 다르니까. 일제시대 또한 마찬가지였다.

광복을 이루었으니, 승자였을까?

지영은 고개를 저었다.

한민족은 철저한 패자였다.

모든 것을 약탈당하고, 너무나 피폐하고, 참혹한 시기를 견뎌야만 했다.

광복?

분명 기뻐 마땅치 않아야 할 일이다.

덩실덩실 춤을 추어야 할 일이다.

하지만 그걸 위해 스러져 간 영령의 수가 감히 손가락으로 셀 수 없을 정도로 많았다는 것 또한 역사의 이면에 잠들어야 했다.

왜?

밝은 빛이 아닌, 어둠 속에서 활동했기 때문이다. 따라서 본명이 아닌 가명을 사용해야 했고, 그랬기 때문에 본명을 대도 가명 때문에 찾지 못하고, 가명을 대도 본명이 달라 찾지 못하는 사태가 발생했다.

임은이가 그랬다.

그걸 생각하면 정은정은 정말로 잘된 케이스였다. 그녀 또한 가명으로 독립 자금을 댔고, 그게 걸려 끝내 모질다 못해 참담한 고문에 생을 잃었다.

"어머……."

지영의 표정이 이상했던 걸까? 김숙영 여사가 손으로 입을 가리고 놀란 표정을 짓고 있었다. 지영은 얼른 표정을 풀었다.

"죄송합니다."

"아니에요. 표정이 너무 슬퍼 보여서… 좀 놀랐을 뿐이에요, 호호. 그러니 신경 쓰지 말아요."

김숙영 여사는 포근한 미소로 지영을 달랬다. 그녀는 임미정과는 달랐다. 임미정이 강할 때는 강하고, 여릴 때는 또 연약하다면 김숙영 여사는 수녀님 같았다. 마치 모든 걸 포용하는 그런 수녀님. 지영은 그래서 김숙영 여사가 이재성 대통령과 참 잘 어울린다는 생각이 들었다.

그런 생각을 하는 지영에게 이재성 대통령의 목소리가 날아들었다.

"지영 씨, 답답하면 저기 발코니 가서 바람 좀 쐬고 와도 돼요."

"아… 죄송합니다. 잠시 실례하겠습니다."

"허헛, 괜찮습니다."

지영은 이어서 강상만과 임미정에게 말하고는 발코니로 나갔다. 밖으로 나가자 선선한 가을바람이 지영을 반겼다. 서울의 공기라 그리 상쾌하단 느낌은 못 받았지만 그래도 잠시 기분을 전환하기엔 나쁘지 않았다.

지영은 발코니에 기대서 주변을 둘러봤다.

잘 손질된 조경과 곳곳에 보이는 경호원들을 보니 여기가 청와대긴 청와댄가 보다 하는 생각이 들었다.

조경사가 지영을 발견하곤 밀짚모자를 벗고 가볍게 고개 숙여 인사를 해왔다. 지영은 자세를 바로 하고 마주 인사를 했다. 그러자 조경사는 바로 자기 할 일을 했다. 지영은 그걸 보며 또 피식 웃고 말았다.

'사람 냄새 가득 풍기는 곳이네.'

권위주의는 깨끗하게 갖다 버린 환경이었다. 휘이잉. 잠시간 불어오는 바람을 눈을 감고 얼굴로 맡고 있는데 뒤에서 인기척이 들려왔다. 지영은 천천히 눈을 떴다.

"좀 괜찮습니까?"

"네, 신경 써주셔서 좋아졌습니다."

이재성 대통령이었다.

그의 뒤로 부모님이 김숙영 여사와 담소를 나누고 있는 모습이 보였다.

"자리가 안 좋긴 하지만 지영 씨와 이렇게 둘이 얘기를 나누고 싶었습니다."

"네, 예상은 하고 있었습니다."

"허헛, 그렇습니까?"

"네."

일국의 대통령이 뭐 그리 한가하다고 자신을 이렇게 불렀을까? 그 이유를 생각해 보면 충분히 알 수 있는 일이었다. 언론에 알려진 것처럼 지영에 대한 압박은 이재성 대통령이 바리케이드가 되어 정면으로 맞서는 중이었다. 그런 사실들과 그의 성품을 생각하면 답은 충분히 나왔다.

지영은 가만히 기다렸고, 이재성 대통령은 잠시 뜸을 들였다. 그리고 1분쯤 지나 큼큼 목을 가다듬은 그가 입을 열었다.

"답답하지요?"

"음……."

많은 의미가 함축적으로 들어간 질문이었다.

신변 불안.

외신에서, 특히 미국 쪽 외신에서 쏟아내는 기사들을 보면 답답하지 않다고 말할 수는 없었다. 사실 지영 본인이야 괜찮았다. 이 정도야 충분히 참을 정신력을 지녔기 때문이다. 실제로도 참고 참아, 끝끝내 복수까지 완수했던 지영이다.

그러니 이 정도야 그냥 거치적거릴 뿐, 그리 답답하진 않았다. 집에 있는 것도 정신적 회복의 시간이라 생각하고 있는 중이니 더욱 더 문제가 없었다. 하지만 다른 사람이라면? 일반적인 배우라면?

지영이 그냥저냥 보낸 시간은 그 사람에겐 정말 참기 힘든 시간이 됐을 게 분명했다.

"많이 답답한 거 잘 알아요. 그러나 이 사람이 열심히 해결하고 있으니 조금만 더 참아줄 수 있을까요?"

"아닙니다. 전 지금도 괜찮습니다. 생각하시는 것보다 제가 정신력은 좀 좋거든요."

"허헛, 그렇습니까?"

"네, 걱정 마세요. 저는… 쉽게 무너질 생각이 없습니다."

싱긋 웃는 지영의 미소에 담긴 의지를 읽은 이재성 대통령은 허허허, 할아버지 같은 웃음을 터뜨렸다. 그러곤 그는 발코니 난간에 팔을 기대곤 청와대의 정원을 바라보며 조용한 목소리로 말했다.

"사실 이 자리에 앉고 나서 후회도 참 많이 했습니다. 안사람이 원했던 대로 시골로 내려가 유유자적 남은 세월을 즐길걸, 왜 이리 힘든 자리에 앉아서 사서 고생을 하고 있나. 그런 생각이 가끔씩 들 때가 있습니다. 내 마음대로 잘 안 풀릴 때 특히 그래요."

"……."

지영은 조용히, 잠자코 들었다.

그도 대답을 바란 건 아닌지 숨을 몰아쉬곤 다시 말을 이었다.

"그런데 이번에 지영 씨 일이 있고 난 뒤에 참 이 자리에 내가 앉아 있어서 다행이단 생각을 처음으로 했습니다."

"……."

"국민을 지키는 것은, 힘든 일이에요. 국민의 자유와 생활을 지키기 위해서는 이 나라가 가진 힘이 턱없이 부족하기 때문이지요. 미국은 강대국입니다. 그 사고에 휘말렸던 다른 나라의 승객들 역시 강대국의 국민이지요. 이번에 열린 정상회담도 사실은 그런 강대국의 입김이 작용했어요."

"아……."

그렇게까지… 하는 건가?

미국은 참 대단하단 생각이 들었다.

"지영 씨도 예상했겠지만, 그들은 아직 만족하지 못했어요. 만비지? 그곳에 있던 몇 개의 비밀 기지를 소탕한 것 같지만 그 정도로는 구겨지다 못해 태평양 해 깊숙한 곳까지 처박힌 그들의 자존심이 회복할 순 없습니다. 그래서 그들은 좀 더 자세한 걸 원합니다. 이를테면……."

"……."

이게 본론이구나.

지영은 본능적으로 느꼈다.

그래서 선수를 쳤다.

"비행기를 직접 노린 테러리스트에 대한 정보 말입니까?"

지영의 말에 이재성 대통령은 놀란 눈으로 지영을 바라봤다. 예상도 못 했는지 입까지 멍하니 벌린 채였다. 지영은 예상했었기 때문에 이렇게 대화가 흘러갔을 때를 대비해, 충분하게 대비를 해놓았다.

"대통령 님, 정순철 실장을 통해 전부 솔직하게 증언했습니다. 테러리스트들은 방독면을 쓰고, 수면 가스 공격을 감행했다고요. 그 말에는 한 치의 거짓도 없습니다."

"아⋯⋯."

정말이다.

이 말에는 한 치의 거짓도 없었다.

그래서 지영의 얼굴에는 조금의 불안감도 없이, 떳떳하기만 했다.

대비란 바로 이거다.

이 안에, 진실 안에 진실을 숨겨 버리는 것.

비행기를 납치했던 테러리스트들은 이제 이 세상에 없었다.

지영이 악착같이 찾아내, 모조리 묻어버렸기 때문이다. 찾지도 못할 것이다. 찾지 못할 방법으로 묻었으니까.

"눈을 떴을 땐 이미 남녀가 따로 나눠져 사지가 결박당한 상태였습니다. 비행기가 내리고 나서는 머리에 복면이 씌어졌고, 그 상태로 다른 이들에게 인계 이후 짐승처럼 우리가 갇혀 알 수 없는 곳으로 끌려갔습니다."

"⋯⋯."

"그리고 그다음 일도 정순철 실장에게 다 사실 그대로 얘기했습니다만⋯⋯. 일 년이 넘게 설득당했고, 마지막엔 소정 누나를 인질로 저를 설득하려 했습니다. 하지만 그때 이미 누나는… 죽어 있었습니다."

"……."

"그 새끼들은… 누나를 제 앞에서……."

"죄송합니다. 지영 씨, 그만 말해도 돼요."

"……."

지영은 흥분하지 않았다.

다만, 다시 한번 각인시켜 주고 싶었다.

하지만 그런 마음에서 나온 지영의 말을 이재성 대통령은 듣기 힘들었는지 얼굴이 잔뜩 굳어 있었다.

그리고 미안했던지, 손을 뻗어 지영의 손을 잡아왔다.

지영은 그 손을 뿌리치지 않았다.

이재성 대통령의 체온이 느껴졌다.

그렇게 손을 잡은 채 그는 지영에게 단단한 목소리로 말했다.

"내 무슨 일이 있어도 지영 씨의 일상이 어긋나지 않게 힘쓰겠습니다. 그러니 이제부터는 이 사람을 믿어주시고, 하고 싶은 일을 마음껏 하셔도 됩니다."

"네, 감사합니다."

제대로 먹혔다.

하지만 회심의 미소 같은 건 짓지 않았다.

"이제 들어갈까요? 슬슬 점심시간입니다, 하하."

"네."

그가 먼저 안으로 들어가고 지영이 뒤따라 들어갔다. 이재성 대통령은 이후 지영의 가족을 식당으로 안내했다. 청와대의 식사는 제법 맛있었다. 깔끔한 맛이 임미정이 해주는 맛과 비슷해 맛있게 먹을 수 있었다. 그 이후 티타임을 한 번 더 가지고, 지영은 청와대를 나섰다.

대체 얼마나 열심히 논 건지 집으로 오는 길에 지연이는 잠들었고, 지영은 두 분 부모님과 가벼운 얘기를 나누다 보니 어느새 집이었다.

"지영 씨?"

"네?"

강상만이 지연이를 안고, 임미정이 그 뒤를 따라 들어가자 정순철이 조용히 지영을 불렀다. 돌아서서 그를 보니 살짝 웃고 있는 정순철의 얼굴이 보였다.

"잠시 대화 가능합니까? 오래 안 걸립니다. 한… 오 분?"

"네, 물론이에요. 올라가시죠."

"네."

정원 한쪽에 있는 벤치에 그를 안내한 지영은 들어가서 마실 걸 가지고 나왔다. 치익, 캔에서 김빠지는 소리가 들렸다. 아, 맥주는 아니었다. 대낮인 만큼 가벼운 탄산음료를 가지고 나왔다.

"캬아, 시원하네요. 음료수 감사합니다."

"별말씀을요. 하실 말씀이라는 게?"

"그리 대단한 건 아닙니다. 오늘부터 지영 씨 외출에 대한 건 많이 풀렸습니다. 주변에 있는 위험 요소는 없다는 판단을 회사 상부가 내린 모양입니다."

"그런가요?"

이제는 자유롭게 외출할 수 있다는 말이라, 지영은 반색했다. 답답할 정도는 아니었지만 그래도 어느 정도 제약이 있긴 했었다. 넘어야 할 산 같은 상황이라 조용히 참고 있었을 뿐이었다.

"네, 그래도 혹시 몰라 회사원 몇 명이 주변에 있을 겁니다만, 근접은 아니고 간접 경호니 크게 신경 쓰이지는 않을 겁니다. 나름 뛰어난 친구들이니까요."

"그렇군요. 알겠습니다."

그리고 역시, 완전히 풀린 것도 아니었다.

지영에 대한 각국의 감시가 풀린 것뿐이지, 관심이 사라진 건 또 아니었기 때문이다. 하지만 그 정도만 해도 지영의 활동 반경은 확 늘어난다.

"혹시 뭔가 이상하거나, 무슨 일이 생기면 이 번호로 바로 연락주시면 됩니다. 지영 씨 직통이라 항시 대기거든요."

"음… 이거 좀 미안하네요. 이런 일 하려고 회, 사, 들어간 것도 아니실 텐데."

"하하, 저희는 국민을 위해 일합니다. 그 일에 경중은 없지만 그래도 지영 씨의 일은 저희 회사에서 중요하게 생각하는 프로젝트입니다. 그러니 너무 미안해 마세요."

"알겠습니다."

나라의 녹을 먹는 이가 나라의 주축인 국민에게 봉사한다.

솔직히 어떻게 보면 아주 당연한 일이라 지영은 이 당연한 일을 기쁘게 받아들이기로 했다.

"혹시 궁금한 게 있습니까?"

"아니요."

"그럼 저는 이만 가보겠습니다."

"네, 그간 고생하셨어요."

"하하, 당연한 일을 했을 뿐입니다. 그럼."

정순철은 그대로 일어나 지영에게 손을 뻗었다.

당연히 악수를 하자는 의미라 지영은 그 손을 가볍게 잡아 줬다.

씩 웃은 정순철은 이내 손을 놓고 집을 나섰다.

나갈 때까지 그의 등을 빤히 보던 지영은 피식 웃었다.

당연한 일은 한다고는 하지만 솔직히 엄청 대단한 일을 하는 거다. 저런 '회사'에 다니는 사람들은 당연하지만 프라이드가 세다. 그런데도 귀찮은 척, 싫은 내색 하나 없이 지영의 근처에서 지금까지 세달 가까이 근접 경호 및 비서처럼 일을 해줬다.

"아!"

그런 그가 후다닥 종이와 펜을 들고 다시 들어왔다.

"저… 사인 좀 얻을 수 있을까요? 딸아이가 지영 씨 광팬이 라… 하하."

"푸하하!"

"아하하… 멋지게 나갔는데, 참 아깝습니다."

"프흐, 네. 해드릴게요."

지영은 정순철의 모습에 크게 웃고는 그의 바람대로 사인을 해줬다. 사랑하는 정은지에게, 라고 꼭 써달라기에 그것도 써줬다. 그는 사인을 받고는 이번엔 진짜 간다며 떠났다. 그가 떠나고도 지영은 피식 피식 웃었다. 그러곤 건물 뒤쪽으로 슬쩍 돌아가 품에 손을 집어넣었다.

치익, 치이익.

"후-우, 그간 정이라도 들었나? 이상하게 서운하네……."

아무래도 자신에게 모든 걸 맞춰주다 보니, 서소정의 그림자를 지영은 진하게 느꼈다. 하지만 담배 한 대를 다 피우는 동안 그런 감정은 깨끗하게 지워냈다. 탈취제를 뿌린 지영은 집으로 들어갔다.

거실에서 강상만과 임미정이 담소를 나누고 있어 옷만 갈아입고 다시 나온 지영은 둘 앞에 앉았다.

"이제 밖에 좀 나가도 된대요."

궁금해할 것 같아 먼저 말하자 두 사람의 눈이 동그래졌다.

"그러냐?"

"네. 여행 갈까요? 아, 아버지 바쁘시지……."

"하하, 바쁜 게 먼저냐? 아들이랑 여행 가는 게 먼저지."

"나는 왜 빼요? 지연이도!"

그렇게 말하며 임미정이 옆구리를 툭 치자 강상만이 머쓱한 표정을 지었다. 항상 단단한 모습만 보여주던 강상만은 요즘 표정이 상당히 풍부해졌다. 그게 자신 때문인 게 분명하긴 한데, 좋은 모습이라 이걸 좋아해야 할지 난감해야 할지 지영은 갈피를 잡지 못했다.

"어디로 갈까?"

임미정의 물음에 지영은 잠시 고민하다가, 적당한 곳을 떠올렸다.

"충주로 가죠. 거기 글램핑장이요."

"아, 조정 경기장?"

"네, 이상하게 전 거기가 좋네요."

"그래, 그러자. 당신 시간 낼 수 있어요?"

임미정이 그렇게 강상만에게 묻자, 그는 퇴직서를 내서라도 다음 주 휴가를 받겠다는 다짐을 했다. 그 말에 지영은 풋 하고 웃다가, 다시 잠시 씁쓸한 기분을 느껴야 했다.

충주 조정 경기장.

그곳에서 은재와 자신의 마음을 서로 확인했다.

이후에 서로는 연인이 되었고, 서로를 위해 웃어줬다.

지영은 어쩌면 그곳에서 봤었던 미소가 자신의 기억 속에 있는 은재의 미소 중, 가장 밝은 미소라 생각했다.

순수함의 결정체.

지영에겐 그런 의미의 미소였다.

그리고 지영이 야외로 놀러간 곳은 정말 몇 군데 없었다.

그중 가족과 은재를 추억할 수 있는 곳은 충주가 유일했다.

"이제 어떻게 할 생각이냐. 다시 활동을 시작할 거니?"

"네? 아, 네. 슬슬 준비하려고요."

"네 엄마한테 부탁한 대로 일인 기획사 차리고?"

"네. 힘들겠지만, 혼자 할 생각이에요. 아, 물론 팀원은 구했어요. 옛날에 같이했던 성은 누나랑 정연 누나는 이미 섭외 끝났고요."

"그러냐. 그래, 너도 이제 애가 아니니까 알아서 잘할 거라 믿는다. 대신 계약하거나 이런 건 꼭 엄마 도움 받고. 네 엄마가 그쪽으로는 전문가 아니냐."

"네, 그럴 생각이에요."

지영은 그렇게 대답하고 임미정을 보며 바로 말을 이었다.

"적당한 사무실 하나 알아봐 주실 수 있어요?"

"사무실?"

"네, 돈은 있지만 건물을 사긴 그렇잖아요. 시작은 사무실 하나 계약해서 해보려고요."

"그래? 엄마가 알아볼게. 집이랑 가까운 게 좋을까? 아니면 강남 쪽에?"

"너무 멀지만 않으면 어디든 상관없어요."

"내일부터 알아볼게."

"네, 부탁드릴게요."

이후 임미정은 레이블 설립이 거의 끝나간다고 알려주곤 지연이에게 가본다며 일어났고, 부자(父子)만 거실에 남았다가 소소한 대화를 한 5분 정도 하고 강상만은 서재로, 지영도 방으로 돌아왔다.

방으로 돌아온 지영은 PC를 켜고, 요즘 쓰고 있는 소설을 다시 쓰기 시작했다. 첫 번째 매향유정은 로맨스 소설이었고, 두 번째 소설 또한 장르는 비슷했다. 하지만 스릴러의 향이 매우 짙었다.

매향유정에 애틋함이 가득했다면, 이번 소설은 치정(癡情)이 얽혀 있는 로맨스였다.

아주 옛날에 유행했던 대사인 가질 수 없다면, '부숴 버리겠어' 그 대목을 키워드로 삼아 쓰는 소설이었다. 밝은 글을 쓰고 싶었지만 정신적으로 그럴 감정이 들지 않았다. 물론 치정이 전부가 아니었다.

한쪽은 치정. 한쪽은 헌신.

서브 키워드가 헌신인 만큼 안타깝고 답답한 감정 또한 글 속에 녹여 넣을 생각이었고, 지금까지 착실히 진행되고 있었다. 원고는 거의 마무리 단계였다. 지금 쓰는 마지막 장면은 어리석은 선택을 한 주인공이 진한 '후회'와 '그가' 옆에 없다는 공허함에 몸부림치는 장면이었다.

솔직히 마이너 장르라 이 글이 잘 팔릴 거란 기대는 안 했다. 대신 옛날 도쿄에서 느꼈던 것처럼 지영은 영화와 소설에 자신의 서랍의 한을, 넋두리를 넣기로 했고, 이 소설 또한 몇 개의 기억 서랍이 사용됐다.

'헌신.'

그건… 매우 어렵고도, 힘든 일이었다.

절대로 평범한 사랑으론 헌신적일 수 없었다.

사랑 그 이상의 감정을 지녀야만 가능한 것이 바로 헌신이라 생각했고, 지영에게는 999번의 삶이 있었기에 그 감정들을 녹여 넣는 게 가능했다.

따각, 따각따각따각.

키패드 누르는 소리가 규칙적으로 지영의 방을 울렸다.

한참을 쓰다 보니 어느새 에필로그 작성까지 끝냈고, 지영은 저장 버튼을 누르고 파일을 껐다.

그리고 파일의 이름을 수정했다.

나'만' 바라봐 줄래요?

지영의 두 번째 소설의 제목이었다.

지잉, 지잉.

막 제목을 저장하는데 폰이 울렸다.

발신번호, 0.

부뚜막이었다.

"네, 강지영입니다."

─부뚜막의 주모입니다.

"네."

─좀 전에 스웨덴에서 연락이 왔습니다. 공주님은 올 사 월 경, 노르웨이로 넘어간 것으로 판단됩니다.

"음?"

예상은 했었다.

유럽은 밀입국이 생각보다 엄청 쉬운 곳이니까.

하지만 지영이 의문의 탄성을 흘린 건 그 말 때문이 아니었다.

"판단이요?"

─네, 모든 증거는 잡았다고 연락이 왔지만 본인 얼굴을 확인 못 했습니다.

"그쪽 정보력은 어느 정도인가요?"

─국가 기관 요원들이 뒷돈을 받으려고 차린 업체입니다.

"아……."

아무리 청결해도 하나둘은 부패하게 마련이다.

천 명의 사원이 있는 기업이 있는데 그 기업이 청정하기로 소문이 났다고 해도 천 명 전부가 그럴 수는 없는 노릇이었다. 인간의 욕구 중 욕심이 그걸 불가능하게 만들기 때문이다. 그리고 그건 아마 강상만이 이끄는 검찰 조직도 마찬가지일 것이다.

─육 개월 간격으로 따라잡았습니다. 본 막은 곧 의뢰 결과를 받을 수 있을 거라 예상합니다.

"추가 요금이 있나요?"

─최초에 말했던 대로 추가 요금은 본 막에서 책임집니다. 그 부분은 걱정하지 않아도 됩니다.

"적자 아닌가요?"

─그건 저희들의 일입니다. 의뢰인이 신경 쓸 일은 아닙니다.

"그렇군요. 그럼 다음에는 더 좋은 중간 보고를 들을 수 있으면 좋겠네요."

─그 마음에 부합되는 보고를 들고 다음에 다시 전화하겠습니다. 그럼.

뚝.

기계음 잔뜩 섞인 목소리가 사라지고, 지영은 의자에 등을 깊숙이 묻었다.

"육 개월……."

5년의 세월을, 6개월로 좁혔다.

저 말이 사실이라면 곧 은재의 행방을 알 수 있을 것 같았다.

별다른 변수만 없다면 말이다.

지영의 머릿속으로, 한 여자가 떠올랐다.

치명적인 독을 포함한 김은채였다.

하지만……

"만약 이번에도 장난질 친다면……"

지영은 씩 웃었다.

김은채가 치명적인 독을 품은 마녀라면, 지영은 그 마녀를 꿀꺽 삼킬 뱀이 될 수도 있었다. 그리고 되도록 그런 일은 벌어지지 않길 바랄 뿐이었다.

"부디 잘 선택해라, 김은채."

덤덤한 목소리로 나온 지영의 혼잣말은 진심을 담은 경고이자, 부탁이었다.

이재성 대통령을 만나고 사 일 뒤, 지영은 임미정이 알아보고 직접 계약해 준 사무실에 처음으로 출근했다. 아직은 사무 집기가 하나도 없이 소파 하나만 덜렁 있는 휑한 사무실이지만 지영은 만족했다.

깔끔하게 분리된 파티션과 넓은 공간은 월세가 상당히 빡세게 들어가긴 하지만 그거야 지영의 한 달 수입에 비하면 별로 많이 나가는 것도 아니었다.

"어때, 마음에 드니?"

"네, 정말 마음에 들어요."

임미정의 말에 지영은 웃으며 대답했다.

아닌 게 아니라 위치도 위치지만, 사무실의 느낌이 참 좋았다. 특히 뭔가 아늑한 느낌이 들어 더욱 마음에 들었다.

"저쪽에 분리된 공간은 아들이 쓰면 될 것 같고, 직원들 뽑으면 이쪽 파티션 쓰면 되고."

"네, 그게 좋겠네요."

그리고 한쪽에 10평 정도의 면적을 사용하는 작은 방이 있었다. 화장실까지 딸려 있는 그 방은 지영이 조용히 작업하기에 딱 좋은 공간이었다.

"직원은 어떻게 할 생각이니?"

"일반 사무직원은 새로 뽑아야죠. 메이크업이랑 코디는 성은 누나랑 정연 누나가 도와줄 거고요."

"음… 로드 매니저는? 운전도 해야지."

"음… 뽑아야겠죠?"

"아들이 아직 면허가 없으니 그래야겠지? 생일 지났으니까 남은 시간 동안 면허 좀 따놓자. 그래야 움직이기 편하지."

"네."

지영의 생일은 3월 초다. 이미 한참 전에 지났으니 면허를 따는 건 법적으로 아무런 문제가 없었다. 임미정은 로드 매니저는 언급했지만, 매니저는 언급하지 않았다. 서소정 때문이었다. 지영도 그걸 알았지만 굳이 따로 말을 하진 않았다.

지금 지영은 매니저를 둘 생각이 없었다.

서소정에게 미안한 건 둘째 치고, 그녀처럼 자신에게 딱 맞는 매니저는 구할 수 없을 거란 생각 때문이었다. 하지만 언제까지고 매니저를 안둘 수도 없어 이 부분은 지영도 좀 곤란한 상황이었다.

하지만 지금 당장 급한 일은 아니었기에, 잠시 동안은 혼자 움직일 생각이었다.

그렇게 임미정과 얘기를 나누고 있는데 미리 연락을 해뒀던 사무기기들이 하나둘씩 들어오기 시작했다. 아무래도 여성 직원들이 많아질 테니 편의를 위해 독립된 공간을 따로 휴식 공간을 챙겼다.

특히 오침(午寢)을 위해 2층 침대를 네 개나 들여놓는 지영의 선택에 임미정은 장하다며 엄지를 척 내밀었다.

물론 지영의 방에도 침대는 하나 놨다.

4시쯤 돼서 인터넷 기사가 와 작업을 끝내고 가자 전반적으로 사무실 기능할 최소한의 조건이 갖춰졌다.

임미정이 준비해 온 직원 채용 공고를 올리고 나자 오늘 할 일은 전부 끝났다. 사무실을 나서 지연이를 픽업하고 장을 보고, 집으로 오자 벌써 저녁 8시가 됐다. 하지만 쉬기엔 아직 일렀다. 내일은 여행을 가는 날이라 준비할 게 상당히 많았다. 강상만도 돌아오자마자 짐을 챙겨 차에 하나둘씩 실었다.

임미정은 가서 해먹을 요리를 만들기 시작했다.

신기하게도 강씨 집안은 넷이 전부 입맛이 달랐다.

캠핑으로 예를 들면 지영은 기름기가 좀 적은 두툼한 목살을 선호한다. 반대로 지연이는 기름기 넘치는 삼겹살 종류를 좋아하고, 임미정은 해산물, 강상만은 닭갈비를 좋아한다. 그런데 한술 더 떠서 그냥 생으로 먹는 것보단 간간하게 양념에 재워 하루 정도 숙성시킨 것을 좋아한다.

솔직히 이러면 임미정의 입장에선 한숨이 나올 일이지만 지영이 오고 나서 첫 여행이라 콧노래까지 흥얼거리며 준비를 했다. 지영은 강상만을 도와 캠핑 도구를 차에 싣고 있었다.

"다 됐다."

"다 실었어요?"

"그래, 아빤 들어가서 야식 시키마. 족발이랑 보쌈 시킬 건데, 괜찮지?"

"네, 저는 좋아요."

"그래, 날 쌀쌀하니까 오래 있지 말고 들어와라."

"네."

짐을 다 싣자 먼저 들어간다는 강상만. 그는 요즘 지영이 담배를 태우는 걸 알고도 모른 척해줬다. 아니, 지금처럼 자리까지 비켜줬다. 지영은 그게 고맙고, 죄송했다. 세상천지 어느 부모가 자식이 담배 피우는 걸 좋아하겠는가.

하지만 지영은 아직 담배를 끊지 못했다.

몇 년 간 입에 물었던 담배를 하루아침에 끊는 건 솔직히 무리였다. 그리고 지영은 담배로 인해 체력적인 문제를 겪고 있진 않았다. 많은 사람이 오해하는 게 담배가 체력을 깎아먹는다고 생각하는데, 이건 사람마다 달라 정답이 있다고 하긴 어렵지만 지영의 경우는 아니었다.

아무런 운동도 안 하고 담배를 태우면 체력이 좀 떨어지긴 한다. 하지만 꾸준히 운동을 해주면 체력적으로 큰 문제는 없었다. 아니, 그 이전에 담배를 안 피워도 운동을 안 하면 체력은 떨어지게 마련이었다.

치익, 치이익.

"후우……."

등이 살짝 젖을 정도로 몸을 움직이고 피우는 담배는 솔직히 나쁘지 않았다. 그리고 많은 애연가들이 담배를 피우는 이유는 보통 습관 때문이지만 그래도 좋은 점은 하나 있었다. 답답할 때, 그럴 때 피우면 어느 정도 해소되는 것 같은 플라세보 효과를 받는 게 가장 큰 장점이었다.

물론 그 장점이 담배의 해로운 효과를 이기는 건 또 아니었다.

집으로 들어가 야식을 먹고, 다음 날 지영은 오랜만에 아침 일찍 일어나 준비를 했다. 차가운 새벽 공기를 맞으며 집을 나서 충주로 떠났다. 2시간쯤 달려 조정 경기장에 도착했다. 예약한 두 개의 텐트에 짐을 풀고, 지영은 산책에 나섰다.

아침 10시. 이른 시간이었지만 글램핑 장에 사람은 드문드문 보였다. 하지만 전부 지영처럼 글램핑을 즐기러 온 사람들은 아니었다.

'하나, 둘, 셋… 일곱. 아직도 많이 있구나.'

다들 사복 차림이지만 지영은 '회사' 사람들을 정확하게 잡아냈다. 정순철은 인원을 좀 줄였다고 했지만 지금도 적지 않은 수였다. 그래서 지영은 원래는 몇 명이나 있었던 걸까 하는 의문이 들었지만, 중요한 문제는 아닌지라 머릿속에서 지웠다.

"후우, 좋네."

강바람이 제법 시원하게 불었다.

서울에 비하면 확실히 공기가 좋아서 가슴이 정화가 되는 느낌이었다. 이후엔 그냥 벤치에 앉아 흐르는 강물을 바라봤다. 그러다 보니 은재가 했던 말이 자연스레 떠올랐다.

'차분해 보인다고 했던가?'

한강은 급해 보였고, 저 강은 차분해 보인다고 했었다. 문학적 표현이고, 그때도 지영은 이해했지만 지금은 그때보다 훨씬 깊게 이해할 수 있을 것 같았다. 여유. 이곳엔 여유가 있었다. 주변을 둘러봐도 사람들의 표정은 느긋했다. 이 차분한 공간을 즐기다 보면 어느새 저런 얼굴들이 되는 게 아닌 생각이 들었다.

"어?"

지나가던 커플이 지영을 알아봤다.

"안녕하세요?"

"어… 네, 안녕하세요. 와, 우와……. 맞죠?"

"아마 생각하는 사람이 제가 맞을 거예요. 커플 여행 오셨나 봐요?"

"네, 네! 우리 자기가… 여기 좋다고 해서……."

여성은 지영을 보고 놀랐으면서도 잘 대답했다.

그러면서도 남자에게 찰싹 붙어 있었는데, 지영은 그게 보기 좋았다. 그리고 부럽기도 했다. 물론 내색은 하지 않았다.

"저……."

"사인이요?"

"네, 네! 그, 사진도 좀⋯⋯."

"네. 사진도 찍어드릴게요. 부탁 하나만 들어주시면요."

"뭐, 뭔데요?"

지영이 부탁하고 싶은 건 별것 아니면서도 어려운 일이었다.

"사진 인터넷에 올리고 자랑하셔도 되는데, 주말 지나고 올려주시면 안 될까요? 가족끼리 여행 왔는데 사진 올라가면⋯ 여기 미어터질 것 같아서요."

"아! 그럼요! 저희도 조용한 게 좋아요!"

"감사합니다. 그럼 같이 찍어요."

"꺄아⋯⋯! 감사합니다!"

여성은 신이 나서 남자 친구를 끌고 지영의 옆으로 와서 섰다. 남자의 표정은 나쁘지 않았다. 오히려 그런 여자 친구를 사랑스럽게 바라봤다. 나이는 지영보다 많아야 두세 살 많아 보였는데 굉장히 가슴이 넓은 사람인 것 같았다.

"자, 찍어요!"

찰칵! 찰칵! 포즈를 바꿔서 다시 찰칵! 찰칵! 남자 친구가 웃으면서 빠져주고 둘이서 다시 찰칵! 찰칵! 총 여섯 장을 찍고 나서야 여자는 꾸벅 인사를 했다.

"감사합니다!"

"뭘요, 겨우 사진인데요."

힐끔, 근처에 대기 중이던 '회사원'들이 긴장한 게 보였다. 일곱의 시선이 죄다 지영과 앞에 커플에서 쏠려 있었다.

'아……'

지영은 좀 반성했다.

생각해 보니까 자신이 이렇게 팬들 부탁을 다 들어주면 저 사람들이 진짜 피곤할 게 분명했다. 검증되지 않았으니 호의를 가진 사람인지, 악의를 가진 사람인지 저들로서는 저렇게 떨어져선 확인이 불가능했다. 만약 악의를 품었고, 갑자기 사진 찍는 순간에 지영에게 해코지라도 한다면?

그들로서는 생각만으로도 아찔한 상상일 것이다.

게다가 그렇다고 지영에게 다가가는 사람들을 전부 붙잡고 검증할 수도 없는 노릇이었다.

'자제해야겠네.'

순수한 호의 몇 번 더 보였다간 '회사원'들 똥줄이 타다 못해 터지게 만들지 모른다는 생각에 지영은 좀 조심해야겠다고 생각했다. 다른 사람들이 알아보기 전에 다시 텐트로 돌아오니 강상만은 불을 피우고 있었고, 임미정은 지연이와 같이 이곳저곳 돌아다니며 놀고 있었다.

"제가 할까요?"

"아니다, 다 했다."

"그럼 제가 마저 할게요. 저 이런 거 잘해요. 불을 하도 피워 봐서……"

"……"

왜 불을 하도 피워봤을까? 답은 야숙을 밥 먹듯이 해서다. 그럼 야숙은 왜 밥 먹듯이 했을까? 답은 납치당했다가, 탈출해서다. 강상만은 그걸 아니 뜨악한 표정을 지었고, 지영은 좀 너무했나? 하는 생각으로 우뚝 멈춘 강상만의 손에서 토치를 슬쩍 낚아챘다.

지영은 순식간에 불을 피우고, 강상만이 좋아하는 닭을 꺼내 먼저 굽기 시작했다.

편하게 앉아 있던 강상만이 지영에게 툭하니 말을 던졌다.

"이젠 좀 괜찮으냐?"

"그럼요. 많이 좋아졌어요."

"그래, 그래 보인다. 참, 은재는 안 찾을 생각이냐?"

"은재는… 제가 따로 찾고 있어요."

"따로?"

"네."

"……."

따로란 말의 의미가 무얼까? 강상만이 고민하자 지영은 그냥 웃기만 했다. 부뚜막의 존재를 말할까? 말한다고 믿어줄까? 믿고 나서도 그런 곳을 어떻게 알았냐고 물으면?

"알고 싶으세요?"

"음… 그래, 이번엔 알고 싶구나. 얼마 전에 큰돈을 썼다는 것도 들었고."

"부뚜막이라고 있어요."

"부뚜막?"

"네."

역시 강상만은 부뚜막의 존재를 몰랐다.

하긴, 그걸 아는 게 더욱 신기한 거다. 그들은 정말 웬만하지 않으면 알기 쉽지 않았다. 등잔 밑이 어둡다란 콘셉트로 운용하는, 현실에 존재하는 단체였다.

"정보 단체냐?"

"네. 거기에 의뢰했어요. 은재는… 김은채가 스웨덴으로 데려갔다가, 노르웨이로 밀입국시켰대요. 그게 육 개월 전이니까 이제 거의 다 왔어요."

"그러냐. 혹시… 아니다. 네가 그런 곳에 의뢰를 넣었을 리는 없겠지."

"물론이에요. 뒤끝 없는 곳이니 너무 걱정 마세요."

"그래, 알겠다."

지영은 강상만의 마음을 이해했다.

최악의 단체와 엮였었으니, 이제는 그런 단체가 지영과 조금이라도 가까워진다고 생각하는 것만으로도 분노가 솟구쳤다. 그러니 혹시 몰라 물어본 것이다.

"다 익었네. 드세요."

일회용 용기에 닭갈비를 먹기 좋게 잘라주자, 강상만은 웃으면서 사양 않고 먹었다. 고기 냄새를 맡았는지 멀리서 지연이가 '오빠, 삼겹살! 삼겹살!' 하고 소리치며 달려왔다. 그러다 '아코!' 하고 넘어져 지영을 깜짝 놀라게 했지만 금방 일어나서 다시 달려왔다.

"삼겹살!"

"잠깐 기다릴래? 아버지 먼저 이것만 구워드리자."

"응!"

닭갈비를 전부 구워 따로 빼놓고, 지영은 간이 자박자박 밴 삼겹살을 꺼내 불 위에 올렸다.

지잉.

주머니에서 울리는 진동에 집게를 놓고 꺼내 보고는 잠시 고개를 갸웃했다. 그러곤 강가의 펜스 쪽을 잠시 봤다가, 폰을 집어넣고 다시 집게를 들었다.

"왜 그러니? 누가 왔니?"

"아니요, 아무것도 아니에요."

임미정의 질문에 웃으면서 대답한 지영은 다시 고기를 굽기 시작했다. 하지만 고기를 구우면서도 지영은 좀 전에 온 메시지에 온 정신이 팔려 있었다. 가장 크게 생각나는 건… 이런 의문이다.

'왜 날 직접 찾아온 거지?'

충주까지 전혀 생각지도 못한 방문객이 찾아왔다.

『천 번의 환생 끝에』 6권에 계속…

이제부터 전자책은

이젠북

www.ezenbook.co.kr

새로운 세계가 열린다!

김재한 『성운을 먹는 자』　　철백 『대무사』
니콜로 『마왕의 게임』　　가프 『궁극의 쉐프』
이경영 『그라니트:용들의 땅』　　문용신 『절대호위』
탁목조 『일곱 번째 달의 무르무르』　　천지무천 『변혁 1990』
강성곤 『메이저리거』　　SOKIN 『코더 이용호』

이름만 들어도 황홀할 정도의 별들의 향연!
이들의 "유료연재"가 시작됩니다!

검색창에 **이젠북**을 쳐보세요! ▼

초대형 24시 만화방

신간 100%, 샤워실, 흡연실, 수면실(침대석), 커플석, 세탁기 완비

■ 광명 광명사거리역점 ■

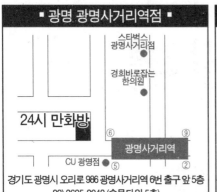

경기도 광명시 오리로 986 광명사거리역 6번 출구 앞 5층
02) 2625-9940 (솔목타워 5층)

■ 강북 노원역점 ■

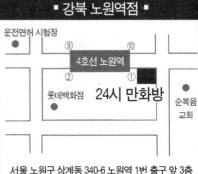

서울 노원구 상계동 340-6 노원역 1번 출구 앞 3층
02) 951-8324 (화용빌딩 3층)

■ 일산 정발산역점 ■

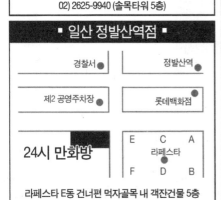

라페스타 E동 건너편 먹자골목 내 객잔건물 5층
031) 914-1957

■ 일산 화정역점 ■

경기도 고양시 덕양구 화정동 984번지 서일빌딩 7층
031) 979-4874 (서일사우나 건물 7층)

■ 부천 역곡역점 ■

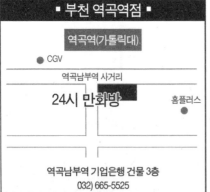

역곡남부역 기업은행 건물 3층
032) 665-5525

■ 부평역점 ■

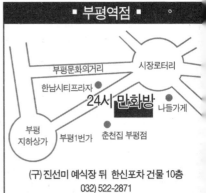

(구)진선미 예식장 뒤 한신포차 건물 10층
032) 522-2871

FUSION FANTASTIC STORY

설경구 장편소설

저니맨 김태식

한 팀에서 오래 머물지 못하고
이 팀, 저 팀을 옮겨 다니는
저니맨(Joruney man)의 대명사, 김태식!
등 떠밀리듯 팀을 옮기기도 수차례.

"이게… 나라고?"

기적과 함께 그의 인생에 찾아온 두 번째 기회!

"이제부터 내가 뛸 팀은 내 의지로 선택한다!"

더 이상의 후회는 없다!
야구 역사를 바꿔놓을
그의 새로운 야구 인생이 펼쳐진다!

Book Publishing CHUNGEORAM

유행이 아닌 자유추구 -
WWW.chungeoram.com

FUSION FANTASTIC STORY

박선우 장편소설

스크린의 별

비호감을 불러일으킬 정도로 못생긴 외모를 가진 강우진.

우연히 유전자 성형 임상 실험자 모집 전단지를
발견한 그는 마지막 희망을 걸고
DNA를 조작하는 주사를 맞게 되는데…….

과거의 못생겼던 강우진은 잊어라!

세상에서 가장 아름다운 사나이.
그가 만들어가는 영화 같은 세상이 펼쳐진다!

Book Publishing CHUNGEORAM

유행이 아닌 자유추구 -
WWW.chungeoram.com

FUSION FANTASTIC STORY 류승현 장편소설

리턴 마스터

2041년, 인류는 귀환자에 의해 멸망했다.

최후의 인류 저항군인 문주한.
그는 인류를 구하고 모든 것을 다시 되돌리기 위하여
회귀의 반지를 이용해 20년 전으로 돌아갔다. 하지만……

"어째서 다른 인간의 몸으로 돌아온 거지?"

그가 회귀한 곳은 20년 전의 자신도, 지구도 아니었다!

다른 이의 몸으로 판타지 차원에 떨어져 버린 문주한.
그는 과연 인류를 구원할 수 있을 것인가!

Book Publishing CHUNGEORAM

유행이 아닌 자유추구 -
WWW.chungeoram.com

FUSION FANTASTIC STORY

RPM 3000

가프 장편소설

RPM(Revolution Per Minute: 분당 회전수)!
150km/h 160km/h?
이제는 구속이 아니라 회전이다!!

여기 엄청난 빅 유닛과 환신(換身)에 성공한 사내가 있다.
그 이름, 황운비!

훈련은 *Slow and Steady,*
시합은 *Fast and Strong!*

**꿈의 RPM 3000을 찍는 패스트 볼을 장착하고
메이저리그를 종횡무진 누빈다!**

Book Publishing CHUNGEORAM

유행이 아닌 자유추구 -
WWW. chungeoram.com